어쩌다 엄마는 되었지만

서투른 엄마들을 위한 육아, 교육, 살림, 재테크 노하우

어쩌다 엄마는 되었지만

초판 1쇄 인쇄 2019년 5월 24일
초판 1쇄 발행 2019년 5월 31일

지은이 김민숙

발행인 백유미 조영석
발행처 (주)라온아시아
주소 서울특별시 서초구 효령로 34길 4, 프린스효령빌딩 5F

등록 2016년 7월 5일 제 2016-000141호
전화 070-7600-8230 **팩스** 070-4754-2473

값 13,800**원**
ISBN 979-11-89089-94-8 (03810)

이 도서의 국립중앙도서관 출판사 도서목록(CIP)은 서지정보유통지원시스템 홈페이지(http://seoi.nl.go.kr)와 국가자료공동목록시스템(http://www.nl.go.kr/kolisnet)에서 이용하실 수 있습니다.

서투른 엄마들을 위한 육아, 교육, 살림, 재테크 노하우

어쩌다 엄마는 되었지만

• 맘메이트 김민숙 지음 •

RAON BOOK

PROLOGUE

어쩌다 엄마는 되었지만,
꼭 좋은 엄마가 되고 싶다!

나는 82년생 워킹맘이다. 대한민국에서 흔히 볼 수 있는 가정에서 태어나서 제법 공부 잘하는 우등생으로 자랐다. 하지만 학원이나 과외 같은 사교육을 받아본 일은 없다. 내가 고등학생 때 IMF로 집안이 거의 망하다시피 했기 때문이다. 부모의 지원으로 고액 과외를 받거나 유명 학원에 등록해 명문대학에 가는 친구도 많았는데 나는 그런 것은 꿈도 못 꿨다. 대학을 졸업하자마자 취업 전선으로 뛰어들었다. 그나마 괜찮은 회사에 들어가 열심히 일하며 장래를 준비했다. 독립 자금과 결혼 자금도 모았다. 회사에서 제법 능력을 인정받게 되었을 때쯤 결혼하고 아기를 낳았다. 그렇게 '워킹맘'이 되었다.

워킹맘 생활은 고난의 연속이었다. 시댁이나 친정에서 아이를 봐주지 못하는 상황이라 믿고 맡길 곳이 없었고, 야근이 비일비재했다. 퇴근 시각이 일정하지 않다는 것은 아이를 키우는 엄마에게는 최악의 조건이다. 그나마 친언니가 도와주어 회사에 다닐 수 있었지만 몸과 마음이 힘든 날이 계속되었다. 자신의 아이도 돌봐야 하는 언니에게 폐를 끼치는 상황이 자꾸만 늘어갔다.

결국 아이를 어린이집에 맡기기로 했다. 언니에게 조금이라도 덜 미안한 방법이라는 생각이 들어서였다. 어린이집 상담을 받기 위해 아이를 데리고 집 주위를 샅샅이 다녀보니, 내 마음에 드는 어린이집이 하나도 없었다. 내가 그렇게 까탈스러운 사람이 아닌데도 말이다. 그때는 지금에 비하면 어린이집의 환경이 굉장히 허술했다. 초보 엄마인 내 눈에도 교실, 급식, 위생 등의 상태가 안 좋아 보였고 더구나 돌도 안 된 내 아이를 닭장 같은 교실에 보내고 싶지 않았다. 대안이 없는 현실 때문에 가슴이 답답했다.

'내가 어린이집을 해야겠다. 엄마들이 안심하고 아이를 맡길 수 있는 어린이집을!'라고 결심하고 그날부터 공부를 시작했다. 독학으로 유아교육학 학위를 땄고, 보육교사 자격까지 갖추었다. 물론 아이 엄마가 직장을 다니면서 공부하기는 쉽지 않았다. 시간이 부족했고 체력도 달렸다. 회사로 오가는 지하철 안에서, 아이가 밤잠 자는 동안 식탁에서 공부했다. 그런데 오랜만에 하는 공부는 너무 재미있었다. 아이를 키우며 유아교육학을 공부하니 머릿속에 쏙쏙 들어왔다. 공부한 이론을 아이에게 적용하다 보니 말투와 눈빛이 점점 달라졌다.

그즈음 회사를 그만두고 잠시 '경단녀(경력단절여성)'가 되었다. 워킹맘이 갑자기 경단녀가 되면 우울해지거나 의기소침해질 수 있는데 나는 그렇지는 않았다. 아이를 데리고 육아 강의를 들으러 다니며 재미있게 하루하루를 보냈다. 아이와의 시간이 즐겁고 새로워서 치열하게 회사생활을 보낼 때는 알지 못했던 신세계를 만나서 마냥 신났다. 그러나 그 시간은 그리 길지 않았다. 아이를 데리고 다니는 조건으로 어린이집 교사로 취업했기 때문이다.

막상 경험해보니 어린이집 교사 생활은 내 적성에 딱 맞았다. 평소 사교성이 뛰어난 데다 엄마로서의 꼼꼼함으로 금세 아이들과 학부모의 신뢰를 받는 인기 교사가 되었다. 그리고 얼마 안 있어 어린이집 원장이 되었다. 무엇이 나를 그렇게 이끌었을까? 답답한 상황을 극복하고 성장할 수 있었던 원동력은 무엇일까? 나는 내가 엄마라서 가능했다고 생각한다.

그렇게 나는 지난 10년 동안 아이 셋을 낳고 키우며 어린이집을 운영했고 어느덧 육아와 교육의 전문가가 되었다. 엄마들이 편한 마음으로 대화를 나누는 멘토가 되었다. 나 또한 아이를 키우는 엄마로서 엄마들이 어떤 일로 힘들고 고될지 안다. 어디 가서 마음 편히 말할 수 없는 엄마들의 상황도 잘 안다. 나는 항상 원장실 문을 열어놓고 자주 이야기를 들어주었다.

어떤 엄마는 독박 육아가 힘들어서 눈물을 보이고, 어떤 엄마는 아이를 맡아주는 시어른과의 관계가 어렵다고 하소연했다. 어떤 엄마는 이혼해서 한 부모로 아이 키우는 것에 대한 걱정이 많았으며, 어떤 엄마는 워킹맘으로 시간에 쫓기며 열심히 사는데도 나아지지 않는 생활고로 심신이 지쳐 있었다. 나는 힘들어하는 엄마들과 함께 울어주고 격려해주었다. 엄마들의 얼굴에서 어쩐지 홀가분한 미소를 발견할 때면 나 또한 힘이 났다.

내게 찾아온 엄마들은 모두 좋은 엄마가 되고 싶어 했다. 항상 내게 "어떻게 하면 좋은 엄마가 될 수 있나요?" "좋은 엄마가 되는 방법이 무엇인가요?"라고 물었다. 엄마 역할이 힘들어 눈물을 흘리면서도 '좋은 엄마'가 되려는 모성이 참 대단하다는 생각이 들었다. 그러면서도 한편으로는 무엇을 어떻게 해야 할지 혼란스러워하는 모습이 안타까웠다.

이 안타까운 마음이 내가 이 책을 집필하게 된 계기다. 나는 정식 작가도 아니고 글재주가 뛰어난 사람도 아니지만, 고민하는 엄마들에게 '좋은 엄마가 되는 방법'을 알려주고 싶은 마음은 누구보다 크다.

좋은 엄마가 되는 과정에는 여러 가지가 필요하다. 1장과 2장에서는 왜 엄마 전략가가 되어야 하는지를 말하고 자신만의 엄마 전략을 생각해 볼 수 있도록 했다.

3장과 4장에서는 아이 출산부터 육아, 교육, 아이와의 관계 설정, 아이의 미래설계까지 핵심 키워드를 중심으로 솔루션을 제공했다. 또 행복한 가정을 꾸리기 위한 노하우도 제시했다. 5장과 6장에서는 가정을 어떻게 지혜롭게 경영할지를 요즘 현실에 맞추어 생각해보고, 나만의 살림법과 재테크 비법도 담았다.

사회에서는 잘나가는 전문직 여성이지만 육아에는 쩔쩔매는 엄마, 주위에 넘쳐나는 정보로 육아와 교육에 갈팡질팡하는 엄마, 그럭저럭 엄마 역할 잘한다는 말은 듣지만 자신의 행복은 잃어버린 엄마, 워킹맘으로 바쁜 생활 속에서 더 나은 삶을 꿈꾸는 엄마, 전업맘으로 가정을 잘 돌보고 있지만 자신의 성장도 이루고 싶은 엄마 등 지금보다 더 '좋은 엄마'가 되기 위해 노력하는 세상의 엄마들에게 도움이 되었으면 좋겠다. 모든 엄마가 자신만의 전략을 찾아 좋은 엄마가 되기를 응원하며 옆에서 함께 공감하고 소통하는 사람이 되고 싶다.

김민숙

CONTENTS

3장 흔들리지 않는 나만의 육아 전략이 필요하다

4장 내 아이 맞춤 교육 전략이 필요하다

5장 가정에도 경영 전략이 필요하다

6장 알뜰살뜰 살림 전략이 필요하다

1장

엄마가 전략가가 되어야 하는 이유

넘치는 정보에도 흔들리지 않는다

인터넷, TV, 육아서적 등을 통해 쉽게 육아 정보를 접할 수 있다. 너무 많은 육아 지식 정보는 엄마들을 불안과 혼란에 빠뜨린다. 더욱이 요즘 엄마들은 정보 접근 속도가 빠른 데다 육아 문제를 해결하려는 의지도 강해서 여러 전문가가 내놓은 해결책을 따라 하려고 노력한다. 하지만 이런 행동력은 또 다른 걱정으로 이어진다.

'혹시 내가 알고 있는 정보가 틀린 것은 아닐까?'

'우리 아이에게 잘못하고 있는 것은 아닐까?'

'내가 모르는 좋은 정보가 더 있는 것은 아닐까?'

이런 걱정과는 별개로 엄마들은 육아 카페나 지역 맘카페에 육아 정보를 간편하게 올릴 수 있다. 커뮤니티 내에서 정보를 공유하고 고민을 털어놓는 것이 자연스럽다. 가령 자신의 아이 상황을 이야기하며 의견을 물으면 다른 엄마들은 이런 댓글로 답한다.

"어머, 우리 아이랑 똑같아요. 이렇게 하면 해결할 수 있어요."

"이런 방법으로 하면 힘들지 않아요."

"제가 아는 의사한테 들었는데 좋은 방법은 이거예요."

글을 올린 엄마는 다른 엄마들에게서 위로와 함께 갖가지 육아 해결책을 얻는다. 최근 방송에서는 육아 콘텐츠를 다루는 파워블로거와 크리에이터가 전문가처럼 소개되기도 한다. 유명 스타 엄마가 상업적인 목적으로 일상을 보여주는 경우도 많다. 특히 육아 용품이나 영유아 도서는 이러한 사람들의 리뷰를 미케팅으로 활용하는 것이 일반적이다. 엄마들은 그게 이윤을 목적으로 한 일이라는 것을 알면서도 동요한다. 전문성이 검증되지 않은, 개인적인 육아법이나 커뮤니티의 육아법이 정답인 것처럼 여겨지며 이용되고 있는 상황이다.

'육아 TMI'는 왜 생기나?

최근 유행하는 말인 'TMI'는 너무 과한 정보(Too Much Information)의 줄임말로 보통 자신은 전혀 관심 없는 내용, 달갑지 않은 정보, 굳이 알고 싶지 않은 이야기를 듣게 되는 경우 사용한다. 육아 정보 중에도 엄마들을 솔깃하게 하는 TMI가 많다. 예를 들어 이유식을 앞둔 아이를 둔 엄마가 인터넷 검색창에 '이유식'이라는 단어를 입력하면 연관 검색어로 이유식 믹서기, 시판 이유식, 이유식 추천, 초기 이유식 시기, 이유식 브랜드, 이유식 식단표, 이유식 용기, 이유식 식기 등이 쏟아진다. 그러면 엄마는 정작 알고자 했던 정보가 무엇이었는지 헷갈리게 되어 여기저기 돌아다니게 된다. 육아 TMI에 엄마들은 왜 관심을 보이는 것일까?

첫째, 육아 정보는 많을수록 좋다고 착각하기 때문이다. 육아에 대해 배운 적도 없고 어딘가에 물어볼 곳이 마땅치가 않기 때문에 인터넷 검색을 한다. 그러다가 인터넷 커뮤니티에서 "이렇게 하니 도움이 되더라" 하는 식의 글을 발견하면 불안이 사라지고 안도하게 된다. 또 정확한 육아 지식이 없다 보니 사소한 일도 찾아보고 육아 서적을 뒤지게 된다. 이렇게 육아 정보가 쌓여야 아이를 더 잘 키울 것 같은 생각에 더욱 열심히 한다.

둘째, 나의 정보가 남에게 도움이 되리라고 착각하기 때문이다. 육아 정보를 수집하면서 안도하게 된 엄마들은 남들에게도 알려준다. 다른 엄마들도 나처럼 힘들 것이라는 생각에 도움을 주려는 마음에서다. 그렇게 검증되지 않은 정보는 여기저기에 퍼진다. 결국 넘쳐나는 육아 TMI로 어느 것이 양질의 정보인지 구별하기 어렵게 된다.

엄마들은 육아를 적당히 하고 싶어 하지 않는다. 그래서 더욱 열심히 정보를 찾고, 어딘가에서 제공해주는 정보를 따라 육아에 전력을 기울인다. 하지만 아이에게 맞지 않는 정보나 엄마가 무턱대고 믿어서 문제가 발생할 경우, 그 책임은 엄마가 져야 한다.

나만의 육아 방식을 알고 정보를 취해야 한다

몇 해 전 논란을 빚었던 육아법이 있다. 바로 '안아키(약 안 쓰고 아이 키우기)'라는 방식이다. '안아키'가 사회적 이슈가 된 것은 얼굴에 피딱지로 뒤덮인 아이의 얼굴 사진이 SNS에 올라오면서부터다. 부모들뿐만 아니라 사진을 본 모든 이가 경악을 금치 못했다. 아이가 그렇게 된 이유는 자연치유를 한다며 아이에게 약을 쓰지 않았기 때문이었다.

'안아키' 육아법을 주장한 사람은 30여 년 경력의 한의사다. 처음에는 병원에서 처방한 약을 사용하지 않고 민간요법으로 아이를 치료하여 스스로 면역력을 기른다는 취지였다. 차츰 '안아키'를 따르는 사람이 늘었고 급기야 인터넷 커뮤니티의 회원 수는 6만 명에 육박했다. 그 과정에서 전문자격이 없는 이른바 '맘닥터'들이 생겨났고 사실이 아닌 잘못된 정보들이 펴져 나갔다. 결국 피해 사례가 속속 드러나기 시작했다. 질병에 걸린 아이들을 치료하지 않고 내버려두거나 수두나 홍역 같은 질병은 예방접종을 하지 않아도 된다는 '안아키' 육아법을 따라 한 결과였다.

엄마들은 새로운 육아 정보를 접했을 때 이것이 올바른지를 정확히 판단하기 어렵다. 하지만 엄마의 판단이 아이에게 어떤 결과를 가져올지 모르기 때문에 더욱 제대로 알아야만 한다. 엄마가 좋아하는 정보와 믿고 싶은 정보로만 육아하려는 것은 아닌지, 자신의 불안 해소를 위해 육아법을 찾는 것은 아닌지 생각해보아야 한다. 육아 소신을 찾고, 넘쳐나는 육아 정보 중에서 하나뿐인 내 아이를 위한 정보를 분별하여 취하는 자세가 필요하다.

외롭고 힘든 독박 육아를 견뎌내다

오랜만에 대학교 동창들을 만난 날이었다. 비슷한 시기에 결혼했고 아이들도 또래라서 폭풍 수다가 이어졌다. 남편들이 아이를 얼마나 봐주는지가 대화 주제였는데 한 친구가 대뜸 내게 이렇게 말했다.

"너는 좋겠다. 너희 남편 임원이라면서, 30대에 임원이라니 정말 성공한 거야. 너는 살기 좀 편하겠네. 정말 좋겠다."

"모르는 소리 하지 마. 나는 진짜 100퍼센트 독박 육아야!"

그 말을 꺼낸 친구를 향해 나도 모르게 신경질적인 반박을 했다. 조금 전에 자기 남편은 퇴근해서 집으로 돌아오면 아이랑 놀아주고 학교 숙제도 봐준다고 자랑하던 친구였다. 그러면서 내 남편은 임원이라 집에 있는 시간이 많아서 나를 도와줄 것이라고 지레 판단을 하니 짜증이 날 수밖에 없었던 것이다.

사실 남편은 결혼할 당시 작은 회사의 말단 사원이었다. 본인의 일을 무척 좋아하고 열심히 한 결과, 회사가 많이 성장해 지금은 '이사님'이 되었다. 사람들은 남편이 젊은 나이에 성공했다며 내게 부러운 눈빛을 보내는데 꼭 그렇지만은 않다. 남편이 자신의 일터에서 열정을 불태울 때 나는 독박 육아로 고군분투했기 때문이다.

남편이 아이들과 보내는 시간이 적다 보니 아이들은 늘 아빠를 그리워했다. 나는 아이들이 아빠와 조금이라도 함께 시간을 보낼 수 있도록 남편이 집에 있는 날에도 전부 내가 집안일을 도맡아서 했다. 육아와 집안일 모두 독박이 된 셈이다.

아이 셋, 독박 육아의 일상

독박 육아는 배우자의 도움 없이 한 명의 양육자가 육아를 도맡는 것을 말한다. 나도 10년 동안 그랬다. 아침에 아이가 눈뜨고 저녁에 잠들기까지 모든 일을 혼자 감당했다. 아이들을 돌보며 하루 중 다섯 번쯤 육아 고비가 와서 매일 정신이 없었다. 아침에는 아침밥을 먹고 등교 및 등원 준비를 해야 했고, 오후에는 여기저기 놀이터를 휘젓고 다니며 분주하게 놀이시간을 보냈다. 어느새 저녁 시간이 되면 밥하면서 아이들 숙제를 봐주고 밥을 먹이고 후다닥 치웠다. 그다음에 차례차례 목욕시키고 재우기까지 마쳐야 하루가 끝났다. 어린이집 일도 병행했으니 정말 눈코 뜰 새 없이 시간이 지나갔다는 말이 딱 맞았다.

아이들과 잠드는 날이 대부분이었지만 좀처럼 잠이 오지 않는 날에는 주방 식탁에 앉아서 혼자 맥주를 들이켰다. 그 시간에는 TV를 보는 것도 귀찮고 머릿속이 복잡했다. 남편이라도 옆에 있으면 오늘 어떤 일이 있었고 아이들이 무슨 일을 했는지 미주알고주알 이야기할 텐데 나는 늘 혼자였다. 그렇다고 불만을 품지는 않았다. 어린이집을 하면서 내 아이 육아하는 것이 힘들다고 투정하면 내 커리어에 흠집이 나는 것 같았다. 그래서 남편한테 힘들다고 우는소리를 하기보다는 나 스스로 더 잘해야 한다고 생각했다. 어쩌면 하루가 너무 바빠서 여유 시간이 없었기 때문에 불평할 시간조차 없었을지도 모르겠다. 그래도 가끔 내 시간이 생겼을 때 '혼술'을 하면서 '엄마로서 내 인생이 외롭다'고 느꼈다. 독박 육아는 참 힘들다.

혼자라고 느끼지 않는 육아를 하려면

생각지 못한 계기로 독박 육아의 우울함이 즐거움으로 바뀌기 시작했다. 우연히 발견한 둘째 아이의 그림으로 심리 상담사를 찾아간 일이 있었다. 둘째가 여섯 살 때 가족을 그렸는데 어딘가 모르게 이상했다. 엄마는 옆에 있었지만 동생만 쳐다보고 있었고, 아빠는 쳐다보고 있었지만 멀리 떨어져 있었으며 그림의 주인공인 자신은 우울한 표정으로 가운데에 그려놓았다.

"채이야, 이 그림이 어떤 상황인지 설명해줄 수 있어?"

그러나 아이는 아무 말도 하지 않았다. 대답이 없는 아이에 당황한 나는 다음 날 심리상담사를 만났다. 선생님은 이렇게 말했다.

"어머니, 그림을 보니 아빠가 매우 바쁘신 것 같네요. 엄마는 어린 동생을 돌보고 계시고요. 채이는 가족 내에서 자신의 존재를 고민하는 중이에요. 동생이 태어난 아이들에게 있을 수 있는 상황이니 너무 걱정하지 마세요."

그 후, 아이는 일주일에 한 번씩 상담사를 만나 미술심리치료를 받았다. 상담사와 약속이 된 날에는 아이와 나 둘이서만 데이트를 한다는 기분이 들어 아침부터 설레었다. 아이가 치료를 시작하기 10분 전에 엄마가 먼저 상담사와 따로 이야기를 나누었는데 그 시간이 좋았다. 상담사는 매번 일주일간 어땠는지를 물었고 나는 아이들과의 생활을 떠올리며 대답했다.

똑같은 일상을 보내는 줄 알았는데 상담사에게 이야기를 들려주다 보니 특별한 일이 많았음을 저절로 깨닫게 되었다. 아이들은 내게 새로운 것들을 보여주며 예쁘게 자라고 있었고, 나는 아이들과 지내는 생활을 즐기고 있었다. 또 엄마로서 성장하고 있음도 알게 되었다. 나는 상담사와의 대화 시간을 점점 기다리게 되었다. 심리상담사는 매번 나에게 이렇게 말했다.

"어머니, 정말 잘하셨어요. 좋은 엄마시네요. 어머니도 스스로 그렇게 생각하시면 좋겠어요."

특별하지 않은 말이었지만 나에게는 큰 힘이 되었다. 그동안 어린이집을 운영하며 다른 엄마들을 위로하는 역할만 했지 누군가의 위로를 받아본 적이 없었던 것이다. 어떤 날은 상담사 선생님의 진심 어린 말에 감동받아 눈물을 흘리기도 했다. 상담사 선생님에게 '잘하고 있는 엄마'라고 인정받은 것 같았다.

그렇게 6개월의 치료 기간을 거쳐 아이는 원래대로 회복했다. 마지막 방문 날에도 선생님은 나에게 칭찬을 아끼지 않았다.

"어린이집을 운영하면서 혼자 아이 셋을 보기 힘드실 텐데 그동안 어머니께서 많이 노력하셔서 아이 치료가 빠른 기간에 끝났어요. 앞으로도 지금처럼만 하시면 됩니다."

그 말을 들으며 그동안 독박 육아를 하면서 괜찮다고 생각했는데 그게 아니었다는 사실을 깨달았다. 상담사를 만난 이후로 독박 육아 스트레스에서 벗어났고 '나는 좋은 엄마다'라는 자신감도 생겼다.

어쩌면 독박 육아 중인 엄마가 느끼는 '외로움'과 '힘듦'은 대개 고립된 엄마의 일상에서 오는지도 모른다. 내가 상담사와의 만남을 통해 엄마로 인정받고 독박 육아에서 오는 마음의 짐을 덜었듯이, 누군가와 마음을 나눌 기회를 만들어보면 좋겠다. 남편, 친정 엄마, 친구 등 누구든지 좋다. 그저 "잘하고 있다"라는 말을 해줄 듯한 사람에게 털어놓자. 그리고 스스로에게도 "이 정도면 꽤 잘하고 있어" 하고 칭찬해보자. 독박 육아라는 상황을 견뎌내고 있는 당신은 이미 좋은 엄마다.

화가 나면서도 위축되는 단어, '맘충'

아이들이 없는 시간에 마음 편히 점심 한 끼 하자고 친구를 만났던 날이었다. 돈가스를 주문하자마자 막내 어린이집 선생님에게서 전화가 왔다.

"미안해, 막내가 열이 오른다고 전화가 와서… 밥 빨리 먹고 들어가 봐야겠다."

아이가 아프다고 하니 마음이 편치 않았다. 돈가스가 무슨 맛인지도 모르게 허겁지겁 먹었다. 서둘러 계산하러 카운터로 향하는 길에 'No Kids Zone'이라는 문구가 눈에 띄었다.

"우리 아이들도 여기 돈가스 좋아하는데…."

점점 노키즈존이 늘고 있다더니 아이들이랑 갔던 식당도 그렇게 바뀐 것을 보고는 내심 서운한 마음이 들었다. 그리고 '내가 우리 아이들과 이 식당에 왔던 일이 이곳을 노키즈존으로 만들었나?' 싶은 생각이 들면서 마음이 뒤숭숭했다.

식당이나 카페에서 아이를 동반한 손님을 받지 않는 것은 '맘충' 때문이라는 말이 있다. '맘충'은 엄마를 뜻하는 'MOM'에 벌레를 의미하는 '충(蟲)'을 붙여 만든 단어로 공공장소에서 시끄럽게 구는 아이를 제지하기는커녕 자기 자식 귀한 줄만 아는 엄마를 의미한다. 그날 저녁 걸려온 동생 전화를 붙들고, 아이들과 갔던 식당이 노키즈존이 되었다고 흥분하여 말했더니 동생도 동감하며 말했다.

"나도 지난번에 식당 가서 밥 먹을 때 애들 때문에 얼마나 눈치를 봤는지 몰라."

아이가 10세, 8세인 동생은 그날 외식을 했더란다. 차분히 앉아서 밥을 먹는 나이이긴 하지만 주인과 다른 손님들의 시선을 의식하며 맨 구석 자리에 앉았다고. 그런데 아이가 그만 물을 마시다가 물컵을 떨어뜨려 깨뜨렸단다. 얼른 일어나 바닥을 닦는데 쳐다보는 사람들의 시선이 차갑게 느껴졌다고.

"내가 안 그래도 유리컵 말고 플라스틱은 없느냐고 물어봤는데 거기는 유리컵밖에 없다는 거야. 아이들은 잘 떨어뜨리니까 걱정하고 있었는데 하필…. 밥을 어떻게 먹었는지 기억도 안 나. 주인한테 죄송하다고 사과하고 컵값도 물어주고 나왔어."

나는 동생의 말에 인터넷 맘카페에서 본 '저 오늘 맘충 봤어요'라는 제목의 글이 떠올랐다. 식당에서 아이가 시끄럽게 우는데 엄마는 아이를 달래다 내버려두고 밥을 먹더라는 내용의 글이었다. 내 동생의 처지처럼 어쩌면 게시판 글에 언급된 그 엄마도 아이를 달랠 마음이 없는 것이 아니라 피치 못할 상황이었을지도 모른다는 생각이 들었다.

아이 엄마가 모두 맘충이라고?

'맘충'이라는 단어는 미디어나 인터넷에 심심치 않게 등장한다. 자신의 아이를 핑계로 다른 사람에게 피해를 주는 행동을 보이는 엄마를 폄하하는 의미로 시작되었다지만, 시간이 지날수록 점점 아이 엄마를 한꺼번에 싸잡아 비난할 때 쓰여 마음이 불편하다.

소설 《82년생 김지영》에는 아이를 데리고 카페에 간 '초보 엄마'의 모습으로 '맘충'을 담아냈다. 일상에서 아이를 키우며 씨름하던 초보 엄마는 숨통을 틔우려 아이를 데리고 외출을 한다. 그 모습을 본 사람들은 '남편이 벌어다 준 돈으로 커피를 마시는 엄마'라며 '맘충'이라고 표현한다. 얼마 전에 있었던 '미미쿠키' 사건이나 '김포 맘카페' 사건에서도 사건의 핵심보다는 피해자들이 대부분 엄마들이라는 것에 좀더 초점을 맞추었다. SNS나 인터넷카페, 기사 댓글 등을 통해서 많은 사람이 '맘충'이라는 표현을 사용하며 너무나 쉽게 동조했다.

이런 사회적 분위기는 모든 엄마를 '맘충'으로 몰아가는 것 같은 느낌을 준다. 사건과 전혀 관계가 없는 엄마들까지 '나도 맘충이라고 불리면 어쩌지?' 하고 의식하게 한다. 엄마들이 아이와 외출하는 사소한 일에도 행동을 조심하게 하고 주변의 눈치를 살피며 위축된 마음이 들게 하는 상황이 되고 말았다.

엄마들이여, 당당해져라

최근 정부에서는 저출산 대책이나 출산 장려책 같은 출산 도모 정책을 내놓고 있다. 그런데 출산을 장려해야 하는 상황이라면서 정작 엄마들에게 '맘충'이라는 이미지가 덧씌워진 상황은 참 아이러니하다.

"한 아이를 키우려면 온 마을이 필요하다"라는 아프리카 속담이 정치권과 교육계에서 자주 인용된다. 엄마들만 아이를 키우는 것이 아니라 사회도 함께할 수 있는 문화가 만들어져야 한다. 사회제도를 개선하여 엄마들이 아이와 자유롭게 이용할 수 있는 공공시설과 편의시설이 제대로 만들어져야 한다. 기저귀를 갈 수 있는 시설이 없는 상황인데, '아무 데서나 가리지 않고 기저귀를 갈아대는 맘충'이라고 무작정 비난하는 것은 잘못됐다. 엄마들이 눈치 보지 않고 당당하게 아이를 키울 수 있는 기초 시설부터 확충되어야 하지 않을까.

엄마들은 당당해져야 한다. '맘충'이라는 꼬리표가 달린 사건들은 특정 개인의 문제이지 상식을 가진 엄마들과는 관계가 없다. 단지 엄마라고 해서 '나까지 매도당하면 어쩌나?' 하고 걱정하지 않았으면 좋겠다. 만일 아이를 핑계 삼아 민폐 행동을 하는 엄마가 있다면 '엄마의 사랑이라고 표현하는 자신의 행동을 과연 우리 아이는 자랑스럽게 생각할까?'라고 생각해보면 좋겠다. 마냥 어리게만 보이지만 아이들은 생각보다 많은 것을 알고 있다. 주변 사람들이 따가운 시선을 보내고 있음을 다 안다. 엄마들은 아이를 잘 키운다는 것이 내 아이뿐만 아니라 주변을 배려하는 일이라는 것을 명심해야 한다.

엄마, 아내, 일 모두 완벽한 슈퍼 워킹맘이 되고 싶다

'오후 6시 10분 전, 7분 전, 5분 전…. 왜 이렇게 시간이 안 가지?'

워킹맘이던 시절, 나는 퇴근 시각인 6시를 기다리며 발을 동동 구르기 일쑤였다. 내가 다니던 회사는 한국 기업순위 20위에 드는 대기업이었지만 육아 휴직은 꿈같은 이야기였다. 첫째를 낳고 3개월 출산 휴가를 마친 뒤에 바로 복직해야 했다. 아이를 봐줄 사람이 마땅히 없어서 고민하고 있을 때 친정 언니가 선뜻 도와주겠다고 해준 참이다.

얼마나 고마웠는지 모른다. 언니 덕분에 일을 그만두지 않아도 되었고, 전세 만기일에 맞추어 전세금을 올려줄 수 있는 여력이 생겼다. 거기다 아이 돌보는 것도 능숙하고 딸 하나를 키우는 선배 엄마로서 시시콜콜한 육아법 전수도 아끼지 않아서 초보 엄마였던 나는 큰 도움이 되었다. 다만 집에서 혼자 엄마를 기다리고 있을 조카 때문에 언니가 집에 늦지 않게 가도록 해줘야 했다. 그래서 나는 퇴근 시각이 되면 마음이 급해질 수밖에 없었다.

"저, 먼저 갑니다. 내일 봬요."

인사를 하고 나오는 발걸음이 무거웠다. 일을 마무리하는 동료들 사이에서 홀로 빠져나와야 했기 때문이다. 지하철역으로 달리면서 동료들이 점심시간에 여유 있게 밥먹을 때 나는 샌드위치로 대충 때우고 일했으니 할 도리는 다한 거라고 읊조리면서도 칼퇴근해야 하는 아줌마 사원은 어쩔 수 없다고 자조하며 한숨을 내쉬었다.

퇴근하고 집으로 돌아가니 아직 돌도 안 된 첫째가 현관문 앞에 앉아 나를 기다리고 있었다. 저녁 이유식을 먹고 난 뒤에 엄마가 집에 돌아온다는 것을 배꼽시계로 아는 듯했다. 언니 말로는 그 시각이 되면 현관문을 바라보며 앉아 있는단다. 나는 신발도 채 벗지 못하고 아이를 끌어안고 뽀뽀를 해주곤 했다. 어린아이가 엄마를 기다리는 모습이 짠해서 한동안 아이와 놀아주었다.

하지만 할 일이 태산이라 계속 아이와 놀아줄 수는 없었다. 아이를 등에 업고 밀린 집안일을 했다. 저녁 시간에 해야 하는 집안일만 해도 청소, 빨래, 이유식 만들기, 젖병 소독 등 너무 많았다. 언니가 아이를 봐주는 것도 미안한데 집안일까지 맡길 수는 없어서 저녁 시간에 미리 해두어야 했다. 그렇게 쉴 틈 없이 하루가 지나고 있었다.

"엄마가 섬 그늘에 굴 따러 가면, 아기는 혼자 남아 집을 보다가…."

아이를 재우기 위해 자장가를 부르면서 나도 모르게 잠드는 날이 많았다.

워킹맘은 회사 생활도 눈치작전

3개월 출산휴가 후 복직하면서 나는 다른 근무지로 발령받았다. 업무가 크게 변하지는 않았지만 새로운 부서에서 주변 사람들과 다시 사귀고 분위기도 익혀야 했다. 아줌마인 나를 시험해보고 싶었는지 상사(나보다 입사 후배였음)는 과도한 업무를 맡겼다.

"선배님, 이거는 원래 제가 하던 일인데 괜찮으세요? 아이 때문에 6시에 퇴근하셔야 한다면서요."

"괜찮아요. 제가 할 수 있어요."

화가 나고 불만이 있어도 꾹 참고 티내지 않으려고 이를 악물고 일했다. 나만 칼퇴근하는 것으로도 동료들과 다른 입장이라 뭐라고 말할 분위기가 아니었다. 그저 '남들보다 더 열심히 일해도 중간밖에 안 되는 아줌마'라는 걸 실감할 뿐이었다.

그렇게 시간이 지나고 연말이 다가왔다. 회사에서는 보통 그즈음에 승진이나 이동 소식이 들려온다. 하루는 직속 상사가 나를 불러서 이렇게 물었다.

"민숙 님은 둘째 계획이 있습니까?"

상사는 나를 승진시키고 싶지만 바로 임신하게 되면 회사 업무에 지장이 있을까 봐 미리 물어보는 거라고 설명을 덧붙였다. 나는 뭐라고 답해야 할지 몰라 머뭇거렸다. 딱히 둘째를 계획하고 있던 것은 아니었지만 내 임신 여부가 승진에 영향을 준다는 데 거부반응이 올라왔기 때문이다. 하지만 직장생활 경력자답게 천연덕스럽게 대답했다.

"둘째라니요. 요즘에 애 키우는 데 돈이 얼마나 많이 드는데요. 하나만 낳아서 잘 키울 거예요."

나는 꼭 승진하고 싶었다. 비록 워킹맘 생활이 힘들었지만 어느 정도 적응이 되었기 때문이다. 치열하게 사는 만큼 업무에서도 내 능력을 인정받고 싶었다.

밥 잘 사주는 예쁜 엄마

요즘 미디어에는 바쁜 사회생활 중에도 집안일은 물론이고 엄마 역할도 척척 해내는 '슈퍼 워킹맘' 이야기가 넘쳐난다. 그것도 자신의 외모도 잘 꾸미는 '예쁜 슈퍼 워킹맘'이다. 《트렌드 코리아 2019》라는 책에는 '밥 잘 사주는 예쁜 엄마'라는 용어도 등장한다. 요즘 엄마는 밥을 잘해주는 것이 아니라 잘 사주고 남는 시간을 자기계발에 투자한다는 것이다.

하지만 아직 우리 사회에 '슈퍼 워킹맘'과 '밥 잘 사주는 예쁜 엄마'는 흔한 엄마의 모습은 아니다. 현실에서 워킹맘으로 산다는 것은 내가 그랬던 것처럼 치열하고 자신을 돌볼 시간도 없이 바쁘다. 게다가 밥을 시원스럽게 사줄 만큼 경제적인 여유도 없다. 나에게 고민을 털어놓던 워킹맘들에게는 대개 이러한 사정이 있었다.

"저는 일 끝나고 집에 돌아오면 오후 8시라서 아이들은 저녁밥을 9시에 먹어요. 그때부터 숙제하고 씻고 나면 아이들이 잠드는 시간은 11시가 돼요. 아이들 잠자는 시간이 부족해서 고민이에요."

"저는 갑작스럽게 야근하는 날이 있는데 집으로 돌아가면 아이가 자고 있을 때도 있어요. 당연히 아이 숙제를 봐줄 시간은 없어요. 숙제 못 한 날이 자꾸 생기니까 담임선생님한테 전화까지 오더라고요."

맞벌이라도 여전히 엄마 쪽이 육아를 주도하는 상황이니 고달플 수밖에 없다. 하지만 워킹맘을 선택했다면 마음을 다잡고 '엄마 전략'을 발휘해야 한다. 예를 들어 아이 잠자는 시간이 모자라 걱정이라면 아침에 일찍 일어나서 저녁식사를 미리 준비하는 습관을 들인다. 아이가 숙제를 자꾸 빼먹어 걱정이라면 아이 스스로 체크하도록 숙제 점검표를 만들어준다. 이렇듯 엄마와 아이의 생활에 맞추어 개선 방법을 찾는 전략이 필요하다.

'워킹맘'과 '전업맘' 모두 엄마 역할은 똑같다

아이가 초등학교에 들어가면 엄마가 해야 할 활동이 많아진다. 자발적인 참여활동으로는 학교 근처 건널목에서 아이들의 등교를 지도하는 '녹색 어머니', 아침 독서시간에 아이들에게 책을 읽어주는 '독서 도움 어머니', 자료실을 정리해주는 '자원봉사 어머니', 도서관에서 책을 정리해주는 '도서관 봉사 어머니' 등이 있다. 엄마가 1년 동안 학교에서 맡을 역할은 학기 초에 열리는 학부모 총회에서 정해지는데, 누군가는 하고 싶은 일이 있어서, 누군가는 하기 싫어서 눈치작전이 펼쳐진다. 대부분은 엄마들이 자원하여 원활하게 마무리되지만 그렇지 않을 때도 종종 있다.

첫째 아이의 2학년 학부모 총회에 참석했던 날, 옆 반에서 언쟁이 벌어지는 소리가 들렸다. 나중에 어떤 일이 있었는지 들어보니 옆 반의 대표 엄마가 회의를 진행하며 이런 말을 했단다.

"어머님들, 우리 아이들을 위해 학교 활동에 적극 참여해주시기를 바랍니다. 아무래도 워킹맘들은 시간이 없으시니 집에 계시는 전업맘들께서 도와주시면 어떨까요?"

그 발언에 회의에 참석한 엄마 중 몇 명이 바로 불만을 토로했다고.

"무슨 말씀이세요? 저는 전업맘이지만 아이가 둘이라서 학교 활동하기 힘들어요. 녹색 어머니나 도서 어머니 봉사활동을 하려고 어린 동생을 혼자 둘 수는 없지 않나요?"

"맞아요. 저도 여기에서 전업맘과 워킹맘을 굳이 따질 필요는 없다고 생각해요."

듣고 보니 모두 틀린 말은 아니었다. 전업맘과 워킹맘을 구분 짓는 사회 분위기가 엄마들을 불편하게 하는 것 같다. 서로 편 가르기를 하는 것 같아 안타까운 마음마저 들었다.

전업맘은 서럽다

2016년 7월부터 '맞춤보육'이 시작되면서 엄마들을 구분하여 어린이집 보육료 지원을 달리하기 시작했다. 전업맘의 아이는 '맞춤반'으로 오전 9시부터 오후 3시까지 6시간만 어린이집을 이용할 수 있고, 워킹맘의 아이는 '종일반'으로 저녁까지 이용할 수 있게 했다.

맞춤보육은 도입했을 때부터 전업맘과 워킹맘을 차별한다는 논란이 있었다. 정부에서는 정책의 효율성을 높이기 위함이라고 했지만 전업맘들은 이해할 수 없었다. 전업맘 입장에서는 복지재정 삭감의 부담분을 자신들에게 떠넘긴 것이라고 받아들일 수밖에 없었다. 육아를 위해 어쩔 수 없이 일을 포기했는데 차별까지 받는 것 같으니 더 서럽게 느껴졌으리라.

"요즘 세상에 처음부터 일하지 않는 엄마들이 어디 있어요? 대부분 출산하면서 일을 그만두는 건데, 전업맘이라고 부르면서 마치 우리를 놀고 있다고 취급하는 것 같아요."

"저는 다시 취업하기 위해서 학원에 다니고 있는데 전업맘이라고 맞춤보육을 해야 한대요. 재취업 준비할 시간이 부족해질 것 같아서 걱정이 많습니다."

부정적인 여론에도 맞춤보육은 강행되었고 전업맘의 아이들은 오후 3시나 오후 4시에 하원해야 했다. 긴급 바우처라는 이름으로 유동적인 시간을 활용하도록 했지만, 어린이집에서도 시간을 지켜야 하는 상황이니 어떤 아이는 오후 간식까지 먹지 못하는 일도 있었다. 전업맘뿐만 아니라 그 아이들까지 차별받는 것 같아서 씁쓸한 기분이 들었다. 이 제도의 문제점이 계속 불거져서인지 맞춤보육이 곧 폐지될 것이라는 소식이 들리고 있다. 하지만 워킹맘과 전업맘의 오래된 괴리감이 하루아침에 사라질지는 의문이 든다.

워킹맘과 전업맘의 다른 점

사실 워킹맘과 전업맘 중 어느 쪽이 편하다고 한마디로 판단하기

표 1-1 워킹맘, 전업맘의 일상

시간	워킹맘의 생활	전업맘의 생활
아침	출근 준비 시간은 한정되어 있다. 나를 위한 준비는 대충하고 자는 아이를 깨워서 외출 준비를 시킨다. 밥을 떠먹이며 옷을 입히고 서둘러 집에서 나가야 한다.	아이를 깨워 직접 만든 아침밥을 먹이며 대충 자기 입에도 쑤셔 넣는다. 꾸물거리는 아이를 타일러 등원 준비를 마친다.
등원	매번 어린이집에 들어서면 가기 싫다고 떼를 쓰는 아이 때문에 난감하다. 아이를 밀어 넣고 뒤돌아서서 지하철을 향해 달린다. 마음이 불편하지만 회사에 지각할 수는 없다.	아이 손잡고 어린이집으로 가는 길에 흥얼흥얼 아이와 동요를 함께 부른다. 어린이집 앞에서 작별인사를 나누고 들여보낸다. 혹시 병원에 들른다면 등원 시간이 늦어지지만 그래도 괜찮다.
오전	겨우 지각을 면하고 업무를 시작한다. 정신이 없어서 다른 생각을 할 여유가 없다.	유일한 자유시간이지만 청소와 빨래 등을 해놓고 나면 어느새 점심시간이 가까워진다. 늘 하는 집안일이지만 별로 티는 나지 않는다.
점심	유일하게 사람답게 밥을 먹으며 여유를 부릴 수 있는 시간이다. 밥을 천천히 먹고 커피를 마시며 아이 알림장을 체크한다.	점심상을 차리기 귀찮아 대충 때우는 일이 많다. 엄마들과 만나서 점심을 먹기도 하지만 횟수가 잦아지면 부담스럽다.
오후	칼퇴근할 수 있을지 걱정이 시작된다. 빠르게 업무를 처리하면서도 아이 하원 시간에 맞지 않을 경우를 대비해 친정 엄마한테 연락해둔다. 급할 때 도와주는 친정 엄마에게 용돈이나 선물을 잊지 않고 챙긴다. 내가 돈을 벌어서 가능한 일이라고 스스로 위로한다.	어린이집에서 아이를 데려온다. 오는 길에 놀이터에 들렀더니 한 시간이 넘도록 집에 갈 생각을 안 한다. 아이를 따라다니며 지켜보느라 체력을 소모한다. 하지만 즐거워하는 아이 얼굴을 보니 기분이 좋다.
저녁	정신없이 저녁상을 차려서 아이에게 저녁을 먹이고 씻기고 설거지를 대충 마치면 빨리 씻고 자고 싶은 마음이 굴뚝같지만 아이는 책을 읽어달라고 따라다닌다.	저녁밥을 차리는 동안 아이가 집 안을 어질러 놓아서 몇 번을 치운다. 그래도 아이가 놀아달라고 하면 블록 놀이도 자동차 놀이도 마다치 않고 해준다.
취침	아이를 안고 책을 읽어주다가 먼저 잠이 들어버린다. 항상 아이를 재우고 해야 할 일을 계획하지만 지키지 못한다.	아이와 책을 읽고 이야기하며 잠자리에 눕는다. 운 좋게 아이가 일찍 잠들면 자유시간을 가지면서 흐뭇해한다.

는 힘들다. 내가 양쪽을 다 경험한 바로는 분주한 생활은 다 비슷하고 저마다 처한 상황이 다를 뿐이었다. 아래의 <표 1-1>을 보면 워킹맘과 전업맘 생활의 차이점을 자세히 들여다볼 수 있다.

아이를 키우는 엄마라면 누구나 전업맘과 워킹맘 사이에서 선택해야 하는 순간이 온다. 어떤 엄마는 육아를 위해 경력 단절을 감수하고 전업맘이 되고, 어떤 엄마는 육아와 회사 일을 모두 감당하는 워킹맘이 된다. 그렇다고 워킹맘과 전업맘의 엄마 역할이 다른 것은 아니다. 엄마에게 주어진 시간이 다를 뿐이다.

어느 쪽이든 포기해야 하는 부분이 있다. 전업맘은 워킹맘보다 아이를 위한 시간은 있지만 경제적인 여유와 커리어를 포기해야 하고, 워킹맘은 일과 가정을 바쁘게 오가며 경력을 쌓을 수 있지만 아이와의 시간을 어느 정도 포기해야 한다. 전업맘과 워킹맘 중 어느 쪽을 선택할지는 엄마 본인이 진지하게 고민하고 정해야 한다. 자신이 정말 하고 싶은 일과 무엇에 우선 가치를 둘 것인지 분명히 정해야 전업맘과 워킹맘 사이에서 불행해지지 않기 때문이다.

모성애는 타고나는 것이 아니다

아이를 낳았다고 바로 모성애가 샘솟지는 않는다. 나도 처음에는 엄마가 되면 당연히 모성애가 충만해 떼쓰는 아이도 온화하게 대처하며 어떤 상황이든 아이를 사랑하고 무조건 예뻐할 줄 알았다. 하지만 현실은 너무도 달랐다. 첫째를 낳고 끊임없이 배고파하는 아이에게 젖을 물리면서 젖몸살 때문에 눈물을 흘렸다. 이유 없이 우는 아이를 달래면서 아이를 키우는 것이 내 뜻대로 안 되는 힘든 일임을 실감했다.

모성애가 부족한 엄마라고 자책한 적도 많았다. 나뿐만 아니라 많은 엄마가 "저는 모성애가 없는 것 같아요", "저는 나쁜 엄마인가 봐요"라며 엄청난 스트레스를 받고 있다.

모성애가 부족하다고 느끼는 상황은 다양했다. 자연분만을 하는 것이 무서워서 제왕절개를 한 엄마, 아이를 낳고 모유 수유가 힘들어서 분유를 먹이는 엄마, 이유식을 직접 만들기가 어려워서 배달 이유식을 먹이는 엄마, 아이를 일찍 어린이집에 보내게 된 엄마, 워킹맘 생활로 아이에게 못 해주는 것이 많다고 생각하는 엄마 등 상황은 달랐지만 그들에게는 공통점이 있었다. 아이를 낳아 엄마가 되었는데 육아 지식과 경험이 부족하다 보니 좌절과 고통을 경험했는데, 그 원인을 모성애가 없기 때문이라고 여긴다는 것이다. 심한 죄책감에 빠져 있는 경우도 있었다.

우리 사회는 엄마라면 당연히 머리부터 발끝까지 모성애로 가득할 것이라는 인식이 있다. 아이를 키우는 긴 시간 동안 여성에게 더 많은 책임을 지운다. 여성이라면 전부 모성애를 가지고 태어날 것이라는 선입견은 엄마들을 죄인으로 내몬다.

모성애 vs 부성애

아이 육아에 왜 엄마만 죄책감을 가질까? 나는 항상 의문이 들었다. 물론 남성과 여성의 신체적 차이는 인정한다. 임신과 출산은 여자만 할 수 있고, 모유 수유도 여성만 할 수 있다 보니 아이를 출산하는 과정에서의 모성애를 부성애와 비교하기는 힘들다.

하지만 모성애는 엄마들이 자라온 환경, 가족 관계, 아이를 키우는 환경 등에 의해 달라지는 것이지 모든 엄마의 모성애가 똑같지 않다. 마찬가지로 아빠들의 부성애 역시 아이를 낳지 않아서 없는 것이 아니다. 부성애는 육아 경험을 통해 충분히 만들어질 수 있다.

내가 운영하던 어린이집에는 육아에 참여하는 아빠가 꽤 많아서 그들을 위한 '아빠 데이'라는 행사도 진행했다. 육아에 동참하고 싶지만 잘 모르는 아빠들에게 아이와 놀아주는 방법과 대화하는 방법을 알려주자는 것이 행사 취지였다. 행사에 참여한 많은 아빠가 엄마 없이 아이와 함께 몸으로 말로 소통하면서 즐겁게 시간을 보냈다. 생각보다 많은 아빠가 아이들과 놀아주고 싶지만 방법을 모르고 있었다. 엄마들은 남편이 자신의 도움 없이 그렇게 아이와 잘 놀아줄 줄 몰랐다며 놀랐다. 행사에 참여한 이후 남편이 달라졌다며 후일담을 들려주기도 했다.

요즘에는 아빠들의 육아 휴직도 점점 늘고 있다고 한다. 아이를 낳고 일하는 엄마들도 예전보다 많아졌다. 엄마에게만 모성애를 강요하지 말고, 이제는 부부 육아 문화가 안정적으로 정착되어야 할 때다. 육아는 엄마 혼자서 하는 것이 아니라 부부가 함께하는 것이다.

아이를 키우며 모성애도 깊어진다

모성애는 엄마가 아이를 양육하는 과정에서 다양한 노력과 경험으로 학습되고 축적된다. 절대 타고나는 것이 아니다. 아이에 대한 정서적인 준비, 육아에 대한 지식과 노하우가 쌓이면서 커지는 것이다. 엄마가 처음이라 서투른 것은 당연하다. 엄마로의 스킬이 부족하다고 아이에 대한 사랑이 부족한 것은 아니다. 모유 대신 분유를 먹인다고, 먹을 것을 손수 만들지 않았다고, 아이 키우는 것을 힘들어한다고 '나는 육아를 못하니 나쁜 엄마다'라고 자책할 필요는 없다.

모성애는 엄마의 감정이 편안한 상태에서 나온다. '아이를 잘 키웠다', '똑똑하게 가르쳤다' 등 수많은 성공신화에 집착하다 보면 엄마로서의 기준이 점점 올라가서 누구라도 버거울 수밖에 없다. 스스로 모성애가 부족하다고 의심스럽다면 더더욱 자신에게 버거운 육아를 흉내 내려 하면 안 된다.

여성의 몸으로 태어났기 때문에 반드시 모성애가 있어야 한다는 고정관념과 엄마라면 모든 순간 아이가 예쁘고 사랑스럽게 보여야 한다는 굴레에서 벗어나자. 아이를 키우는 경험을 통해 엄마도 배우고 성장하는 과정을 거친다. 육아 능력에 대해 엄마 스스로 믿음을 가지는 것이 먼저다.

2장

전략보다 엄마의 행복이 우선이다

자신의 성격 유형을 알면 육아가 더 수월하다

서점가에는 하루가 멀다 하고 다양한 육아서와 교육서가 쏟아져 나온다. 그 책들의 내용대로 실천하면 아이를 성공적으로 키울 수 있을 것 같은 생각도 든다.

그런데 사실 꼭 그렇지만은 않다. 서적뿐만이 아니다. 성공적인 육아를 해낸 선배 엄마나 훌륭한 인물의 부모 양육법을 알아내어 내 나름대로 나와 아이에게 적용해보아도 마찬가지였다. 하라는 대로 따라 해보아도 만족스러운 결과는 얻지 못했다.

여러 해 동안 지켜보고 겪어본 엄마들은 자신의 성격을 제대로 파악하지 못하고 있었다. 훌륭한 지침서대로 양육하려고 하지만 대부분 자신의 성격대로 자녀를 키운다.

엄마의 기준과 욕심대로 양육하면서 정작 자기 자신에 대한 이해는 없다. 자기 자신에 대한 파악 없이 일시적인 육아 해결책만 찾아 혼란이 계속되는 것이다.

엄마 자신을 판단해보는 도구

엄마 스스로가 자신이 어떤 사람인지를 파악하면 육아가 수월해진다. 엄마와 아이에게 맞는 육아법을 찾을 수 있고, 육아 소신도 지킬 수 있다.

오늘날 사람의 성향을 구분 짓는 방법은 각종 성격 유형 검사, 혈액형 성격, 사상의학 등 다양하다. 그중 엄마들에게 추천하고 싶은 방법은 에니어그램(Enneagram) 성격유형 검사다.

에니어그램은 약 2000년 이상의 역사를 가진 성격 유형 이론이다. 에니어(ennea)는 그리스어로 '아홉'을 뜻하며 그램(gram)은 '쓰다'라는 말의 어원으로 이름 그대로 성격을 9가지의 유형으로 분류하고 있다. 특히 에니어그램은 단순히 성격 분류만이 아니라 인간의 마음과 타고난 본성을 알 수 있기 때문에 자기 자신을 좀더 깊이 이해할 수 있게 된다. 〈표 2-1〉은 에니어그램으로 생각해볼 수 있는 엄마 성격 유형과 육아 성향을 정리한 것이다. 한번 자신이 어떤 성격 유형인지 생각해보자.

표 2-1 에니어그램으로 본 엄마 성격 유형별 육아 성향

분류	육아 성향
꼼꼼한 노력형	자신이 생각하는 원칙과 기준에 따라 완벽해지려고 노력한다. 완벽한 엄마가 되려고 노력하며 그 과정에서 아이에게 높은 원칙과 기준을 부여하여 아이가 답답해할 수도 있다.
친절한 도우미	다른 사람의 욕구와 감정을 잘 살피고 돕는다. 배려심도 많다. 아이의 욕구를 잘 읽어내고 돌보는 것을 좋아한다. 전통적으로 우리 사회가 기대하는 엄마의 모습이지만, 지나친 관심으로 아이에게 부담감을 줄 수도 있다.
열정적인 전략가	성공을 중요시하고 원하는 바를 성취하려는 욕구가 크다. 자신감과 열정이 넘친다. 육아, 가사뿐만 아니라 많은 일을 융통성 있게 해내는 스타일이지만, 엄마 성취 욕구에 아이가 따라가지 못할 때 못마땅해할 수도 있다.
남다른 예술가	감정이 풍부하고 창의적 활동에 재능이 있다. 감수성이 예민하여 아이의 감정도 민감하게 공감한다. 자신의 감정에 솔직해서 아이와 어려움을 겪기도 한다. 일상의 반복되는 육아와 살림을 버거워할 수 있다.
현명한 연구가	침착하며 호기심이 강하고 관심 있는 분야는 적극적으로 탐구한다. 육아 정보를 탐구하는 자세를 보이나 혼자 있는 시간으로 에너지를 충전하기 때문에 매시간 아이와 함께 있는 것을 힘들어하기도 한다.
성실한 현실파	책임감이 강하고 자신이 맡은 일을 성실하게 해낸다. 아이 육아도 성실하고 꾸준하지만, 지나친 책임감으로 아이가 답답해할 수 있다.
명랑한 탐험가	행복한 활동에 호기심이 많고 긍정적인 에너지가 넘친다. 아이와 친구같이 편한 관계를 맺을 수 있는 장점이 있지만 고통스러운 상황을 회피하려는 성향이 있어서 아이가 혼란스러워할 수도 있다.
강력한 리더형	어떠한 일을 행할 때 강한 의지로 밀어붙이는 자질이 있다. 자신의 의지를 아이에게 강요할 수 있다. 의식적으로 아이를 기다려주고 인정해 주어야 한다.
온화한 조정자	타인에 대한 배려심이 많고, 조화를 이루는 인간관계로 다른 사람에게 편안함을 준다. 마음이 넓어 아이와 원만한 관계를 유지하나 현실적 대처에 미흡한 경향도 있다.

출처: 한국에니어그램교육연구소(www.kenneagram.com)

자신의 장단점을 파악하여 나만의 육아를 하라

자신의 장단점을 파악하지 못하는 사람이 많다. 대부분 무의식적으로 생각하고 행동하기 때문이다. 자신의 성격 유형을 알면 유형별로 긍정적인 면과 부정적인 면을 파악할 수 있다. 자신의 성격 유형을 통해 강점을 발견했다면 적극 개발할 수 있다. 또 자신의 단점을 받아들여 앞으로 부정적인 행동을 하지 않으려고 노력할 수 있고 자신의 단점을 보완할 대책을 찾게 된다.

나는 엄마들에게 아이를 키우는 것에 정답은 없다고 말한다. 빠르게 변하는 세상에 따라 엄마와 아이의 모습도 점점 다양해지고 그에 맞춰 새로운 육아 방법과 물품이 쏟아지고 있다. 그중 어느 것을 선택할지는 엄마에게 달렸다.

사람은 누구나 장점이 있다. 엄마들은 자녀를 양육할 때 자신만의 차별성을 확보할 필요가 있다. 검증된 교육법이나 효과적인 육아법을 적극 수용하고 받아들이되, 자신만의 방법을 찾는 것이다. 나를 제대로 알고 육아 가치관을 뚜렷이 세운다면 흔들리지 않는 육아를 할 수 있다.

엄마 나이 한 살,
아이와 함께 부모도 성장한다

임신해서 아이가 태어나기까지 열 달 동안 모든 엄마는 "건강하게만 태어나기를…" 하고 바란다. 아마 모든 임신부가 하루에도 몇 번씩 기도할 것이다. 그런데 아이가 태어난 이후에는 마음이 달라진다. 아이를 키우다 보면 종종 선택의 갈림길에 놓인다. 예를 들자면 '분유를 먹일지, 모유를 먹일지', '기저귀는 일회용으로 사용할지 천기저귀를 사용할지' 등 선택지 앞에서 깊은 고민을 한다.

선택의 갈림길에서 엄마들은 자신의 가치관, 육아서가 말하는 '좋은 엄마'의 자질, 주변 엄마들의 영향 등 여러 가지 요소를 고려한다. 이때 어떤 결정을 내리느냐는 자신이 어떤 엄마가 되느냐로 이어진다. 아이를 건강하게 키우기, 똑똑하게 키우기, 아이가 원하는 대로 키우기, 엄마가 원하는 대로 키우기 등 육아 방향성을 결정하는 기준이라

표 2-2 육아 선택 갈림길

선택지 A	선택지 B
분유	모유
산후조리원	가정에서 조리
수면 교육	함께 자기
가정 육아	기관 육아
책 육아	놀이 육아
엄마 집밥	배달 음식
엄마표 교육	사교육
공립초등학교	사립초등학교

할 수 있다.

“어떤 엄마가 되고 싶으세요?”라는 질문에 아마 모든 엄마가 “좋은 엄마가 되고 싶다”라고 말할 것이다. 그런데 “어떻게 좋은 엄마가 될 건가요?”라는 질문에 확실하게 답할 수 있는 엄마는 몇 되지 않을 것이다.

아이와 함께 성장하는 단계

엄마의 나이는 아이의 나이와 같이 흘러간다. 아이의 나이에 따라 변하는 엄마의 사정을 가리켜 “아이가 세 살이면 엄마 나이도 세 살”이라고 표현하기도 한다. 아이가 태어나 2시간마다 모유 수유를 하고 쪽잠을 자면서 엄마 나이 한 살을 맞는다. 두 돌쯤 아이 친구 엄마들과 교류하며 엄마 나이 두 살이 된다. 아이가 유치원에 들어가면서 엄마 나이 다섯 살이 되고, 아이가 초등학교에 들어가면서 엄마 나이 일곱 살이 된다.

발달심리학자 엘런 갈린스키(Ellen Galinsky)는 아이들이 자라며 발달 단계를 거치듯이 부모들도 발달 단계를 거친다고 했다. 임신한 순간부터 아이들이 독립할 때까지 크게 6단계를 거친다고 하여 '부모 발달 6단계'라고 한다(표 2-3 참고).

엄마가 발달 단계마다 어떤 부모가 될지 고민하고 더 좋은 엄마가 되려고 노력하는 것은 자연스러운 과정이다. 어린아이가 매사에 서투른 것처럼 초보 엄마 시절에는 자신의 서투른 모습을 걱정한다. 아이 성장과 함께 엄마도 점차 능숙해진다. 그렇게 엄마는 아이와 함께 성장한다.

표 2-3 부모 발달 6단계

구분	내용
이미지 형성기 (임신기)	부모가 결혼한 순간부터 아이가 태어나기 전까지의 시기
양육기 (출생~만 2세)	자녀와 애착, 신뢰감을 형성하는 시기
권위 형성기 (만 2~5세)	• 아이가 또래집단과 어울리며 자신의 가치관을 세우는 시기 • 부모는 적절한 권위를 형성하는 시기
설명하는 시기 (초등학생 시기)	아이가 학교에 입학하고 세상에 대하여 설명해주어야 하는 시기
상호 의존기 (청소년기)	• 아이가 성장하며 자아정체감을 형성하는 시기 • 부모 권위는 축소되고 부모와 자녀 간 거리감과 친밀감 같은 의존적인 상호관계가 발달하는 시기
떠나 보내는 시기 (성인)	자녀가 집을 떠나는 시기 자녀의 새로운 출발과 자녀와의 헤어짐을 준비해야 하는 시기

출처: 엘런 갈린스키, 〈자녀와 더불어 성장하는 부모〉, 양서원, 1992.

아이의 속도에 맞추어 성장하는 엄마가 되자

나는 엄마 나이 열 살이다. 아이 셋을 키우며 어린이집을 운영했고 150여 명이 넘는 아이들도 내 아이처럼 보살폈다. 하루 24시간이 모자라게 할 일이 넘쳐났다. 그렇지만 원장으로서의 일과 엄마의 일을 모두 소화하면서 나 스스로도 성장했다. 일주일에 두 번 건강을 위해 필라테스와 요가를 했고 한 달에 한 번 문화센터 강의나 부모 강연을 들었다. 최근에는 교육컨설턴트로 유명한 '샤론코치'가 진행하는 부모교육전문가 과정을 이수했다. 블로그도 시작했고 연구소도 차렸다.

내가 성공적으로 해낼 수 있었던 것은 아이 성장과 함께 나 또한 성장했기 때문이다. 조금 늦어져도 안달하지 않았고 꾸준히 하는 것을 목표로 했다. 엄마들이 보통 어떤 목표를 세우고 이루지 못하거나 제자리걸음을 하고 마는 것은 육아만으로도 일상이 바쁘게 지나가기 때문이다. 바쁘더라도 엄마들이 아이들과 함께 자신의 꿈을 이루고 '성장하는 좋은 엄마'가 되기를 바란다.

삶의 과정에서 육아는 일부분일 뿐이다. 아이들에게 완벽하고 헌신적인 엄마가 좋은 엄마라는 강박을 버리자. 완벽하지는 않더라도 엄마로서의 나와 맞춰간다면 '성장한 나'도 만나게 된다. 아이가 성장하듯 '엄마로서의 나'도 성장할 것이기 때문이다.

엄마는 저마다 최선의 육아를 하고 있다

나는 아이 셋을 키우는 워킹맘이다. 간혹 주위 사람들은 내게 주변의 도움이 없이 아이를 키우며 일까지 해서 힘들지 않으냐고 묻는다. 그러면 나는 늘 괜찮다고 대답한다. 사실 '가정에서의 엄마'와 '일터에서의 엄마' 사이에서 균형 잡기는 꽤 어렵다.

어린이집에서 근무할 때에는 항상 긴장해야 했다. 많은 아이와 하루를 보내면 시간이 가는 줄 모르게 바쁜데, 그 와중에 언제 무슨 일이 일어날지 예상할 수가 없기 때문이다. 하루는 늦은 저녁에 워킹맘인 아이 엄마로부터 연락이 왔다.

"원장님, 늦은 시간에 죄송합니다. 수이 엄마예요. 제가 내일 아침 일찍 7시에 출근해야 해서 아이를 보살필 수가 없어요. 남편은 항상 새벽 출근하고요. 어린이집 오픈 시간이 7시 30분이라 시간도 못 맞추고 어떻게 해야 할지 걱정입니다."

나는 난감해하는 아이 엄마에게 흔쾌히 7시에 아이를 등원시키라고 말했다. 아이들의 엄마를 도와주는 것도 내 일이니 아침 일찍 어린이집 문을 열어 아이를 맞으면 되겠다고 생각했다. 예기치 못한 일이 비일비재해서 아무렇지도 않았다. 어린이집 원장이기 전에 아이들의 엄마이다 보니 이렇게 출근 시각이 빨라졌을 때에는 집에서의 엄마 업무도 바빠진다. 평소보다 일찍 일어나서 아침에 할 일을 처리해야 한다. 아이들을 살뜰히 챙길 여유는 더더욱 없어진다.

내 상황에 맞게 엄마 역할을 하면서도 아이들에게는 늘 미안한 마음이 들었다. 아이들이 엄마를 필요로 하는 나이라서 더 그랬다. 그래서 어린이집 일을 관두고 집에서 아이들 육아에만 전념하게 되었다. 일하지 않는 엄마에 대해 아이들은 어떻게 생각하는지 궁금해서 한번은 첫째 아이에게 물어봤다.

"채우야, 엄마가 집에 있으면서 학교 앞에 데리러 가고 간식도 만들어주니까 예전보다 좋지? 어때?"

그런데 생각지도 못한 대답이 돌아왔다.

"엄마는 어린이집 원장님이라 늘 어린이집에 있었잖아. 내가 학교 끝나고 돌아오면 항상 그 자리에 있었고, 매일 간식도 먹었어. 나는 지금보다 엄마가 어린이집 원장님일 때가 더 좋았던 것 같아. 엄마는 아이들을 즐겁게 해주는 일을 했잖아."

나는 첫째 아이가 초등학교를 입학한 후 아이를 데리러 학교 앞에 간 일이 손에 꼽을 수 있을 정도로 드물었다. 아이는 유치원 때부터 스스로 가방을 챙겨서 다녔고, 늦게까지 어린이집에 남아 있는 동생들과 잘 놀아주었다. 내가 사무실에서 일하는 동안에는 옆에서 그림을 그리거나 블록을 하며 기다려주기도 했다.

다른 엄마들처럼 꼼꼼히 챙겨주지 못해서 항상 마음 한구석에 미안함이 있었는데 아이는 생각보다 상황을 잘 받아들이고 있었다. 나를 탓하기는커녕 오히려 열심히 일하는 나를 인정해주고 있었다. 아이의 말을 듣고 '괜찮은 엄마'가 된 것 같아 감동했다. "바쁜 엄마를 그렇게 생각해주어서 고마워" 하고 어린 아들에게 진심으로 고마움을 전했다.

엄마의 양육관에 따른 분류

가정에서 아이에게 가장 큰 영향을 주는 것은 엄마다. 엄마가 어떤 양육관을 가지고 있는지에 따라 아이의 성향이 결정된다. 양육관과 관련하여 사회에서 엄마를 지칭하는 용어를 정리해보았다.

알파맘

열정과 정보력으로 무장한 유형이다. 육아의 원칙은 잘 가르치는 것이다. 아이의 재능을 발굴하고 탄탄한 정보력을 바탕으로 체계적으로 자녀를 양육한다. 가령 자녀가 피아노에 소질이 있다면 교육의 초점을 피아니스트가 되기 위한 방향에 맞춘다. 세계적인 피아니스트로 만들기 위해서 여러 학원에 데리고 다니고 입시설명회, 콘서트 등을 다닌다.

베타맘

자녀가 원하는 삶을 우선시하는 유형이다. 자녀의 자유가 우선이기 때문에 엄마의 역할은 조언자, 조력자일 뿐이다. 자녀가 싫어하면 그 마음을 존중하며 부모가 원하는 삶을 강요하지 않는다. 이 경우 엄마와 자녀는 신뢰가 바탕이 된다.

타이거맘

엄격하게 훈육하고 간섭하면서 자녀를 혹독하게 교육하는 유형이다. 무조건 배려하고 아이의 뜻에 맞추는 것은 좋은 교육이 아니라고 생각하고 부모로서 권위를 행사해야 올바르게 자랄 수 있다고 생각한다.

스칸디맘

북유럽 스칸디나비아 국가의 라이프스타일을 추구하는 유형이다. 아이들에게 많은 자유를 주고 정서적 교감과 유대감을 키우는 것을 중시한다. 제재가 필요할 때 조용히 타이르는 방식을 선호하고 공부를 강요하기보다는 자연에서 뛰어놀기, 캠핑하기 등 친환경 방식으로 키우려고 한다.

헬리콥터맘

자녀의 일에 지나치게 간섭하며 자녀를 과잉보호하는 유형이다. 헬리콥터는 엄마들의 뜨거운 교육열의 단면을 가장 잘 나타내주는 치맛바람에서 파생되었다. 자녀가 성장해 대학을 졸업하고 사회생활을 해도 헬리콥터처럼 자녀 주변을 맴돌면서 사사건건 참견한다.

캥거루맘

캥거루가 자식을 배에 담고 키우는 캥거루처럼 자식을 곁에 두고 조종하며 무엇이든지 다 해주려는 유형이다. 부모의 과보호가 심할수록 자녀의 부모 의존도가 높아지며 헬리콥터 맘과 비슷한 개념이다. 헬리콥터맘과의 차이는 간섭을 넘어 아예 자식을 품고 살려고 한다는 점이다.

돼지맘

교육열이 상당히 높은 유형이다. 특히 학원, 학원강사, 교육법 등 사교육 정보에 능해서 주변 엄마들까지 이끌고 다니는 특징이 있다. 이들 역시 자식 교육에 관심과 열정이 높아 치맛바람도 일으키고 사교육에 많은 투자를 한다.

자신의 상황에 맞는 '최선의 육아'

모든 엄마가 자녀를 위해 애쓴다. 아이들은 그런 엄마의 마음을 알고 그 방식이 잘못되었다거나 이상하다고 생각하지 않는다. 우리 첫째 아이가 그런 것처럼 엄마의 사랑을 고스란히 느낀다.

하지만 엄마들은 평가대에 오른 듯 괴롭다. 다른 사람들의 고정관념 때문이다. 좋은 엄마라면 이러해야 한다는 고정관념이 너무도 많다. 예를 들어 결혼해서 임신하면 “당연히 자연분만을 해야지”, 출산하고 나면 “모유 수유를 해야지”, 아이가 어린이집에 가면 “엄마가 끼고 키워야지. 어린이집은 안 돼”라고 말한다. 또 “엄마가 직접 만든 집밥을 먹여야지”, “엄마가 가정교육을 시켜야지” 등 이런저런 말들이 들려온다. 엄마가 해야 할 기본은 참 많은데 정작 엄마가 자신의 상황에 맞게 육아를 해낼 때에는 ‘캥거루맘’, ‘돼지맘’이라 불리기도 한다. 과연 좋은 엄마의 기준을 어디에 두어야 할지 의문이다.

엄마들이 처한 상황은 모두 다르다. 그에 따라 엄마가 발휘할 수 있는 능력도 각기 다르다. 엄마 역할에 대해 다른 사람들이 마음대로 판단하는 것은 옳지 않다. 모든 엄마에게는 저마다 나름대로 아이를 키우는 육아 철학이 있고 자신의 상황에서 ‘최선의 육아’로 노력하고 있기 때문이다.

아이의 자존감보다 엄마의 자존감이 먼저다

최근 서점가를 강타한 키워드는 자존감(self-esteem)이다. 자존감이란 '자아 존중감'의 준말로 자신을 존중하고 사랑하는 마음이다. 즉 스스로 가치 있는 존재임을 인식하고 자신에게 인생의 역경에 맞서 이겨낼 수 있는 능력이 있으며 삶을 행복하게 살아갈 수 있다고 여기는 마음가짐이다.

하루는 한 학부모가 나를 찾아와 눈물을 흘리며 이렇게 말했다.

"원장님, 자존감이라는 게 뭔가요? 저한테는 없는 것 같아요. 아이를 키우며 저만 이렇게 힘든 건가요?

그 엄마는 아이를 둘이나 낳고도 날씬한 몸매에 얼굴도 연예인처럼 예쁘고 동네에서 제법 재력이 있다고 소문난 집안의 며느리였다. 게다가 남편은 집안일과 육아에도 적극 참여해서 자상한 아빠라고 소문이 자자했다. 남 부러울 것이 없는 엄마가 왜 그렇게 생각하고 있는지 의아한 마음이 들었다. 그러나 이야기를 듣다 보니 절로 고개가 끄덕여졌다.

결혼 전 그녀는 명문대 졸업과 동시에 대기업에 취업하여 자신의 인생을 즐기면서 만족스런 삶을 살았다. 외국어 공부 등 자기계발은 물론이고 독서, 운동, 여행 등 취미 활동도 즐겼다. 회사에서도 능력을 인정받아 때마다 승진하며 제법 괜찮은 연봉을 받았다.

그런데 갑작스러운 임신으로 결혼해야 하는 상황이 닥쳤다. 평소 행복한 가정을 꿈꾸던 그녀는 그 임신을 축복이라 여겼다. 일보다는 아이가 우선이라는 생각에 회사까지 그만두고 육아에만 전념했다. 자신의 커리어에 아쉬움도 있었지만 그렇다고 미련을 갖지는 않았다. 아이를 위해 희생하며 사는 것이 행복이라고 생각했다. 그런데 얼마 전 걸려온 회사 후배의 전화가 그녀의 마음을 어지럽게 만들었다.

"저보다 능력이 없다고 생각했던 후배가 회사에서 임원급으로 승진했대요. 그것도 여성 최초라나요. 축하한다고 말은 했지만, 왠지 기분이 좋지 않았어요. 제가 회사에 그대로 있었다면 그 자리에 제가 있었을 것이란 생각도 들고…. 집에서 아이를 키우고 있는 저 자신이 초라해서 견딜 수가 없더라고요."

그 이후로 그녀는 무기력해졌다고 했다. 열심히 하던 집안일도 하기 싫은 날이 늘어났고 아이와 놀아주는 시간도 귀찮아졌다. 남편의 위로도 전혀 도움이 되지 않았다. 육아도 버거운데 시댁과의 원만한 관계를 유지하면서 남편도 챙겨야 하는 자신의 상황이 육체적으로나 정신적으로 힘들게 느껴졌던 것이다. 이렇게 좌절감에 빠진 그녀는 자존감이라는 단어와 점점 멀어지고 있었다.

아이보다 엄마의 자존감이 먼저다

아이들의 자존감을 높여야 한다는 인식이 사회 전체적으로 높아졌다. 자존감이 높은 아이는 자라는 동안 행복하고 그 행복이 어른이 된 이후에도 이어진다는 것이다. 아이를 건강하게 키우고 똑똑하게 키우는 것뿐 아니라 자존감을 키우는 것까지 엄마의 몫이 되었다. 그러나 엄마는 자존감에 대해 경험해본 적이 없다. 과거에는 자존감이라는 단어 자체가 알려지지 않았고 중요하게 여기지도 않았다. 먹고살기 바빠서 아이가 무엇을 원하는지 어떤 마음인지를 보살펴주기보다는 그저 좋은 대학에 가서 좋은 직업을 가져야 성공한다고 생각했다. 그렇게 성장한 여성들이 결혼하고 엄마가 되어서 자존감을 챙길 여유가 있을까?

남편과 아이들을 우선순위에 두다 보니 자신은 늘 뒷전이다. 식구들을 위하는 일로 자신을 희생하다가 엄마의 자존감은 바닥이 난다. 나와 상담했던 어린이집 학부모처럼 자신의 존귀함을 잃고 남모르게 눈물을 훔치게 된다. 나 자신의 소중함을 잊어버린 채 자존감이라는 단어는 생각도 못한다.

엄마의 자존감은 무엇보다 중요하다. 엄마의 자존감은 아이의 자존감과 연결되기 때문이다. 자존감은 타인과의 관계, 경험, 생각 등에 의해서 형성되는데, 아이와 가장 가까운 관계는 엄마다. 자존감이 높은 엄마는 아이를 있는 그대로 위해주고 아이의 감정과 욕구를 세심하게 파악하고 충족시켜준다. 따라서 아이의 자존감도 높아진다.

엄마의 자존감을 키우는 법

엄마의 자존감을 키우는 가장 쉬운 방법은 자신이 좋아하는 일을 찾는 것이다. 좋아하는 일을 하면 살아있다는 느낌을 받게 된다. 그런 일은 즐거운 마음으로 오랫동안 할 수 있고, 오랫동안 하다 보면 자신감이 생겨서 삶의 활력을 찾을 수 있다.

엄마들이 좋아하는 일을 구체적으로 찾는 것은 어렵다. 자존감을 높이기 위해 인위적으로 어떠한 일을 시작하는 것도 힘들고, 육아 외에 따로 시간을 확보하기도 쉽지 않다. 육아를 미루고 뭔가 다른 일을 한다는 게 상상조차 안 갈 수도 있다. 먼저 아이를 키우는 지금의 나를 인정하고 생각해보라. 아이와의 시간 속에서 그것을 즐기며 할 수 있는 일은 생각보다 많다. 예를 들어 아이를 위한 요리, 독서, 나들이 등을 시작한다면 조금씩 자신이 좋아하는 일을 찾을 수 있을 것이다.

엄마의 자존감을 키우는 또 하나의 방법은 자기 자신을 사랑하는 것이다. 임신, 출산, 육아로 엄마 역할을 하다 보면 거울 한 번 제대로 볼 시간조차 없다. 그러다 보니 외모에 신경을 쓸 여유도 없어져서 자신이 초라해진 것 같은 마음에 자신감도 떨어지게 된다. 그러므로 일상에서 틈틈이 거울을 들여다보며 스스로에게 긍정 메시지를 보내는 방법을 실천하면 마인드 컨트롤 효과가 있다.

감사 일기 쓰기도 도전해보자. 엄마인 내 인생에 감사한 점을 생각해보면 처음에는 특별하게 없을 것 같지만 의외로 많은 것이 떠오른다. 일회용 팩 붙일 짬이 생겼다면 그 잠깐의 여유에 감사해보자. 그러면 오늘 아이가 건네준 그림 쪽지마저 감사하게 될 것이고 엄마로서의 인생에 감사가 넘쳐서 마음가짐이 180도 달라질 것이다.

엄마가 행복해야 가정이 행복하다

"원장님, 오늘 엄마가 아빠한테 화를 많이 냈어요. 저한테 싸우는 것은 아니라고 했는데 꼭 싸우는 것 같았어요. 아빠가 돈도 많이 못 벌면서 매일 늦는다고 짜증이 난대요."

아이들은 항상 엄마를 향해 안테나를 곤두세우고 있기 때문에 엄마의 기분이나 감정을 어느 정도 알고 있다. 그래서 아이 엄마를 만나지 않고 아이들의 말만 듣고서도 어느 정도 아이 엄마의 심리를 파악할 수 있다. 이렇듯 "아이를 보면 엄마가 보인다"라는 말을 실감하는 일이 종종 있다.

한편 엄마들과 대화할 때 "엄마가 되어서 행복하지 않다"라는 말을 자주 듣는다. 내게 찾아온 엄마들은 정신적으로 지쳐 있는 경우가 많아서 그런지도 모르겠다. 우울증, 가정불화, 출산 후유증, 육아 스트레스, 자녀 입시문제, 사춘기 자녀와의 갈등 등 불행한 이유는 다양했다.

엄마의 내적 불안은 직접 말로 표현하지 않아도 아이에게 전달된다. 육아가 원만하다면 일상에 아무런 문제가 없지만, 갈등과 상처를 숨긴 채 그렇지 않은 척할 경우, 자신뿐만 아니라 아이에게도 불안을 주게 된다. 내면에서 고통받는 엄마는 아이를 올바르게 양육할 수 없다. 엄마의 행복은 가정에서 매우 중요하다. 상처와 갈등이 있는 엄마라면 아이를 위해서라도 회복과 극복에 힘써야 한다.

엄마 행복의 긍정적 효과

나도 아내와 엄마로 10년째 살아오면서 늘 행복하지는 않았다. 어렵고 힘든 일, 괴롭고 고통스러웠던 일도 있었다. 하지만 그럴 때에는 의식적으로 '가족 안에서 모든 관계의 시작은 나 자신에서부터 출발하니 내가 마음을 행복하게 갖자'라고 생각했다. 내 부정적인 감정이 가족들에게 옮아가는 것을 느꼈기 때문이었다. 내가 어떠한 마음가짐으로 생활하고 행동하는지에 따라 우리 가족들의 생활도 달라졌다. 내가 불안한 마음이면 가족들도 불안해했고, 행복한 마음이면 가족들도 즐거워했다.

엄마로서 행복해지는 게 이기적이라고 생각할 수도 있다. 아이 앞에서 엄마의 욕구를 스스럼없이 드러내고 실현하는 것이 아이 육아보다 자신을 우선하는 것 같아서 미안한 마음이 들 수도 있다. 하지만 엄마가 행복해야 아이도 자신의 삶을 행복하게 영위하는 법을 배운다.

미안해하지 않아도 된다. 엄마의 양육 효능감이 높아져야 아이를 대하는 양육 행동에도 변화가 온다. 나아가 이 변화는 아이에게 긍정적인 영향을 미친다.

엄마의 '소확행'을 찾자

워킹맘이든 전업맘이든 현재 자신의 행복을 위해 시간과 돈을 투자할 만한 정신적 여유가 있는 엄마는 거의 없다. 20~30대를 중심으로 퍼졌던 소확행(小確幸, 작지만 확실한 일상 속 행복)이 엄마들 사이에도 필요했는지도 모른다. 요즘 엄마들 사이에서 소확행 모임과 클래스가 활성화되고 있다. 도서관 독서토론 프로그램에서 만난 한 엄마도 소확행을 실천하고 있었다.

40대 초반의 그 여성은 알뜰살뜰 살림하며 아이 둘을 키우고 있다. 두 아이의 뒷바라지와 가사만으로도 하루가 짧지만 최근 독서 토론 모임을 통해 자신만의 시간을 가지며 작은 행복을 느끼고 있다. 집안일과 아이들 생각을 잠시 접어두고 존중, 소통, 행복 등에 관해 이야기를 나누는 과정에서 스트레스도 싹 풀리고 자신의 삶의 가치관도 달라졌다는 것이다. 일상생활도 조금씩 변화가 찾아왔다. 아이들에게도 더 많은 관심으로 대화를 시도하게 되었고, 남편과도 예전 신혼부부 때 감정이 살아났다. 또 자신이 웃음이 많아지니 가정에도 항상 웃음꽃이 핀다.

그렇게 소확행을 찾은 이후 달라진 점을 이야기하는 여성의 표정은 내가 보기에도 무척 밝았다. 엄마의 소확행은 20~30대와는 다를지도 모른다. 젊은 세대는 개인에 몰두하며 자신만의 행복을 찾지만, 엄마들은 육아를 해야 하는 자신의 상황을 고려하지 않을 수 없다. 행복을 위해 무조건 경제적 투자를 하기도 힘들다. 하지만 찾아보면, 무료 도서관 프로그램처럼 엄마의 삶 안에서 작은 행복을 찾을 방도가 꽤 많다. 〈표 2-4〉를 참고하여 나의 소확행을 하나쯤 가져보면 좋겠다.

표 2-4 엄마가 찾을 수 있는 소확행의 예

운동형	엔터테인먼트형	학습형
다이어트댄스, 헬스, 등산, 수영, 요가, 필라테스	요리수업, 취미미술, 플라워아트, 일일공방수업	어학공부, 강연 참석, 독서모임, 유튜브 강의 시청

'맘 슬럼프', 엄마도 위로가 필요하다

엄마가 되면서 나는 엄청난 양의 육아 노동을 했다. 화장실을 가는 것조차 제대로 하지 못하고 쪽잠을 자면서 아이를 돌보는 것은 기본이었고, 아기 띠는 패션의 일부가 될 정도로 수시로 아이를 안은 채로 살림까지 했다. 아이가 셋이 되면서부터는 막내 아이를 안고 양손에 첫째 아이와 둘째 아이 손을 잡아야 겨우 외출할 수 있었다.

뒤돌아서면 어질러진 집 안을 하루에도 몇 번씩 정리하며 웃는 얼굴로 아이들과 놀아주었다. 아이들을 더 잘 먹이기 위해 서투른 요리도 했고 한 숟가락이라도 더 먹이기 위한 씨름은 하루에 세 번을 해야 끝이 났다. 정신없이 바쁘게 이것저것 하다 보면 어느새 하루가 지나갔다.

그럼에도 내가 아이들에게 자주 하는 말은 "엄마가 미안해"라는 말이었다. 갑자기 아이가 열이 올라서 아프면 우는 아이를 안고 그렇게 말했고, 남편이 회식하던 날 밤에 막내 아이에게 알레르기 반응이 와서 혼자 구급차를 불러 가면서도 수없이 그 말을 했다. 아이들이 커서 말을 알아듣게 되면서부터는 아이들에게 버럭 화를 내거나 짜증 냈던 일을 두고 “엄마가 미안해”라고 말했다. 아이들이 잠든 후에는 사랑스러운 아이들의 얼굴을 바라보며 눈물바람으로 오늘은 더 잘해주지 못해서 미안하다는 말을 속삭였다.

‘아이들을 위해 매일 노력하고 있음에도 나는 왜 미안하다는 말을 할까?’

곰곰이 생각해보니 아이와 관련된 모든 것이 엄마인 내 탓 같아서 자꾸 자책하고 있었다. 육아하다 보면 아이의 성장과 행동 발달은 엄마의 뜻대로 되지 않는다. 아이가 성장하면서 때로는 아이와 부딪히는 일도 생기고, ‘내가 아이를 잘 키우고 있나?’ 하며 좌절하는 일도 생긴다. 게다가 육아와 일을 병행하는 엄마는 직장에서의 업무 스트레스까지 감당해야 해서 포화 상태에 이르러 모두 포기하고 싶어질 수 있다. 이러한 엄마로서의 고비를 ‘맘 슬럼프’라고 할 수 있지 않을까.

누구에게 말할 수 없는 엄마의 슬럼프

몇 해 전 나는 심각한 ‘맘 슬럼프’를 겪었다. 어린이집 운영에 큰 고비가 와서 혼자서 감당할 수 없을 정도로 힘들었다. 할 일이 산더미라서 한숨 돌릴 여유도 없었다. 그런데 불안하기까지 해서 엄마로서의 중심도 함께 무너져버렸다. 그때 스스로한테 끊임없이 질문하며 의심했다.

'내가 우리 아이들에게 엄마 역할을 잘하고 있나?'

'내가 다른 아이들의 엄마 역할을 해도 되는 사람일까?'

'나는 교육자로서 제대로 하는 것인가?'

꼬리에 꼬리를 물고 이어지는 의구심을 해결할 방법을 찾을 수 없었다. 매일 멍하니 있다가 한숨만 내쉬었다. 밥조차 먹을 기운도 나지 않았다. 하지만 일상을 유지해야 했기에 다른 사람들에게 티 내지 않고 평소처럼 하려고 애썼다. 그런데 당시 7살이었던 첫째 아이가 엄마 눈치를 보기 시작했다. 아이는 자주 내 얼굴을 바라보며 확인하듯 물었다.

"엄마, 괜찮아요?"

나는 애써 웃어 보이며 괜찮다고 대답했다. 걱정하는 아이 눈빛을 외면하고 싶었다. 그런데 얼마 지나지 않아 아이까지 점점 불안해하는 모습을 보였다. 수시로 나를 확인하러 왔고 밤에는 안 하던 배변 실수까지 했다. 잠꼬대로 엄마를 찾으며 깨는 날도 많았다.

하루는 아이를 끌어안고 조용히 눈물을 흘리며 말했다.

"사실은, 엄마가 힘든 일이 있어. 채우가 엄마 마음을 알고 있었구나. 아마 시간이 지나면 괜찮아질 거야. 그런데 엄마가 예전처럼 너희를 잘 봐주지 못할 수도 있어. 채우가 엄마를 이해해주고 도와주면 좋겠다."

처음으로 엄마의 슬럼프를 마주한 첫째 아이도 나를 따라 울었다.

그리고 이렇게 말했다.

"엄마, 나는 지금도 충분해요. 내가 엄마를 얼마나 자랑스러워하는데…."

우리는 한참을 그렇게 울었다. 아직 아기라고 생각한 아이가 엄마를 이렇게 생각해주니 감격스럽고 위로받는 기분이 들었다. 이렇게 깊은 슬럼프에서 허우적대고 있을 때 나를 건져준 것은 결국 아이였다. 엄마가 자랑스럽다는 한마디로 나는 정신을 번쩍 차렸다. 이대로 주저앉아버릴 수는 없었기에 다시 힘을 내야겠다고 다짐했다.

완벽하지 않아도 괜찮아!

맘 슬럼프를 겪으면서 나는 완벽한 엄마가 아닌데 그렇게 되려고 아등바등해서 힘들었음을 알게 되었다. 거기다가 내 일도 완벽히 잘해야겠다는 생각에 정신적인 압박도 받았다. 한동안 기운이 빠지고 마음도 힘든 날이 계속되었지만 우연히 아이와 나눈 대화는 내가 마음을 편히 놓는 계기가 되었다.

'일을 잘하고 아이도 잘 키울 수 있다면 좋겠지만 모든 것을 완벽하게 할 수 있는 것은 아니야. 지금도 충분히 잘하고 있어' 하고 스스로 격려하며 완벽해지려고 애쓰지 않았다. 오히려 자신에게 관대해지려고 노력했다.

'완벽한 엄마는 어떤 엄마일까?' 하고 이따금 생각했는데 이제는 알게 되었다. 완벽한 엄마는 이 세상 어디에도 없다는 것을. 아이의 말을 들어주는 이해심 많은 엄마, 매끼 직접 맛있는 집밥을 만들어 아이의 건강을 신경 쓰는 엄마, 아이가 아무리 난리를 쳐도 언성을 높이지 않으면서 바르게 가르치는 엄마, 아이의 교육적인 부분까지 놓치지 않는 엄마…. 엄마들에게 각자가 생각하는 완벽한 엄마의 모습이 있을 뿐이다. 육아는 마라톤과 같아서 한결같이 유지하는 것이 중요하다. 꼭 완벽하지 않아도 된다. 엄마가 아이를 사랑하는 마음으로 엄마로서 조금씩 성숙해나가는 긴 호흡이 필요할 뿐이다.

직업은 단절되었어도 '계발'은 계속될 수 있다

출산 후 겪는 어려움 중 하나로 '산후우울증'이 있다. 10개월의 임신 기간을 거쳐 출산한 이후에는 호르몬 변화가 급격히 일어난다. 특히 출산 직후에는 이유도 없이 눈물이 흐르고 슬픈 감정이 생기기도 한다. 나도 첫째 아이를 낳고 조리원에 있을 때 갑자기 무언가 서러운 마음이 들어서 남편을 앞에 두고 펑펑 눈물을 흘렸다. 남편은 영문도 모른 채 어쩔 줄 몰라 하며 당황스러워했다. 한참 동안 울음을 그치지 못했다. 지금까지도 이유를 알 수 없으니 아마도 '산후우울감'을 느껴서 그랬나 보다.

산후우울증은 10~15퍼센트의 산모에게 나타난다고 하니 열 명 중 한 명은 산후우울증을 앓는 셈이다. 산후우울증은 내가 경험한 산후우울감과는 양상이 조금 다르다. 수개월에서 수년간 짜증, 분노, 슬픔 등의 감정 이상이 계속되고 죄책감, 불안감 등으로 일상생활에 나쁜 영향을 끼친다. 내 주변에도 생각보다 많은 엄마가 산후우울증으로 괴로워했다. 그리고 한 아이 엄마를 지켜보면서 산후우울증이 얼마나 엄마를 힘들게 하는지 알게 되었다.

30대 초반의 예쁜 외모를 가진 만삭의 임신부가 어린이집에 상담을 왔다. 이야기를 들어보니 출산 이후 직장으로 복귀하기 위해 미리 어린이집 상담을 다닌다고 했다. 아이 엄마는 전문직을 가지고 있어서 그런지 자기 커리어에 대한 자부심도 컸다. 출산 준비며 태교도 어느 하나 빠지는 것 없이 세심하게 하는 열성 맘이었다.

그런데 출산 이후 엄마의 열성과 완벽함은 무너져버렸다. 아이를 낳고 모유 수유하는 과정에서 심한 유선염(수유기 여성에게서 유방 내 유선 조직이 발달하여 풍부한 모유로 세균 감염이 생기면 급성 유선염을 일으킴)이 생겨서 모유 수유를 포기해야 했다. 그러는 바람에 '아이에게 모유도 주지 못하는 엄마'라는 생각에 죄책감에 시달렸다. 게다가 몸조리를 도와주던 친정 엄마와는 의견 차이로 매일 다툼이 일어났고, 결국 친정 엄마를 믿지 못하겠다며 혼자 아이를 보겠다고 마음의 문을 닫아버렸다. 퇴근 시각이 늦은 남편에게 자꾸 짜증을 냈고, 아내의 변화를 감지하지 못한 남편은 출산 이후 살을 빼지 못해서 뚱뚱하다는 이유로 아이 엄마를 무시하기 시작했다. 아이 엄마는 나를 찾아와 이렇게 하소연했다.

"선생님, 저는 정말 잘하고 싶었어요. 제가 꼼꼼한 성격이라서 남들보다 출산 준비도 철저히 했고요. 자연분만을 위해서 임신부 요가를 하루도 빠짐없이 했어요. 그런데 아이를 낳고 저는 형편없어졌어요.

스트레스 때문에 아무거나 막 먹어서 살이 빠지지도 않고, 그래서 거울 보기도 싫어요. 더 심각한 문제는 아이가 예쁜지도 모르겠다는 거예요. 우는 소리도 듣기 싫어서 저도 모르게 귀를 막고 한참 동안 바라보기만 할 때도 잦아요. 이대로는 직장에 복귀하지 못할 것 같아요"

나는 엄마의 이야기를 다 듣고 대답했다.

"어머니, 다시 회사로 돌아가서 어머니의 멋진 커리어를 찾으세요. 엄마가 자신 있게 일상생활을 하면 육아에 즐거운 마음이 생깁니다. 남편께 솔직히 털어놓고 도움을 청하세요."

엄마로서 선택의 기로

출산하고 엄마가 되면 생활이 달라진다. 임신과 동시에 예상했더라도 상상 이상으로 현실이 급변한다. 육아, 직장, 부부 관계 등 엄마가 되면서 상황이 바뀌고 해결해야 할 일이 계속 생긴다. 엄마 역할을 하면서 끊임없이 고민하며 전업맘, 워킹맘, 경단녀 중 하나를 선택해야 한다. 〈표 2-5〉처럼 엄마의 라이프 변화는 쭉 이어진다.

일하는 엄마는 시부모나 친정부모에게 아이를 맡기거나 어린이집에 아이를 맡긴다. 2년 육아 휴직을 하는 것도 힘든 일이라 부모님께서 도와주지 않으면 다른 사람의 손을 빌릴 수밖에 없다. 아이를 맡기고 직장에 다녀도 엄마들은 끊임없이 힘들다. 집에서는 내 아이에게 소홀하다는 생각으로, 직장에서는 다른 사람보다 일을 잘하지 못한다는 생각으로 죄책감에 시달린다. 어렵게 적응해 워킹맘 생활을 이어가도 각종 육

표 2-5 엄마 라이프 변화 스타일

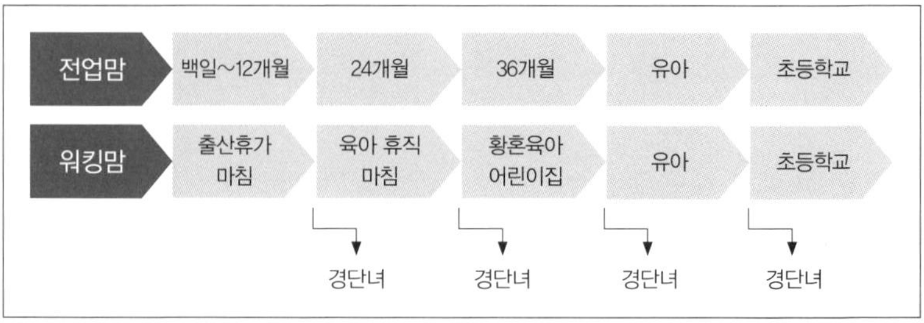

아서에서 주장하는 "세 살까지 아이는 엄마가 키워야 한다", "아이는 엄마로부터 애착을 배운다"라는 말들이 가슴에 꽂히면 또다시 고민에 빠진다. 그리고 경단녀가 되어 잠시 전업맘이 되자며 경로를 바꾼다.

나도 회사에 다닐 때 엄마로서 선택해야 하는 상황이 있었다. 생각지도 않게 둘째를 임신해 회사 눈치를 보며 일을 이어가던 중 자연유산이 된 것이다. 그때의 상실감과 죄책감은 지금도 잊히지 않을 정도로 크다. '내 탓이야'라고 계속 나를 탓하며 눈물로 유급휴가 기간을 보냈고 회사로 복귀하자마자 사직서를 제출했다. 이대로 가다가는 첫째 아이도 제대로 키우지 못하겠다는 생각이 들었기 때문이었다. 나는 그렇게 경단녀가 되었다.

엄마로서의 경력도 자기계발로 삼자

전업맘이 되어서 애를 키우다 보니 예상했던 것만큼 행복하지 않았다. 집에서 매일 아이와 하루를 보내도 시간은 빠르게 흘러갔다. 오히려 하는 것 없이 하루가 끝나면 허무한 느낌마저 들었다. '내가 뭘 하고 있는 걸까?' '내가 어떤 음식을 좋아하는 사람이지?' '거울을 본 지가 언제더라' 같은 생각이 들었고 어쩐지 예전의 '나'는 완전히 없어지고 '엄마로서의 나'만 남아 있는 듯했다.

무기력하게 하루하루를 보내다가 행복한 느낌을 다시 찾은 것은 어린이집에서 일하게 되면서부터다. 아이를 키우면서 할 일을 다시 찾은 것이 기뻤고 다른 아이들을 돌보는 데에 보람도 느꼈다. 아이를 재우고 늦게까지 어린이집 서류를 정리해야 하거나 나머지 일을 해야 해서 힘들 때도 있었지만 그래도 좋았다. 운 좋게 기회가 와서 어린이집 운영을 맡게 된 이후로는 개인 시간도 없이 바빴지만 '엄마로서의 나'는 힘들지 않고 오히려 '엄마가 된 나'를 사랑하게 되었다. 생각해보면 내가 워킹맘으로 버거운 상황이 왔을 때 경단녀로 경로를 바꾼 것이 또 다른 기회로 찾아온 듯하다. 만일 생계형 워킹맘이라 그만두지 못하는 상황이었다면 지금의 나도 존재하지 못했을 것이다.

엄마로서 선택의 순간은 항상 찾아온다. 일을 포기하기 이전에 먼저 '나를 계발하는 일'을 찾았으면 좋겠다. 당장 일을 시작하지 않아도 일상에서 즐기며 할 수 있는 것부터 해보면 된다. 그러다 보면 엄마의 일상이 달라지는 것을 틀림없이 느낄 수 있을 것이다. 훗날 다시 일을 시작할 때에도 나의 커리어를 올리는 경력으로 이어지는 '엄마의 내공'과 '엄마로서의 경력'을 차근차근 쌓아보자.

엄마이기에 가능한 인생의 기회가 있다

"너 같은 딸 낳아서 키워봐. 그래야 엄마 마음을 이해하지!"라는 말은 엄마들이 딸들에게 하는 대표적인 잔소리 레퍼토리다. 우리 친정 엄마도 이따금 내게 이렇게 말했는데, 나는 그때 그 말을 전혀 이해하지 못했다. 엄마의 도움을 받지 않고 알아서 해온 내게 왜 그런 말을 하는 건지 어리둥절했다. 내가 아이를 낳아 키우기 전까지는 '엄마는 왜 자꾸 그렇게 말하는 거지? 나 같은 딸 낳으면 좋기만 하지!'라고 생각했다.

82년생 김지영처럼

나는 소위 말하는 '82년생 김지영 세대'다. 내 또래 여성들과 비슷하게 지극히 평범한 집에서 태어나 평범하게 자랐다. 남들과 달랐던 것은 '쌍둥이'로 태어났다는 것과 우리 가족이 엄마, 아빠, 오빠, 언니, 그리고 나와 쌍둥이 동생까지 6명으로 다른 집들에 비해 많았다는 것이다.

식구가 많아 집안이 항상 북적북적했고 재미있는 기억이 많은 유년 시절을 보냈지만 아무래도 부모님의 따뜻한 관심은 별로 받지 못했다.

부모님은 장사하셨기 때문에 늘 바빠서 우리에게 신경 써 줄 시간이 없었다. 그래서 엄마는 내가 학교 임원을 해서 참석해야 할 때에도, 학교 대표로 전국대회에 나가는 날에도 오지 못했다. 나는 초등학교 때부터 스스로 밥을 차려 먹고, 스스로 챙겨서 학교에 다녔고, 바쁜 엄마를 도와서 집안일도 수준급으로 잘했다. 물론 때때로 엄마가 학교에 청소하러 와주고, 비 오는 날 우산을 가지고 마중 나오는 친구들이 부러웠지만 그렇다고 엄마에게 어리광을 부리지는 않았다. 오히려 스스로 공부해서 각종 상을 받았다.

고등학교 때는 IMF로 부모님이 평생 장사하며 모은 재산과 집을 한순간에 잃었다. 가계가 많이 어려워져서 학비를 내기도 힘들었지만 무사히 졸업했고, 대학교 때부터 여러 가지 아르바이트를 하며 부모님으로부터 경제적인 독립을 해야 했다. 그래서 취업 후에는 결혼 비용도 스스로 장만해서 부모님의 도움 없이 결혼했다.

그렇게 결혼하고 나서 엄마는 나에게 아이를 낳아서 키워야 알 것이라는 말을 몇 번이고 했지만 나는 귀담아듣지 않았다. 엄마가 되는 일도 졸업, 취업과 같이 지나가는 통과의례 같은 거라 잘할 수 있을 것만 같았다. 그때는 내 인생에 얼마나 큰 변화가 생길지 전혀 예상하지 못했다.

엄마로서 인생을 시작하다

내가 엄마가 된 지도 10년이 되었다. 돌이켜보면 엄마가 되는 과정부터 지금까지 무엇하나 쉬운 일이 없었다. 엄마로서 마음가짐을 달리해야 하는 상황은 언제나 어김없이 찾아왔다.

첫째 아이를 출산하는 날에는 양수가 터져서 촉진제를 맞아가며 위급하게 출산을 해야 했다. 그런데 산모인 내가 지쳐서 힘을 주지 못하고 있어 아이가 나올 기미가 없자, 간호사가 "산모님, 숨을 크게 들이쉬고 조금 더 힘을 내세요. 여기서 지체하면 아기가 힘들어집니다. 엄마가 힘을 내야 해요!" 하고 소리쳤다.

나는 숨조차 제대로 쉬지 못하고 있다가 정신이 번쩍 들었다. 내가 하지 못하면 아이가 힘들어지겠다는 말에 죽기 아니면 까무러치기라는 생각으로 힘을 냈다.

"제가 할게요. 저 할 수 있어요!"

나도 모르게 그렇게 소리를 지르고, 생애 처음으로 거대한 고통을 참으며 괴력을 발휘해 첫째 아이를 만났다. 그렇게 힘겹게 아이를 가슴에 안은 순간에 나는 엄마가 되어 한없이 행복하고 무사히 아이를 낳은 내가 자랑스러웠다. 엄마가 된 설렘에 잠도 설쳤다.

초보 엄마가 되어 워킹맘으로 아이를 키우는 과정에서는 위기가 여러 번 있었다. 회사일로 바쁘게 보내던 중 엄마로서 능력의 한계를 느끼기도 했고, 둘째를 유산하는 안타까운 경험도 했다. 하지만 힘이 들어도 엄마로서 계속 노력해야 했기에 육아서를 읽고 온갖 육아 사이트에 가입하여 엄마가 되는 법을 공부했다.

비록 힘들기는 했지만 아이가 자라면서 보여주는 사소한 모습에 감동받았다. 밥을 먹다가도 나를 향해 웃어주는 아이의 미소와 혀짧은 소리로 "엄마 따랑해요"를 연발하며 뽀뽀해주는 아이의 따뜻한 입술, 아빠와 손을 잡고 걸어가는 작은 뒷모습 등 아이와의 일상은 나의 마음을 평온하게 해주었고, 그 시간이 쌓이면서 조건 없이 주는 사랑을 알게 되었다. 나는 하루에도 몇 번이고 "엄마가 많이 사랑해"라고 아이들에게 말한다. 정말 그 말이 아깝지 않은 정도로 사랑스럽다.

나는 엄마가 되어 새로운 세상에 눈뜨고 점점 성숙해져 갔다. 친정 엄마한테 방 청소를 하라는 잔소리를 듣던 내가 '청소박사'가 되었고, 요리며 정리 수납이며 뚝딱 해내는 '살림의 여왕'이 되었다. 아이 먹거리를 공부하며 성분을 꼼꼼히 따지는 '집밥 전도사'도 되었고, 아이들에게 엄마표 교육을 하는 '전속 선생님'도 되었으며, 결혼 시작부터 알뜰살뜰 돈을 모아 집을 장만하는 '부동산 금손'도 되었다. 나의 생활은 분명히 엄마가 되어서 바뀌어 갔다. 어느새 육아는 내게 있어서 '인생의 터닝 포인트'가 되었다.

엄마의 터닝 포인트는 지금이다

한 개인의 인생에는 여러 가지 변수가 있다. 입학과 졸업, 연애와 취업, 결혼과 출산 등에서 여러 선택의 기로가 생겨나 그 안에서 최고의 순간 혹은 최대의 위기 순간도 있다. 인생의 터닝 포인트는 사람마다 다르다.

엄마들의 일생에서 가장 큰 전환점은 육아다. 아이를 낳고 키운다는 것은 엄마에게 상상 이상의 변화를 가져와서 그동안 몰랐던 '나'를 마주하게 한다. 많은 엄마가 "내 인생은 엄마가 된 시점부터 달라졌어", "내가 이렇게 될 줄 몰랐어" "내가 아이를 낳지 않았으면 지금의 시간도 없었을 거야"라고 말한다.

또 엄마가 되어서야 부모가 자신에게 헌신과 책임감을 드리우며 사셨음을 깨닫는다. 친정 엄마에게 들었던 "너 같은 딸 낳아서 키워봐. 그래야 엄마 마음을 이해하지!"라는 잔소리의 의미를 비로소 이해하게 된다.

육아에는 예상치 못한 어려움도 많다. 엄마는 아이의 양육, 교육, 사춘기, 진로 결정 등 여러 장애물을 넘기면서 아이가 성장하는 것을 본다. 이런 아이 옆에서 엄마는 때로는 양육자로, 때로는 보호자로, 때로는 조력자로 역할을 변경해가며 그렇게 진정한 부모가 되어간다. 엄마의 인생도 점점 성장을 거듭하게 된다.

이 시간은 결코 되돌릴 수 없다. 내 아이의 3세, 5세, 7세의 시간은 지금뿐이다. 따라서 엄마들이 육아라는 과정을 소중히 여기면 좋겠다. 육아는 엄마에게 또 다른 기회이자 인생의 터닝 포인트다.

일하는 엄마가 되는 전략도 있다

2018년 10월 통계청에서는 가사 노동의 경제적 가치를 발표했다. 그 금액은 연봉으로 710만 원 수준이었다. 전업주부의 월급이 90만 원이라는 사실에 인터넷 맘카페의 게시판에는 엄마들의 뜨거운 댓글이 이어졌다. 과연 제대로 평가한 것인지 따져 묻는 것이었다.

"전업주부는 주 5일 근무도 아니고 주말근무와 야근도 시달리잖아요. 해야 할 일은 또 얼마나 많은데 저 금액이 말이 되나요?"

"남자들의 군대 경력은 인정해주는 나라에서 엄마들의 경력은 이렇게 대우해주다니요."

"하다못해 최저임금을 1만 원으로 올려야 한다면서 엄마들은 아르바이트만도 못한 거 아닌가요?"

이런저런 하소연을 해보지만 엄마들의 신세가 땅에 떨어진 것 같은 상황이 바뀔 리는 없었다. 나는 문득 얼마 전 TV에서 보았던 "태어나서 가장 많이 참고 일하고 배우며 해내고 있는데 엄마라는 경력은 왜 스펙 한 줄 되지 않는 걸까?"라는 광고 카피가 떠오르면서 만감이 교차했다. 엄마의 육아 경력과 노동의 가치가 언제쯤 정당한 대우를 받을 수 있을지 궁금해졌다.

경단녀의 재취업까지 평균 8.4년이 걸린다

여성들의 경제활동이 활발해졌다고 하지만 여성가족부 조사에 따르면 아직도 30대 기혼 여성 3명 중 1명이 회사를 떠나 '경단녀'가 된다. 여성들의 경력단절은 출산이나 육아 보육에만 국한되지 않는다. 임신, 출산, 영유아기 육아라는 큰 산을 넘겨 아이의 초등학교 입학 시기에도 발생한다. 물론 학교에는 맞벌이 부부를 위해 돌봄교실이 있지만 대부분 오후 5시면 문을 닫아서 아이를 돌보는 데 공백이 생긴다. 이를 해결하기 위해서 아이들이 엄마의 퇴근 시각까지 여러 학원을 거친다는 '학원 뺑뺑이'도 해보지만 어쩔 수 없이 '경단녀'를 선택해야 하는 상황이 닥친다.

아이들이 자라면서 다시 일하고 싶은 욕구가 커져도 경단녀들의 사회 재진출이 만만치 않다는 것도 문제다. 엄마들에게 재취업의 문턱은 너무 높고 취업문도 좁다. 그래서 경단녀가 재취업하기까지 걸린 시간은 2016년 여성가족부 통계에 의하면 평균 8.4년이다. 게다가 일단 경력이 단절되면 이전 경력을 되살리는 것은 너무나 힘들다. 혹시 취업이 된다고 해도 이전 경력에 비해 일자리의 질이 낮고 급여도 턱없이 줄어드는 경우가 많다.

재취업 성공 가이드

나는 '경단녀'가 될 것임을 예감하고 회사를 다니며 미리 준비했다. 그 당시에도 아이를 키우며 안정적인 회사생활을 하려면 시댁이나 친정에 아이를 맡겨야 한다는 사회적 분위기가 있었는데 나에게는 불가능한 머나먼 나라 이야기였다. 일찌감치 포기하고 차선책을 계획했다.

아이를 키우면서 어린이집을 운영하고 싶다는 꿈을 가지고 있던 나는 다시 공부를 시작했다. 회사 다니면서 쉴 틈 없이 공부해서 보육교사자격증과 각종 관련 자격증을 취득했다. 회사를 그만두고 경단녀가 되어서도 집에만 있지 않고 아이를 업고 유아교육출판사와 문화센터의 강의를 들으러 다녔다.

준비하고 있어서인지 기회는 금세 찾아왔다. 어린이집 교사 실습을 하면서 친해진 원장님이 나를 좋게 봐주시며 교사 채용을 제안하셨던 것이다. 아이와 함께 다녀도 좋다는 조건도 제시해주셔서 나로서는 거절할 이유가 없었다. 오히려 더 열정을 보이며 말했다.

"저는 어린이집을 운영하고 싶은 꿈이 있습니다. 많이 가르쳐주시면 열심히 하겠습니다."

그렇게 나는 열정 가득한 어린이집 교사를 시작으로, 10년간 세 아이를 낳고 키우며 어린이집을 운영하는 원장님, 놀이학교는 경영하는 원장님 경력을 쌓으며 교육전문가로 성장할 수 있었다.

나는 평소 아이들을 좋아하고 다른 사람들과도 잘 어울리는 친화적인 성격을 살려서 직업을 선택했다. 그리고 언제, 무슨 일을 하겠다는 목표의식을 가지고 오랜 기간 준비를 했기 때문에 기회가 찾아왔을 때 잡을 수 있었다. 이렇게 내가 재취업의 성공 가능성을 높일 수 있었던 비결은 크게 2가지로 요약된다.

1. 뚜렷한 목표 의식을 가져라
2. 나를 정확하게 파악하라

첫째, 뚜렷한 목표 의식을 가져라

"당신의 인생 목표는 무엇입니까? 그 목표를 위해 어떤 노력하고 있습니까?"라는 질문을 엄마에게 하면 대부분 비슷한 답을 내놓는다.

"아이를 잘 키우는 것이요."

"우리 가족이 행복하게 사는 거예요."

실제 엄마들은 막연한 꿈이 있거나 계획은 있지만 실천할 생각을 못하고 그냥 바쁘게만 지내게 된다. 하지만 만일 직업을 갖겠다는 목표가 있다면 그 목표를 이루는 데 좀더 구체적 계획을 세워야 한다. 목표의식이 뚜렷할수록 동기가 강하게 부여되어 지금 자신이 무엇을 해야 하는지가 분명해지기 때문이다.

나의 꿈을 위해 생각해야 할 5가지

1. 나는 (   )을 좋아한다.
2. 나는 (   )을 잘한다.
3. 지금부터 5년 후 나는 (   )하고 싶다.
4. 지금부터 10년 후 나는 (   )하고 싶다.
5. 나는 (   ) 사람이 될 것이다.

둘째, 나에 대해 정확하게 파악하라

나의 성향에 맞는 전문 자격증을 취득하는 것도 취업에 도움이 된다. 아무리 유망한 자격증이라고 해도 자신의 적성에 맞지 않는다면 무용지물이 될 가능성이 높다. 따라서 자신이 어떤 일을 할 것인지를 먼저 명확하게 한 후 선택한 직종에 맞는 교육을 준비하는 것이 좋다.

이때 도움이 되는 것이 '직업심리검사'다. 직업심리검사는 개인의 능력과 흥미, 성격 등의 심리적인 특성들이 각 직업에서 요구하는 능력 수준 및 특성에 얼마나 적합한지를 측정하는 검사다. 이를 통해 성공 가능성이 높고 만족할 만한 직업을 탐색하도록 알려준다. 고용노동부 고용정보시스템인 '워크넷' 홈페이지에 접속하면 검사 및 상담이 가능하다. <표 2-6>에 나와 있는 정부에서 지원하는 재취업을 위한 교육훈련 이용하면 교육비 무료 혜택도 있어 유용하다.

표 2-6 재취업 지원 교육훈련 정보

취업지원정보	담당처	대상	내용
취업성공 패키지	고용노동부	18~64세 저소득층이 대상	저소득 취업 계층을 위한 취업지원 프로그램
여성새로 일하기센터	고용노동부와 여성가족부 공동 운영	경력단절여성과 취업을 희망하는 여성을 대상	경력단절여성에게 종합적인 취업 서비스를 지원
장년취업 인턴제	고용노동부	만 45세 이상의 미취업자	기업체의 인턴 기회를 제공하는 제도. 정식으로 채용되기 전에 기업에서 일하며 본인에게 맞는 일인지 알아볼 수 있다.
내일배움 카드제	고용노동부	실업자 및 근로자(60시간 미만 근로)	구직자들의 직업훈련 교육과정에 필요한 비용을 국비로 지원하는 제도. 월 200만원 한도 내에서 50~80퍼센트를 지원
꿈날개	여성가족부 경기도일자리재단	꿈날개 회원	여성에 특화한 온라인 경력개발 서비스. 온라인을 통한 직업교육

엄마라면 도전할 수 있는 '창직'

'창직'은 창조적인 아이디어를 통해 자기 주도적으로 기존에는 없는 직업이나 직종을 새롭게 만들어내거나 기존의 직업을 재설계하는 창업 활동을 말한다. 아이디어를 가지고 자신의 능력이나 적성을 활용하기 때문에 창업과는 다른 개념이다.

엄마라서 도전해볼 수 있는 '창직'은 의외로 많다. 결혼, 출산, 육아, 재테크, 인테리어, 정리수납, 요리, 교육, 인간관계 등의 분야에 한 가지 정도는 재미를 느끼고 자신이 좋아하는 것을 찾을 수 있다.

TV에도 주부 살림 고수나 재테크 고수가 나와 자신의 노하우를 알

표 2-7 여성 창직 프로그램

직종	내용
핸드 메이드 코스메틱&홈케어 제품 창업	수제 비누, 화장품 제조 판매
블로그 마켓 창업	블로그를 통한 제품 판매
푸듀케이터	식생활과 관련된 건강, 환경 등의 분야를 다루는 바른먹거리 전문강사
펫시터(반려동물관리사)	반려동물 돌봄이
콘텐츠 에듀케이터	체험교육 지도사

출처: 여성새로일하기센터(saeil.mogef.go.kr)

려주는 일이 많다. 주부 경력도 쌓이다 보면 나의 능력을 발휘할 수 있다는 이야기다. 또 요즘은 경험이 직업이 되는 시대다. 1인 미디어 채널이 넘쳐나고, 1인 기업도 늘고 있다. 따라서 엄마들도 자신의 재능과 능력을 계발하여 '창직'에 도전해볼 만하다.

〈표 2-7〉은 여성새로일하기센터에서 운영하는 '창직'과 관련된 교육프로그램이다. 자신이 관심이 있는 분야를 찾아서 육아하면서도 미리 공부하며 '창직'을 준비하는 방법도 있다.

3장

흔들리지 않는 나만의 육아 전략이 필요하다

임신에서 출산까지 국가의 지원혜택을 놓치지 마라

"축하합니다. 임신 5주입니다."

임신 소식을 들은 순간 가슴이 벅차올랐다. 내가 엄마가 된다는 사실이 믿어지지 않았다. 2주 후, 정기 검진 날에 처음 아기 심장 소리를 들었다. 초음파 사진을 받아 든 후에야 한 생명의 존재를 실감했다. 엄마가 되려면 앞으로 무슨 일을 해야 할지 깊이 생각해보기도 전에 느닷없이 입덧이 시작됐고 점점 심해졌다. 내가 할 수 있는 일은 별로 없었다. 냉장고 문을 열 수도 없고 음식 냄새도 맡지 못해 밥을 제대로 먹지 못하는 날이 많았다. 회사에 출근할 때 대중교통으로 1시간 30분을 이동해야 했는데 버스로 갈아타는 30분은 정말 지옥 같았다. 손수건으로 입을 막았는데도 구역질을 참을 수가 없었다. 도중에 내려서 화장실로 뛰어가고 다시 버스를 기다려 회사에 도착했을 때에는 이미 출근 시각이 훌쩍 지난 후다.

"엄마, 나 밥도 못 먹고 회사에 출근하기 너무 힘들어."

답답한 마음에 친정 엄마한테 전화를 걸어 하소연하면 곧 괜찮아질 거라는 말만 돌아왔다. 사실 친정 엄마가 해줄 수 있는 건 없으니 내가 정신을 차리는 게 맞았다. 임신, 출산에 대해 제대로 대비해야겠다고 마음을 고쳐먹고 서점에 가서 '임신 출산 책'부터 샀다.

"아, 입덧은 4개월쯤이면 끝나는구나. 공복에는 심해질 수 있다니 자주 먹어야겠다."

책을 읽자 임신으로 변화한 내 몸 상태가 이해되었다. 점점 입덧이 나아져서 아이를 위한 음식이나 태교에도 관심이 생겼고 이번에는 그와 관련된 책을 읽었다.

임신, 출산을 위한 국가의 혜택

임신했을 때 도움이 되었던 것이 하나 더 있다. 바로 '고운맘 카드'(현재는 국민행복카드로 명칭이 바뀌었음)다. 고운맘 카드는 국가에서 임산부들에게 지원해주는 바우처 카드로 당시에는 20만 원의 혜택이 있었다. 여러 임산부 검사를 고운맘 카드로 해결할 수 있어서 참 유용했다.

아이를 낳으면 돈이 많이 든다는 말을 자주 들어서 임신기간이라도 돈을 아껴야겠다고 생각에 부지런히 보건소 무료 검사도 받고, 무료로 지급해주는 철분제를 받았다. 출산용품은 태아 보험 가입 선물이나 산

표 3-1 임신, 출산 지원제도

임신	임신 · 출산 진료비 지원	국민행복카드로 임신·출산 진료비 지원 (단태아 60만 원/다태아 100만 원)
	임신 전 · 후 검사	임신 전·후 건강검진 및 건강관리. 엽산 및 철분제 제공
	난임부부 지원	난임 부부는 체외수정, 인공수정 시술비 일부 지원
	고위험 임산부 의료비 지원	고위험 인산부의 입원진료비 지원
	태아 검진 시간	임신한 여성근로자의 근무 중 임산부 정기건강진단 시간 사용
	임신기 근로시간 단축	임신 12주 이내 또는 36주 이후의 근로자가 일일 2시간의 근로시간을 단축하는 제도
출산	출산장려금	출산 축하금, 장려금, 양육지원금 등을 지급하고 있으며, 지자체별 지급 여부, 요건, 수준 등 차이 있음
	임신 출산 선물 지급	서울시는 출산 후 출생신고 시 선물 지급. 아기 수유세트, 아기 건강세트, 아기 외출세트 중 택1
	출산 전후 휴가	출산한 여성 근로자 출산 전후 90일의 휴가 제공
	유산 및 사산 휴가	유산 또는 사산한 여성근로자 휴가 사용 가능(임신 기간에 따라 5~90일까지)
	배우자 출산 휴가	배우자 출산 시 남성근로자 출산 휴가 최대 10일 사용 가능
	산모 · 신생아 건강관리지원사업	산모·신생아 건강관리사가 출산 가정을 방문해 산모의 산후 회복과 신생아 양육을 지원하는 서비스 바우처를 제공
	산후조리도우미 지원	서울시 출산 가정에 산후조리 도우미 지원(지원 금액 차이 있음)
	수유시간	생후 1년 미만의 유아를 가진 여성근로자는 근무 중에 수유시간 사용 가능
	영양플러스	임산부 및 영유아의 영양교육 및 상담. 보충영양식품 공급. 개인별 영양상담. 결과에 따라 맞춤형 상담 및 교육 실시
	기저귀 · 조제분유 지원	저소득층 영아의 기저귀와 조제분유 지원(국민행복카드)

출처: 임신육아종합포털 아이사랑(www.childcare.go.kr)
건강부모교육e-음 포털(parents.seocho.go.kr)

부인과, 조리원 등에서 주는 용품으로 이용했다. 요즘에는 국가에서 제공하는 임산부 정책이 더 많으니 출산을 앞둔 엄마는 〈표 3-1〉을 참고하여 최대한 혜택을 누리면 좋겠다.

임신 기간 동안 엄마는 힘들다

TV 예능에서 남편이 임산부 체험을 하는 모습이 나왔다. TV에 나온 남편은 출산에 임박한 임신부와 비슷한 체형이 되도록 6kg에 육박하는 체험 옷을 덧입은 채로 집안일을 했다. 체험 옷을 입고는 움직이는 것조차 힘들고 숨쉬기도 불편했다고 소감을 말했다. 거기다가 실제 출산의 고통과 비슷한 강도를 경험하는 체험을 했는데, 신음소리를 내고 땀을 뻘뻘 흘리며 괴로워했다. 거의 실신 직전이었다. 그는 인터뷰에서 이 고통을 이겨냈던 아내에게 경이로움을 표현했다.

"정말 임신해서 막달이 돼서는 정말 힘들어. 특히 셋째를 갖고는 허리가 너무 아팠어."

임신했을 때가 떠올라 나도 모르게 중얼거렸다. 임신하면 몸도 힘들지만 마음도 힘들다. 나는 첫째 아이를 낳기 전에 '출산하는 꿈'을 여러 번 꾸었다. 배가 무거워 몸이 불편해서 잠을 푹 자지 못하는 데다가 아기를 낳는 것이 처음이라 겁이 났다. 침대에 누워서 힘주기를 하는 꿈을 꾸다가 깨면 '아. 정말 아기를 낳을 때 많이 아플까?', '내가 무사히 아기를 낳을 수 있을까?' 하고 걱정하다가 한참 만에 잠들었다. 그러던 중 나보다 한 달 먼저 아이를 낳은 쌍둥이의 가족 분만실에 들렀다가 엄청난 광경을 보았다.

"저, 수술해주세요. 못 하겠어요. 수술해주세요. 수술한다고요!"

고통 때문에 소리치는 동생의 모습을 보고 너무 놀랐다. 나도 다음 달이면 아기를 낳아야 하는데 무서웠다. 다행히 동생은 수술해 달라고 절규하고 얼마 안 있어 아기를 낳았다. 하지만 나는 내내 '이렇게 고통스러운 거구나. 나는 어떻게 하지?' 하고 불안한 마음을 떨칠 수가 없었다. 계속 심장이 두근거렸다.

엄마로 첫 스타트

'어차피 출산은 피할 수 없으니 즐기자' 하고 두려운 마음을 떨쳐내려고 노력했다. 얼마 남지 않은 출산을 열심히 준비하며 바쁘게 보냈다. 아이를 낳기 위한 몸을 만들기 위해 일주일에 세 번 임신부 요가로 출산을 위한 자세를 연습했고, 밤마다 침대에 누워 자연분만을 수월하게 해준다는 라마즈 호흡법을 해보고 잠을 잤다. 또 집 근처 공원에 가서 걷기 운동도 꾸준히 했다. 마음을 편안히 갖고 조용한 음악을 듣고 육아서도 읽었다. 맛있는 것을 먹고 즐거운 생각을 했다. 이러한 노력이 있어서 그런지 나는 동생과는 다르게 수술하겠다는 절규 없이 무사히 아기를 낳았다.

"우리 아기, 엄마를 만나러 와주었구나. 너도 고생 많았어."

아기에게 말을 건네던 순간에는 10개월 동안의 고통도 다 잊혔다. 임신과 출산의 고통 정도는 저마다 다르다. 어떤 엄마는 지독히 힘든

10개월을 보냈다고 말하고, 또 어떤 엄마는 출산하는 순간에 죽을 것 같았다고 말한다. 나 같은 경우는 입덧은 좀 심했지만 아이는 무난히 낳은 편이다.

분명한 것은 임신 기간은 끝이 있다는 것이다. 몸과 마음이 다 힘들었던 임신 기간은 10개월이면 끝난다. 고생했던 것은 거짓말처럼 잊히고, 아기를 만났을 때의 행복만을 기억하게 된다. 아이의 첫 울음소리, 아빠가 탯줄을 자르던 순간, 첫 모유를 물리던 때… 아이와의 시간은 예쁜 추억으로 쌓인다. 그렇게 엄마가 되어간다.

모유 수유의 부담을 '맘 다이어리'로 덜어라

임신과 출산으로 엄청난 고통을 치르고 아이를 품에 안으며 '내 할 일을 잘해냈다' 하고 안도의 한숨을 내쉼과 동시에 다시 시작되는 고통이 있다. 바로 '모유 수유'다. 요즘은 워낙 모유 수유의 장점이 많이 알려져서 엄마들은 대개 모유 수유는 필수라고 생각한다. 하지만 병원에서 애를 낳고 얼마 안 되었을 때부터는 엄마를 찾는 벨 소리에 가슴이 철렁한다. 아직 모유가 나오지 않았는데 모유 수유를 위해 한두 시간에 한 번꼴로 아기를 만나야 하기 때문이다. 물론 아기가 예쁘지만 출산 이후 체력이 바닥이라 힘든 생각도 든다.

퇴원한 이후 몸조리 기간에도 모유 수유를 위한 노력은 밤낮으로 계속된다. 초보 엄마들은 모유를 한 방울이라도 더 짜내려 노력한다. 정말 눈물겹다. 어떤 엄마는 출산하자마자 모유가 나오는가 하면, 어떤 엄마는 1~2주를 노력해도 한두 방울밖에 나오지 않는다. 당연히 후자의 경우가 힘들다.

가슴이 뭉치면 출산의 고통만큼 아픈 마사지도 참아내면서(많은 엄마가 출산만큼 젖몸살이 아팠다고 말함) 모유가 펑펑 나오게 잘 먹어 달라고 아이에게 사정한다. 분유를 사야 하면 엄마 잘못도 아닌데 죄책감을 느끼며 신랑 눈치도 본다.

모유 수유를 향한 엄마들의 노력은 출산 못지않다. 나 역시 첫째 아이 때 갖은 방법을 동원하여 모유 수유에 성공했다. 모유량 늘리는 데 좋다는 돼지 족 삶은 물(맛이 조금 비리고 역함)을 벌컥벌컥 마셨다. 일하는 도중에 수시로 유축할 수 있게 유축기 2개를 항상 가지고 다녔다. 모유 수유로 완모(완전모유 수유)를 하려고 잠도 포기했다.

엄마가 몸을 회복해야 체력이 생겨 아이를 돌볼 수 있는데 아이를 낳자마자 모유 물리기 전쟁이 시작되니 엄마는 언제 쉬어야 하나? 이제 막 아기를 낳은 엄마들은 정신을 차릴 수가 없다.

맘 다이어리로 육아를 예측할 수 있다

나는 아이 셋 모두 모유를 먹였고 육아와 일을 병행했다. 내가 그럴 수 있었던 비결은 출산휴가 3개월 동안 '맘 다이어리'를 작성하면서 아기 키우는 패턴을 익혔기 때문이다.

맘 다이어리는 '엄마 메모장'이다. 신생아는 많이 자고 자주 먹는다. 그러다 점점 잠시간이 짧아지고 먹는 시간이 규칙적이 된다. 내 말에 초보 엄마들은 꿈같은 이야기라며 눈이 번뜩일지도 모른다. 하지만 맘 다이어리 형식대로 어디든 편한 곳에 일주일만 써보면 금세 이해할 것이다. 맘 다이어리를 작성하면 다음과 같은 이점이 있다.

첫째, 엄마가 아기의 하루일과를 한눈에 파악할 수 있다.
둘째, 아기가 규칙적인 생활을 하게 된다. 이것은 유아시기, 초등학생 시기로 계속 이어진다.
셋째, 일과를 알고 있으면 우왕좌왕하지 않아도 예측할 수 있다.
넷째, 엄마에게 휴식시간이 생긴다.

게다가 쓰는 방법도 간단하다. 아기가 먹는 시각, 노는 시각, 자는 시각, 저녁목욕 시각을 적고 그날의 특이사항도 적어둔다. 출산하고 어느 정도 모유가 나오기까지 걸리는 시간은 보통 출산 후 2주이므로 그때부터 쓰기를 권장한다. 모유 먹는 시간 옆에는 수유량을 적는다. 양을 파악하지 못하겠다면 물리고 있던 시간을 적으면 된다. 다음 〈표 3-2〉 생후 8개월 아기의 예를 참고하기 바란다.

수첩에 써도 괜찮고 표로 정리해도 괜찮다. 맘 다이어리를 적으면 한눈에 아기 일과를 파악할 수 있다. 이렇게 일주일 이상 써보면 엄마들이 아기를 파악하고 미리 준비하는 육아가 가능하다. 놀이 시간에도 눈을 마주 보고 상호작용할 기회도 많아지고 낮잠 재우는 것도 수월해진다.

표 3-2 영아기(생후 8개월) 아이 엄마의 맘 다이어리

시간	내용
7시	분유 200ml
8시	이유식 100ml
9시	놀이
10시	오전 낮잠
11시	분유 20ml
12시	이유식 100ml
1시	놀이
2시	오후 낮잠
3시	
4시	분유 200ml
5시	이유식 100ml
6시	놀이
7시	저녁목욕
8시	분유 200ml
9시	밤잠
10시	밤중수유 150~200ml
특이사항	'수유(이유식) → 놀이 → 수면' 순으로 한다. 목욕시간을 충분히 가지며 놀아주었더니 피곤한지 금세 잠들었다.

엄마에게 휴식을 주는 맘 다이어리 효과

처음 맘 다이어리를 쓰게 된 것은 《베이비 위스퍼》라는 육아서를 읽고 난 후였다. 육아서에 나온 내용대로 하면 아이에게 규칙적인 하루 패턴이 생겨서 육아가 수월해질 것 같았기 때문이다. 직접 해보고

아이의 기록이 중요하다는 것을 깨달은 후에는 어린이집 엄마들에게도 알렸다.

아이들은 성장하면서 자고, 먹고, 활동한다. 여기서 활동은 놀이 이외에도 학습, 탐구, 신체활동 등 다양한 항목으로 세분된다. 맘 다이어리는 학교의 시간표 같은 것이라 할 수 있다. 맘 다이어리를 꾸준히 활용하기 바란다.

어린아이가 자는 시간, 유치원 및 학교에 가 있는 시간은 엄마의 자유 시간이 된다. 이 시간을 이용해 어떤 일이든 할 수 있다. 성장을 위한 시간을 보내도 좋고 해피타임으로 활용할 수도 있다. 육아서를 읽어도 좋고, 자기계발을 위해 영어 공부를 하거나 요리 레시피를 찾을 수도 있다.

요즘엔 집에서 공부할 수 있는 미디어 매체 종류도 다양하다. 나 같은 경우, 부부싸움을 한 날에는 유튜브에서 김미경TV를 검색해 '버럭! 화내기 전에 한 가지만 생각해보세요' 코너를 본다. 휴대폰 어플로 매일 한마디씩 영어 공부를 할 수도 있다. 단 한 시간이라도 활용할 거리는 무궁무진하다.

아이의 타고난 기질을 파악하라

엄마들은 아기가 태어나면 '백일의 기적'을 기다린다. 백일 동안 2시간 간격으로 수유하던 아기가 잠시간이 늘어서 밤새 깨지 않고 자는 날이 온다. 엄마들은 이를 기적이라 부른다. 나는 첫째 아이 키울 때 육아서를 통해 처음 이 말을 알게 되었는데 '정말 밤에 잠만 잘 자도 소원이 없겠다. 다른 건 바라는 게 없어' 하고 깊이 공감했다.

남편은 자다가 누가 업어가도 모르고 자는 스타일이고, 어차피 밤중 수유는 엄마 몫이니 잠 못 자는 건 나 하나면 된다고 생각했다. 당시 직장에 다녀서 아침 일찍 일어나야 했지만 아이가 밤에 두세 번 깨도 금방 먹이고 자면 된다고 스스로 위로했다. 잠을 푹 못 자는 시간이 계속되자 다크서클은 짙어지고 종일 정신이 멍했다. '백일의 기적'만 믿고 버티는 수밖엔 없었다.

"97일, 98일, 99일, 100일…. 어? 근데 이상하다. 오늘이 백일인데 왜 밤새 자지 않는 거지?"

오직 백일만 기다리던 나는 마음이 조급해졌다. '이 시기를 놓치면 영영 안 되는 거 아닌가?', '우리 아기는 원래 잠이 없을까?,' '어떻게 해야 '백일의 기적'이 올까?' 여러 가지 걱정으로 머릿속이 복잡했는데 일주일 후쯤 백일의 기적이 왜 오지 않았는지 알게 되었다.

휴일을 맞아 나보다 한 달 먼저 아기를 낳은 쌍둥이 동생 집에 놀러 갔을 때의 일이다. 백일 남짓 된 아기를 데리고 외출하기는 힘들어서 집에서 맛있는 거 먹고 수다 떨며 스트레스를 풀 생각으로 간 것이다. 그때 나는 놀라운 광경을 보았다.

"언니, 아기가 자고 있으니 초인종 누르지 말고 문자해."

슬그머니 들어간 나는 동생과 인사를 나누고 마침 낮잠 자던 내 아이도 조카 옆에 눕히고 앉았다. 오랜만에 마시는 커피 한잔(초유 기간 동안 인내하고 참았던 커피)과 달달한 간식을 먹으며 수다를 시작하려는데 우리 아이가 '앙~' 하고 울기 시작했다. 안고 달래서 다시 눕히고 공갈 젖꼭지도 물려 다시 재웠다. 한 시간 동안 그런 일을 몇 번이나 반복하는데 동생은 우아하게 커피를 마시며 한 번도 자리에서 일어나지 않았다.

'동생은 백일의 기적이 온 건가? 좋겠다. 좋겠어.'

동생에게 막 물어보려고 하는 순간, 조카도 깨서 울기 시작했다. 그런데 동생은 차분하게 얼려둔 모유 200밀리리터를 중탕하면서 여유 있게 우유병으로 수유를 시작했다. 그리고 트림시키고 범보 의자에 앉히고는 조카와 손 놀이를 한 채로 나와 다시 대화를 이어나가려 했다.

그때 내가 먼저 이야기를 꺼냈다.

"천사다. 어쩜 우는 소리도 안 나고…. 엄마가 편하게 보는 거 같아."

당시 우리 아이는 먹는 것의 반은 토해내고 잠잘 때는 자주 깨고 보채며 울었다. 아기들은 다 그럴 거라고 생각하고 '어떻게 하면 토하지 않을지', '잠을 잘 잘 수 있을지' 고민하던 차에 모든 것이 수월해 보이는 조카 아이를 보니, 나만 아기 키우는 게 힘든 거 같아서 억울한 마음마저 들었다.

"언니, 이 책 읽어봐. 그리고 우리가 쓰는 맘 다이어리를 보면서 생각해보면 알 수 있을 거야."

이렇게 말하며 동생은 육아서 한 권을 내게 주었다. 아이의 기질에 관한 책이었다. 집으로 돌아와서 나는 틈틈이 그 책을 정독했다.

아이는 타고난 기질 유형이 있다

육아서를 읽고 나서 나는 단번에 인정할 수 있었다. '우리 아이는 까다로운 기질의 아이구나'라고 인정하고 나니 마음이 조금 가벼워지면서 동시에 아이의 기질을 알려는 생각도 없이 그저 육아가 수월해지기를 바라며 '백일의 기적'을 기다린 것은 아닌지 반성이 되었다. 그리고 내가 무엇을 해야 할지 명확해졌다.

우리 아이는 까다로운 기질의 아이이니 엄마가 민감하게 반응해주면 된다. 아이에게 여러 가지 젖병을 하나씩 사서 테스트해보고 가장 토를 적게 하는 젖병을 선택해서 사용했다. 모유는 전부 유축해서 먹여야 했기 때문에 시간이 더 소요된다는 부담은 있었지만, 아이가 토를 안 하니 잠시간이 늘어나 충분히 상쇄되었다. 맘 다이어리 기록도 좀더 자세히 적었다. 어떻게 할 때 잠을 더 잘 자는지, 시간은 얼마나 잤는지 매일 체크해서 더 좋은 방향을 찾아 나갔다. 그렇게 2주일쯤 시간이 지나고, 나는 백일의 기적을 맛보았다. 〈표 3-3〉은 책을 통해 파악한 아이들의 기질 유형을 정리한 것이다.

표 3-3 아이 기질 유형

기질 유형	기질적 특성	양육 방식
순한 기질	• 몸의 리듬이 규칙적이다. • 잠자고 먹는 것이 순조롭다. • 낯선 상황에도 스스로 접근한다. • 새로운 환경에 쉽게 적응한다. • 대체로 긍정적 정서를 보인다. • 40퍼센트의 아동이 해당된다.	• 아이의 선택을 존중한다. • 아이의 호기심을 충족시키고 감정에 공감해준다. • 변화에 잘 적응하지만 한꺼번에 과한 변화를 시도하지 않는다.
까다로운 기질	• 수면, 수유가 불규칙적이다. • 환경 변화에 민감하고 강한 반응을 보인다. • 부정적인 정서 표현이 많다. • 높은 수준의 활동성을 보인다. • 자신의 신호가 뚜렷하다. • 10퍼센트의 아동이 해당된다.	• 양육 시 부모의 인내심과 침착함이 필요하다. • 아이의 감정을 편안히 받아주고, 감정 표현을 지지하고 격려한다. • 환경 변화를 최소화한다. • 부모의 방식을 지나치게 고집하지 않는다.
느린 기질	• 활동 수준이 낮고 다소 성미가 까다롭다. • 환경 자극에 대한 반응이 느리거나 약하다. • 새로운 상황에 적응 시간이 오래 걸린다. • 15퍼센트의 아동이 해당된다.	• 아이를 비난하거나 다른 아이와 비교하지 않는다. • 변화 혹은 새로운 것을 시작할 때 충분한 시간을 준다. • 아이의 감정에 공감해준다. • 아이의 느린 행동에 너무 조급해하지 않는다.

출처: Alexander Thomas, Stella Chess외 1명, *Temperament in Clinical Practice*, GuilfordPublications, 1995.

아이의 기질은 평생 이어진다

엄마가 아이의 기질을 파악하지 않아 힘들어지는 상황은 영아 시기에만 찾아오는 게 아니다. 아이가 자라면 또 그런 상황이 찾아온다. 한 엄마가 어린이집 상담을 하던 중에 이렇게 말했다.

"선생님, 저는 애만 보면 너무 답답해요. 애가 네 살인데 신체 발달이 좋아서 또래보다 체격이 좋고 커요. 그런데 혼자 스스로 하려는 것은 아무것도 없어요. 밥도 다 먹여 줘야 하고 신발도 신겨 달라고 가만히 있는다니까요."

그 이야기를 하면서도 휴대폰을 들여다보고 머리를 매만지는 엄마의 행동이 바빠 보였다. 반면에 아이는 스티커 하나를 손에 쥐고 만지작거리며 차분히 앉아 있는 모습을 보니, 느린 아이와 성격이 급한 엄마의 조합이라는 걸 눈치챌 수 있었다.

"어머니, 지오가 밥 먹는 것, 신발 신는 것을 충분히 할 수 있는 나이인 건 맞아요. 제 생각에는 시간이 걸릴 수 있으니까 아이가 스스로 할 때까지 충분히 기다려주시면 좋을 것 같아요. 그리고 아이가 스스로 해냈을 때 칭찬을 많이 해주세요."

모든 엄마가 아이에게 잘하려고 노력한다. 하지만 이 노력이 좋은 결과로만 돌아오지 않을 때도 있다. 특히 아이의 기질은 고려하지 않고, 엄마가 일방적인 육아 방식을 적용한다면 아이가 어긋날 수 있다. 현재 상황을 모면할 임기응변식 대응으로는 아이와의 상황이 악화될 뿐이다.

위에서 말한 엄마는 아이가 느린 것을 기다려주지 못하고 엄마가 항상 먼저 해주는 육아를 했다. 그랬기 때문에 아이는 스스로 할 나이가 되었음에도 하지 않고 이제는 스스로 할 마음도 갖지 않게 된 것이다. 이런 아이가 다른 아이들을 의식하기 시작하는 5~6살이 되면 어떻게 될까? '나는 아무것도 못해. 저 친구는 이것도, 저것도 잘하는데 나는 왜 안 되는 거야' 하고 자신감을 잃고 친구들 사이에서 뒤처진다. '못하는 아이'라는 꼬리표가 따라다니게 된다.

아이가 타고나는 기질은 평생의 성격과 습관이 된다. 엄마가 어떻게 반응하느냐에 따라 엄마와의 애착 관계가 형성되고 마음이 안정된 아이로 클 수 있다. 기질의 유형이 어떤 아이인지보다 엄마가 어떻게 수용해주는지가 더 중요하다. 그러면 수월한 육아라는 기적이 찾아온다. 그저 시간이 흘러 기적이 찾아와 나아지길 바랄 것이 아니라 아이를 들여다보고 아이 기질에 맞는 육아 방법을 찾아야 한다.

생후 1년까지는 아이와 애착을 형성하라

"마마~, 마마~."

셋째 아이는 두 돌 되기 전까지 하루에 수십 번씩 엄마를 불렀다. 자기 옆에 앉아 있지 않으면 애타게 엄마를 찾는 바람에 24시간 밀착 육아를 해야 했다. 혹시 화장실에라도 가면 금세 또 엄마를 찾으니 화장실도 제대로 못 갔다. 게다가 어린이집 일도 병행해야 해서 내 시간은 잠시도 없었다. '나도 다른 사람처럼 천천히 밥 먹고 시원하게 커피 한잔했으면 좋겠다' 하고 하루에도 몇 번씩 탄식을 내뱉었다.

사실 나는 세 번째 아이기도 하고 어린이집에서 많은 아이를 돌보며 생긴 경험으로 아이 키우는 것만은 자신이 있었다. 그래서 셋째 아이에게는 갓난아기일 때부터 기본 생활에 필요한 일은 100퍼센트 다 해주었기 때문에 부족한 게 없으리라고 생각했다. 그런 아이가 도대체

왜 '엄마 껌딱지'가 된 건지 이해할 수 없었다. 나는 서서히 지쳐가고 있었다.

당시에 어린이집 일로 바빠서 친정 엄마가 자주 집에 들러 셋째 아이를 돌봐주었다. 친정 엄마도 운영하는 가게가 있어서 짬을 내 와주었는데 큰 도움이 되었다. 그렇게 우리 아이는 엄마, 아빠, 할머니, 어린이집 선생님까지 네 명이 돌아가면서 봐주었다. 아침과 저녁에는 나와 남편이 돌보고, 일하는 동안에는 선생님과 친정 엄마가 돌봐주는 스케줄이었다. 친정 엄마가 아이를 돌봐준 지 며칠이 흘렀을 때였다.

"꽃님이가 네가 일하면서 왔다갔다하니까 자꾸 울어. 계속 업어주고 달래느라 힘들었어. 시간 없겠지만 꽃님이 좀더 자주 돌봐줘."

그때쯤에 부쩍 아이가 '엄마 껌딱지'가 된 것을 느끼고 있었는데, 친정 엄마의 말을 들으니 비로소 나는 이유를 알 것 같았다.

'아. 아이가 애착을 형성할 상대를 헤매고 있구나!'

애착은 한 사람의 양육자로부터 시작한다

영국의 정신분석가이자 정신과 의사인 존 볼비(John Bowlby)에 의하면, 애착이란 아이가 가까운 사람에게 강한 유대관계를 형성하는 것이다. 초기의 애착 형성은 인간 본성의 가장 중요한 기본이 되고, 애착 형성이 잘되지 않으면 아동기뿐 아니라 성인기의 여러 정신질환의 원인이 될 수 있다고 한다.

아이가 엄마에게 매달리고, 따라다니고, 울고, 미소 짓는 등의 행동은 애착을 형성하려는 애착 행동에 해당한다. 아이는 꼭 엄마가 아니더라도 자신을 돌봐줄 것 같은 사람에게 애착 행동을 보이고 의존한다. 그러면서 친밀감과 유대감을 느끼고 자신이 세상으로부터 안전하다는 안정감을 품는다. 이는 아이의 자존감 형성에도 영향을 줄 뿐 아니라 다른 사람과 맺는 대인관계에도 밀접한 영향을 미친다. 그만큼 아이에게는 없어서는 안 될 중요한 부분이다.

셋째 아이는 자신이 애착을 형성할 상대를 정하지 못한 것 같았다. 엄마인 나는 일하느라 바빠서 자신을 자주 봐주지 못하니 다른 사람한테라도 의존하고 싶은 마음이었던 것이다. 다행히 친정 엄마가 아이를 예뻐해주어 아이의 부족한 마음을 채워주었다. 그래도 아이는 엄마와의 애착관계를 위해 나에게 울음으로 표현했던 것이다.

나는 다른 아이들도 돌봐야 하는 직업이라 신경 쓸 것이 많았다. 육아도 일도 모두 프로답게 하고 싶은 마음에 밤낮으로 일했다. 그런데 정작 내 아이에게는 잘해주지 못한 것 같아 안타까운 마음이 들었다. 한편으로는 더 늦기 전에 깨달아서 참 다행이라는 생각이 들었다. 이제부터라도 노력하면 애착 형성에 문제가 없다는 것을 알고 있었기 때문이다.

그때부터 셋째 아이에게 엄마의 사랑을 표현해주려고 갖은 애를 썼다. 엄마와의 상호작용을 위해서 자주 안고 업어주었다. 눈을 자주 마주하며 스킨십을 하고 '사랑한다, 이쁘다' 의식적으로 더 많이 말해주었다. 잠시라도 떨어지면 불안해하는 아이를 위해서 화장실에 갈 때도 아이를 데리고 함께 갔다. 자다가도 깨서 엄마를 찾을까 봐 아이 옆에서 노트북을 켜놓고 일했다.

첫째 아이와 둘째 아이에게도 사정을 이야기하며 협조를 구했다. 아직은 엄마 손길이 필요한 첫째와 둘째 아이를 봐주다 보면, 셋째 아이가 떼를 쓰고 울었던 터라 어쩔 수 없이 큰 아이들을 이해시켜야 했다. 그랬더니 아이들은 이렇게 말했다.

"엄마, 꽃님이가 엄마가 없어서 그렇게 울었던 거야? 나는 배고픈 줄 알고 분유를 타다 주었는데 어쩐지 안 먹고 더 울더라. 그럼 나는 숙제도 스스로 하고, 목욕도 혼자서 할게. 너무 걱정하지 마. 엄마."

다행히 언니와 오빠는 어린 동생을 위해 기꺼이 엄마를 양보해주어서 한동안 셋째 아이에게 전념할 수 있었다. 큰 아이들에게 지금까지도 고마운 점이다. 셋째 아이는 그런 엄마의 노력을 느꼈는지 자주 함박웃음을 지어 보이며 나를 기분 좋게 해주었다. 아이가 조금씩 안정을 찾으니, 지친 내 마음도 치유되는 것 같았다. 그렇게 아이는 점차 '엄마 껌딱지'를 졸업하고 더 넓은 곳으로 탐색을 시작했다.

사랑 표현으로 애착 형성을 시작하라

"아이를 자꾸 안아주면 버릇이 된다. 손이 타서 엄마가 힘들어지니 자주 안아주지 마라."

"우는 아이를 무조건 달래주면 자주 우니 주의해라."

어른들이 보기에는 젊은 엄마들이 너무 아이한테만 매달리는 것은 아닌지 우려하는 마음에 건네는 말이리라. 하지만 요즘 젊은 엄마들에게는 '근거 없는 옛날이야기'처럼 들린다. 캥거루 케어와 전통주의 육아법이 한참 인기였기 때문에, 젊은 엄마들은 아이를 품어 키워야 하는 이유를 잘 알고 있다.

애착 형성의 기준은 '아이의 울음'이다. 어린아이는 울음으로 마음을 표현하기 때문에 아이가 울 때 봐주지 않으면 애착 형성이 안정되기 힘들다.

내가 운영하던 어린이집에 다니던 네 살 여자아이가 있었다. 회사일로 바쁜 엄마를 대신해서 외할머니가 주 양육자였던 아이였다. 짜증이 많은 성격의 할머니는 아이의 울음에 민감하게 반응하지 못했다. 오히려 아이에게 윽박지르기 일쑤였고 매사에 사고가 부정적이었다. 당연히 아이는 할머니와 안정적인 애착을 형성하지 못해 불안정한 상태를 보였다. 심지어 발달이 지연되어 네 살인데도 말 한마디도 하지 못했고 제대로 걷지 못했다. 오히려 말문을 더 닫고 울음소리조차 내지 않았다. 애써 듣지 않으려고 하는 것처럼 보였다.

"할머니, 아이 키우기 많이 힘드시지요? 하지만 지민이도 마음이 아픈가 봅니다. 할머니가 힘내셔서 지민이를 한 번 더 안아주세요."

"얘가 나 때문에 저렇게 되었다는 거야? 내가 안 하는 게 아니라 원래 못하는데 어떡해? 노력해볼게, 선생."

아이는 엄마의 사랑으로 자란다. 꼭 엄마가 아니더라도 자신에게 관심을 주는 주 양육자의 사랑을 받으며 자란다. 울음이나 떼쓰기로 표현하는 아이의 감정은 양육자의 사랑을 원하는 것이다. 주 양육자인 할머니가 아이가 원할 때 아이를 이해하고 받아주는 반응이 있었다면 아이는 결코 말문을 닫을 정도까지는 되지 않았을 것이다. 나는 지금까지 아이가 좌절했을 그 감정이 이해되어 눈물이 났다. 그래서 자주 안아주는 방법으로 사랑을 표현해주라고 말했던 것이다.

아이는 어떤 방식으로든 애정을 받아 성장한다. 아이와 엄마와의 관계 속에서 안정적인 애착을 형성하면 이것으로 아이는 평생 다른 사람과 관계를 맺고 또 다른 관계를 맺으며 살아갈 수 있게 된다. 엄마와의 첫 관계 맺기인 애착은 그만큼 중요하다.

'육아 트라우마' 극복에는 도움이 필요하다

엄마들과 만나보면 '육아 트라우마'로 힘들어하는 경우가 많다. 과거 경험했던 고통으로 비슷한 일이 발생했을 때 당시의 불안한 감정이 되살아나는 일이 육아에서도 발생하는 것이다. 예를 들자면 이러한 사연이다.

"저는 아이를 너무 힘들게 낳았습니다. 임신기간에는 입덧이 너무 심해서 제대로 먹지 못했고 내내 누워 있어야 했어요. 출산도 마찬가지예요. 진통을 2일 꼬박했는데도 자궁문이 열리지 않아서 끝내 수술을 할 수밖에 없었어요. 저에게 임신과 출산 기억은 너무 끔찍합니다. 절대 둘째는 낳지 않을 생각이에요."

"저는 지난번에 아이가 침대에서 떨어지는 경험을 했어요. 잠깐 설거지를 할 찰나였는데 한순간의 일이라 어떻게 할 수도 없었고, 또 얼마나 무서웠는지 말도 못 해요. 이후로 아이를 혼자 두는 것에 예민해져서 요즘에는 화장실 가는 것도 두렵습니다. 아이가 떨어지거나 넘어질까 봐요."

"저희 친정 엄마는 매일 아침마다 소리를 지르며 저희를 깨우셨어요. 그때는 그게 너무 싫었는데, 아이를 키우다 보니 제가 소리를 지르고 있네요. 안 그러고 싶은데 잘 안 돼요. 그래서 아이들을 보면 자꾸 죄책감이 들어요."

나도 아이 셋을 키우면서 육아 트라우마가 생겼다. 항상 부지런히 움직이며 엄마 역할을 하기 바쁜데 아이들 셋은 각자 자기를 봐 달라고 할 때가 많다. 숙제를 봐 달라는 첫째 아이, 쿠키 만들기를 하자는 둘째 아이, 안아 달라고 떼쓰는 셋째 아이…. 원하는 것이 다른 아이 셋이 동시에 나를 쳐다보고 있으면 참 난감하다. 아이를 한 명만 키우는 엄마보다 부족함이 많은 것 같아서 아이들에게 미안한 마음이 든다. 이렇게 신경 쓰이는 부분이 육아 트라우마가 된다. 엄마들은 누구나 하나쯤 육아 트라우마를 갖고 있다.

육아 트라우마는 치유할 곳이 마땅치 않다

요즘 아이를 키우며 필요한 정보는 인터넷으로 찾아서 바로 얻을 수 있다. 나도 급할 때는 인터넷을 검색해보는 게 제일 빠르다고 생각하고 자주 이용하는 편이다. '7살 아이의 독감 증상', '여름에 사용하기 좋은 흡수력이 좋은 기저귀', '서울 인근 아이들과 추천 여행 코스' 등 궁금증이 생길 때마다 검색하면 바로 답을 찾을 수 있다.

하지만 엄마들이 마음속에 가지고 있는 육아 트라우마는 해결할 방법이 없다. 일단 엄마들이 어딘가에 마음을 털어놓으며 고민을 나누기가 어렵다. 육아로 외출이 쉽지 않은 상황인 데다가 고민을 말할 상대를 찾기가 힘들고, 있다고 해도 이해관계가 달라서 엄마가 가진 고민을 원만히 해결하지 못한다.

내가 교육현장에 있을 때 엄마들과 시간을 많이 가진 것은 그런 이유에서였다. 아이 키우는 엄마인 데다 그들 자녀에 대해 잘 알고 있는 원장이니 내게 쉽게 고민을 털어놓았다. 나는 언제나 엄마들을 위해 시간을 내었고 무조건 엄마 편을 들어주었다. 육아 고충이 있는 엄마들은 당장의 정답을 원하는 것이 아니라 자신을 응원해주고 공감해주기를 바라기 때문이다. 공감해주는 사람과 함께하면 마음의 상처나 힘든 일이 치유된다. 나는 육아로 고립감을 느끼는 엄마들을 이해해주고 육아 트라우마를 극복할 수 있게 노력했다.

육아 고충을 나누면서 엄마의 에너지를 회복하자

비슷한 처지인 사람들을 만나면 공감을 통해 마음의 짐을 덜어낼 수 있다. 최근 육아하는 엄마들을 위한 공동육아 모임이라는 것이 생겼다. 공동육아는 부모들의 품앗이 형태로 다른 가족과 함께 어울리고 정보도 공유하는 육아를 의미한다. <표 3-4>는 각 지역의 공동육아 커뮤니티다. 자신이 사는 지역의 커뮤니티를 한번 찾아보자.

표 3-4 공동육아 모임 소개

자치구	시설명	주소	면적(m²)	관리 주체
강동구	명일2동 마을커뮤니티센터	구천면로 502	33	명일2동 주민센터
노원구	도담도담놀이터	노원구 상계동 652-3	202	노원구 육아종합지원센터
동작구	맘스하트카페 흑석점	동작구 흑석한강로11 흑석동주민센터 2층	39	동작구 육아종합지원센터
	맘스하트카페 신대방2동점	신대방동 362-20 신대방2동 주민센터 5층	143	동작구 육아종합지원센터
	맘스하트카페 상도1동점	상도동 425 1층	53	동작구 육아종합지원센터
성북구	하을이음교회 열린육아방	성북 동소문동1가 140-72 (2층)	84	하늘이음교회
영등포구	영등포본동 열린육아방	영등포구 신길로61길 17 주민센터 3층	33	영등포본동 주민센터
	영등포동 열린육아방	영등포구 영등포로 53길 22주민센터 2층	58	영등포동 주민센터
	당산2동 열린육아방	영등포구 당산로 41가길 7 주민센터 3층	82	영등포구 육아종합지원센터
중구	중구 육아종합지원센터	중구 다산로32길 5	43.73	중구 육아종합지원센터
중랑구	아이틔움 공동육아방	망우로 67길 10 망우본동청사 6층	140	육아종합지원센터
	면목동 공동육아방	동일로 591 장난감센터 2층	202	사회복지협의회
	중화동 공동육아방	중랑역로 3길 28 장난감센터 2층	100	사회복지협의회
	상봉키움 공동육아방	신내로7가길 71 서촌경로당 2층	78	육아종합지원센터
	묵2동 공동육아방	중랑천로 252-1 학수경로당 2층	91	육아종합지원센터

※ 서울시 우리 동네 열린 육아방 : 어린이집을 사용하지 않는 만 0~5세 아동의 공동 육아 공간
※ 공동육아나눔터 : 가족봉사단 모집, 자연와 함께하는 아빠 프로그램, 자녀와 양육자 특강 정보
출처: 건강가정지원센터(www.familynet.or.kr)
여성가족부(www.mogef.go.kr)

공동육아나눔터는 여러 가지 이점이 있다. 첫째, 육아 커뮤니티를 만들 수 있다. 엄마들은 아이를 낳고 키우며 사회적으로 단절을 경험한다. 공동육아나눔터를 이용하면 엄마들이 서로 마음을 나눌 수 있고 정보를 공유하면서 자연스레 교류가 이루어져 도움이 된다.

둘째, 공동육아나눔터에는 엄마들의 품앗이 형태로 다양한 프로그램이 있다. 자녀 무료 교육프로그램이나 놀이 활동을 이용하면 아이에게 교육적인 부분도 제공되어 좋다. 학습, 체험, 교육 등을 함께하는 그룹 활동으로 아이가 또래 친구들과 어울리며 사회성을 키울 수 있다.

셋째, 도서대여 서비스, 장난감 대여 서비스, 육아 물품 나눔 활동 등 여러 지원서비스를 이용할 수 있다. 육아하며 경제적 부담이 되는 부분을 무료로 활용할 수 있으니 가계에도 큰 도움이 된다.

공동육아나눔터 이외에도 지역 맘카페, 조리원 동기, 개인이 운영하는 소그룹 육아 모임 등 엄마들이 육아 동지를 만날 수 있는 곳은 마음만 먹으면 쉽게 찾을 수 있다. 찾아보면 가까운 곳에서 육아 고충을 해소할 수 있으니 혼자 힘들어하지 말자.

유아교육기관에 보내기 전에 엄마가 해야 할 일이 있다

2018년 가을, TV 뉴스에서는 한 국회의원의 폭로로 불거진 유치원 비리 사건이 연일 보도되었다. 지난 수년간 쌓인 유치원의 비리 내용과 비리 유치원 리스트가 여론에 공개되어 엄마들에게 충격을 주었다. 많은 사립 유치원이 부모에게 받은 학비를 다른 명목으로 사용했다는 것이 알려졌다. 명품 가방, 고급 차량, 성인용품에 이르기까지 감히 상상할 수 없는 내용이었다. 유치원에서 부실 급식이 제공된다든지 아동학대 의혹이 있다든지 불안한 소식이 한동안 이어졌고 유치원에 대한 불신은 점점 커졌다. 급기야 교육부 홈페이지에는 비리 유치원을 고발하는 신고센터가 운영되기 시작했다.

이런 일들이 있다 보니 엄마들은 유치원 원장은 전부 다 사기꾼이라는 인식이 자리 잡게 되었다. 아이를 어디에 보내야 할지 엄마들은 고민에 빠졌다. 사실 엄마들이 아이를 어디에 보낼지 고민하는 시기는 유치원 입학 나이보다 빠르다. 맞벌이 가정이라면 아이가 돌이 되기 전에 보내기도 하고, 대부분 3~4세에는 첫 교육기관 생활을 시작한다. 이번 유치원 비리 사건을 계기로 엄마들은 교육기관을 겉모습만 보고 판단해서는 안 된다는 사실을 뼈저리게 느꼈다. 아이가 다닐 교육기관에 대해 좀더 꼼꼼히 살펴보아야 할 이유가 생겼고 판단기준이 절실해졌다.

아이와 엄마의 성향에 걸맞은 유아교육기관

"어린이집에 언제 보내는 것이 좋을까요?"라는 질문을 자주 받는다. 그때마다 나는 아이 성향에 따라 처음 교육기관에 보낼 시기를 결정하라고 조언한다. 아이가 어려도 적응을 잘할 수도 있고, 아이가 6~7세라도 적응을 힘들어할 수 있다. 아이 성향에 따라 단체생활을 받아들이는 것이 다르기 때문이다. 아이가 어린이집에 무난히 적응할 수 있을지 엄마가 아이를 지켜보면서 판단해야 한다. 예를 들어 스스로 하려는 의지가 생겼을 때, 친구와 놀이하는 것을 즐거워할 때, 어린이집에 대한 긍정적인 반응을 보일 때가 바로 보낼 적기다.

아이 성향뿐만 아니라 엄마의 성향을 고려하는 것도 중요하다. 엄마들은 대개 아이를 챙기다가 정작 자신의 성향은 어떤지를 챙기지 못한다. 어린이집에서 만난 한 엄마의 경우가 그랬다.

"원장님, 저는 아이가 어렸을 때 집에서 키워야 좋다는 얘기를 듣고 직장까지 그만두었어요. 이렇게 제가 아이에게 잘해주려고 노력하는데도 점점 더 힘들더라고요. 그런데 아이가 이제 네 살이 되어 어린이집에 보내고 보니, 저희 아이만 모든 것이 늦네요. 숟가락질도 못하고 기저귀도 아직 못 뗐어요. 우리 아이보다 먼저 어린이집에 다닌 친구들은 어쩜 저렇게 혼자서 잘하는지 깜짝 놀랐어요. 저희 아이도 일찍 보냈어야 했나요?"

나는 주저하지 않고 이렇게 답했다.

"네, 어머니가 그렇게 생각하신다면 아이가 조금 일찍 다녔어도 잘했을 겁니다."

엄마의 육아 방식은 큰 문제가 아니었다. 아이의 배변 훈련과 숟가락 사용은 언제라도 습득할 수 있는 자연스러운 성장 과정이기 때문이다. 다만 엄마 본인이 '내 육아 방식이 잘못된 건가?' 하고 스트레스를 받고 있었다. 아마 일을 그만두고 집에서 아이를 돌볼 때에도 아주 힘들었을 것이다. 예상보다 일찍 어린이집에 보냈다면 엄마가 기대하는 것들은 어린이집에서 배우고, 엄마 본인도 스트레스로 괴로워하지 않았을 것이다. 아이의 교육기관을 선택할 때에는 엄마의 성향도 중요하다.

어느 유아교육기관을 선택할까?

유아교육기관을 선택할 때 우선시하는 기준은 부모마다 다르므로 정답은 없다. 하지만 내가 엄마들에게 객관적인 의견을 제시하면 이렇다.

첫째, 아이들에게 잘 먹이고 있는지 확인해봐야 한다. 요즘에는 대부분의 유아교육기관 식단이 평준화되어 있지만 간혹 식단대로 나오지 않는 경우나 원산지 표기가 미흡할 수 있으므로 입학 상담 때 조리실을 둘러보고 아이들이 식사하는 모습도 확인해보는 것이 좋다.

둘째, 유아교육기관에 다니는 아이들과 선생님의 표정이 행복한지 살펴라. 일하는 구성원이 만족감을 느끼는지는 평상시 표정만 봐도 알 수 있다. 아이들과 선생님이 밝은 표정으로 상호작용하고 있는지, 일하는 선생님의 표정이 피곤하거나 힘들어 보이지는 않는지를 살펴보면 유아교육기관 분위기를 짐작해볼 수 있다.

셋째, 교육 철학이 어떠한지 살펴라. 유아교육기관은 교육철학에 따라 운영 방침이 달라진다. 교육에 중점을 두고 있는지, 자연놀이에 중점을 두고 있는지, 신체 발달에 중점을 두고 있는지에 따라 원내 분위기가 달라지므로 꼼꼼히 알아보는 것이 좋다. 어렸을 때 유아교육기관에서 배운 모든 것이 내 아이의 일부분이 된다고 생각하면 결코 소홀해서는 안 될 부분이다.

넷째, 안전관리가 철저히 이루어지고 있는지 살피자. 안전에 대한 강조는 아무리 해도 부족하다. 내 아이의 교실을 둘러보고 위험해 보이는 것은 없는지, 시설에 영유아용 사고방지 처리는 잘되어 있는지 살펴보는 것이 좋겠다. 자칫 미끄러져 다칠 수 있는 화장실 바닥이나 복도 등도 꼼꼼히 살핀다.

아이를 교육기관에 보낼 때 엄마의 마음가짐

아이를 유아교육기관에 보내겠다고 결정한 뒤에도 엄마가 할 일은 남아 있다. 아이의 준비물을 챙기고, 아이가 유아교육기관 생활에 적응할 때까지 불시 연락에 대비해야 한다. 아이가 힘들어하니 데리러 오라는 연락이 올지 모르기 때문이다. 선생님 말씀 잘 듣고 친구와 싸우지 말라고 아이에게 신신당부하면서도 엄마들은 '과연 우리 아이가 잘할까?' 하고 불안할 것이다. 이때 엄마가 마음을 강하게 먹어야 한다. 시간이 다소 걸리더라도 엄마가 여유를 가지고 기다린다면 결국 적응하게 되어 있다.

아이가 교육기관 생활에 적응하게 된 이후에는 선택한 유아교육기관을 신뢰하는 것이 중요하다. 엄마가 선생님을 대하는 마음 그대로 아이가 선생님을 생각한다. 아이와 선생님의 관계 형성에 엄마의 마음가짐이 큰 영향을 끼치는 것이다. 교육기관을 의심의 눈초리로 보기보다는 말 한마디라도 따뜻하게 건네는 것이 좋지 않을까.

간혹 유아교육기관에 와서 엄마들이 "저희 아이가 집에서 말을 안 듣고 떼를 썼어요. 혼내주세요. 선생님", "주말 동안 과자랑 사탕 같은 단 음식만 먹었어요. 다시는 그러지 말라고 얘기해주세요" 하며 아이를 훈육하려 할 때가 있다. 하지만 이렇게 선생님을 권위적인 위치로 만드는 것은 아이에게 좋지 않다. 교육 효과 또한 없다. 유아교육기관과 긍정적인 소통을 통해 아이를 편안하게 만들어주는 것이 좋다. 유아교육기관은 아이에게 '제2의 집'이고, 선생님은 '제2의 엄마'라는 사실을 잊지 말자.

아이는 놀이로 배우고 성장한다

여전히 조기 교육은 영유아 아이를 둔 엄마들 사이에서 뜨거운 감자다. 엄마들이 조기 교육에 신경 쓰는 이유는 우리나라에 소개된 몇몇 유명한 교육이론 때문이다.

- 다중지능이론 : 하워드 가드너(Howard Gardner)의 이론이다. 지능은 독립된 능력으로 구성되어 있으며 그와 관련된 8가지 지능(공간지능, 언어지능, 논리·수학적 지능, 신체운동지능, 음악지능, 대인관계지능, 자기이해지능, 자연관찰지능)을 제시한다. 개개인에 따라 차이는 있으나 누구나 8가지 지능을 가지고 있으며 어떻게 훈련하느냐에 따라 계발할 수 있다는 내용이다.
- 언어발달이론 : 미국의 언어학자 노암 촘스키(Noam Chomsky)의

이론이다. 인간의 뇌에는 태어날 때부터 선천적으로 언어습득장치가 있다. 언어습득에 필요한 보편적 문법지식이 언어습득장치에 프로그램화되어 있어서 아동이 별다른 노력을 기울이지 않고도 저절로 언어를 습득할 수 있다는 내용이다.

• 처음 유치원 이론 : 독일의 교육자 프리드리히 프뢰벨(Fröbel)의 이론이다. 아이들은 놀이 과정에서 자신의 사고, 욕구, 소망 등을 표현할 수 있다. 놀이를 통해 아동은 성인의 사회적·경제적 활동을 모방(imitation)하면서 사회화를 이루고 더 폭넓은 경험을 한다.

저명한 학자의 교육이론들은 엄마를 상대로 상품화하는 데 이용되는 도구로 변질하였다. 요즘 엄마들은 아이들에게 좋은 것을 이것저것 다 해주고 싶어 한다. 이 심리를 파고들어 각종 교육이론으로 엄마들에게 조기 교육을 부채질하는 것이다.

"선생님, 저희 아이는 정말 천재예요. 지난번에 다니던 놀이학원에서 두뇌 검사를 받았는데 결과가 1퍼센트 영재로 나왔거든요. 정말 대단하지요? 지속해서 개발해야 한다고 해서 학원 과정 3개월을 미리 결제했답니다. 비용이 비싸지만 하나도 아깝지 않아요."

아이는 2~3세부터 조기 영재학원으로 수업을 받으러 다녔다. 나는 그 모습을 보며 '아이가 저렇게 어린데 미래를 위해서라는 명목으로 학원에 앉혀놓으면 과연 아이는 지금 행복할까?'라는 의문이 들었다. 많은 교육학자가 영유아기에는 감각적 체험이 중요하다고 주장한다. 직접 몸으로 체험하는 것이 올바른 방법이며 몸의 감각이 성장한 다음에 두뇌의 사고가 성장한다는 것이다.

아이의 발달 단계에 맞추어 연령대를 나누어보면 이렇다. 0~3세는 감정의 뇌가 발달하는 시기다. 무언가를 가르치려 하기보다는 오감이 발달하도록 직접 보고, 듣고, 만지고, 냄새 맡고, 먹어보며 자극을 주는 것이 좋다. 놀이를 통해 아이가 스스로 움직여서 소근육, 대근육의 신체 발달을 하는 것이 효과적이다.

3~6세는 뇌에서 전두엽이 발달하는 시기다. 종합적인 사고를 하므로 한 가지 호기심에 대해 여러 각도로 보고 느끼고 생각하는 능력이 생긴다. 놀이를 통해 아이가 관심사를 찾도록 해주면 더욱 좋다. 아이들에는 가만히 앉아서 집중하는 '엉덩이의 힘'이 아니라 스스로 체험으로 느끼는 '놀이의 힘'을 키워줘야 한다.

엄마와 놀이로 성장하는 아이

아이는 애착 관계를 맺은 엄마와 놀이하기를 원한다. 애정을 느끼는 상대와 자신이 좋아하는 놀이를 하는 것은 다른 무엇과도 바꿀 수 없는 행복을 주기 때문이다. 그리고 그 교육 효과는 예상하는 것보다 훨씬 크다.

내가 어린이집에서 만났던 태준이는 무척 똑똑한 아이였다. 다섯 살에 스스로 한글을 떼고 책을 즐겨보던 아이였다. 자신이 좋아하는 과학책은 항상 가방에 챙겨다닐 정도로 열정이 있었다. 나는 다섯 살짜리 아이가 기특하고 신기해서 하루는 이렇게 물어보았다.

"태준아, 집에서 엄마랑 아빠가 한글 공부시켜주셨니?"

"아니요, 제가 궁금해서 엄마한테 물어봤는데 아직은 몰라도 된다고 하면서 한글 카드만 사주셨어요. 근데 한글 카드로 엄마랑 아빠랑 게임을 자주 했는데 저절로 한글을 읽게 되었어요. 아빠는 저랑 잘 놀아주거든요. 우리는 꼭 친구 같아요."

그렇게 말하는 아이의 표정이 진심으로 행복해 보였다. 이후에 태준이 엄마와 만나서 이야기를 나누며 그 이유를 알 수 있었다.

"태준이는 다른 아이들처럼 학원에 다니지 않고 집에서 놀이를 즐겨요. 한글도 궁금하다고 해서 카드놀이를 해준 것이 전부였어요. 저희 부부는 태준이가 즐겁고 행복하게 자랐으면 해요. 앞으로도 학원은 보내지 않을 생각이고, 아이가 원하는 것은 부모가 함께하려고요. 최근에는 태준이가 동물학자가 되고 싶다고 해서 백과사전으로 동물 탐구를 하는 중입니다. 아빠와 동물 흉내 내기 게임을 하는데 아이가 저도 모르는 동물 이름을 꽤 많이도 알고 있더라고요."

놀이와 교육을 하나로

엄마 대부분이 교육과 놀이는 별개라고 생각한다. 공부는 학교나 학원에서 진지하게 하는 것이고, 놀이는 에너지 넘치게 활동하는 것이라고 구분 짓는다. 나는 영유아기 아이들을 지켜보면서 놀이와 교육은 다르지 않다는 것을 깨달았다. 아이들은 일상의 놀이에서 자신의 가능성을 펼치고 재능을 키워나간다.

표 3-5 집 안 재료로 할 수 있는 엄마표 놀이

재료	놀이	교육 효과
신문지	종이접기(모자, 배, 봉투)	손과 눈 협응, 소근육 발달, 창의력 발달
	칼로 만들어 겨루기	창의력 발달, 대인관계 능력 발달
플라스틱병 (요쿠르트, 우유)	길게 연결하기	수학개념(길이)
	높이 연결하고 부수기	수학개념(높이)
	넓게 연결하고 집 만들기	수학개념(부피)
스케치북, 전지	선 긋기, 그리기	소근육, 미적감각 발달
	단어를 한글과 연결 (사과그림에 사과 단어 써주기)	단어 인지와 사고력 연결
	색깔 놀이	색 인지와 미적감각
과자 혹은 과일	소꿉놀이	대인관계능력, 긍정적인 자아 형성
	숫자 세기	수학개념
	10의 보수개념	수학개념
택배박스	집 만들기	소근육, 대근육 발달, 창의력 도움
	공 던져 넣기	신체 발달, 대인관계 능력 발달

"우리 애가 가르쳐주지 않았는데 책을 넘기면서 봐요."

"우리 아이가 말을 시작했는데 갑자기 어른 말투로 능숙하게 하는 거예요."

엄마들은 아이를 키우며 누구나 한 번쯤 이런 경험을 한 적이 있을 것이다. 아이가 주변에서 새로운 것을 배우고 터득하고 있다가 어느

날 엄마에게 능력을 보여준 것이다. 엄마가 놀이를 함께한다면 배움이 더 무럭무럭 성장할 수 있다. 공부를 강조하지 말고 '재미있다', '즐겁다', '대단하네'라는 말로 아이를 북돋아준다면 아이는 일상에서 장래의 공부와 연결되는 배움의 기회를 찾을 것이다.

아이와의 놀이 방법은 어렵거나 거창하지 않다. 집에 널려 있는 재료로 언제든지 할 수 있다. 〈표 3-5〉에 엄마가 아이와 할 수 있는 일상 놀이를 정리해보았으니 참고하기 바란다.

제대로 칭찬하고 제대로 훈육하는 요령이 있다

아이를 키우다 보면 아이를 칭찬해야 할지 야단을 쳐야 할지 고민이 되는 상황이 있다. 아이를 혼내자니 기가 죽을 것 같고 그렇다고 마냥 칭찬하자니 버릇이 없어질 것 같아 딜레마에 빠지는 것이다.

"아이를 칭찬하고 싶은데 칭찬해줄 만한 일이 별로 없어요."

"아이에게 칭찬을 해주었는데, 왠지 아이가 좋아하지 않더라고요. 어떻게 칭찬해야 아이가 좋아할까요?"

아이의 무엇을 칭찬해야 할지 모르겠다며 고민을 토로하는 엄마들이 종종 있다. 나도 처음에는 아이들을 칭찬하는 것이 서툴렀다. 아이들에게 관심을 표현하는 말로 칭찬하려던 의도였는데 아이가 반대로 받아들여 난감할 때도 있었다.

"채이야, 어제 만든 노란 나비 정말 열심히 만들었더라. 색깔이 예쁜 것을 보고 네가 한 줄 알았어.”

“엄마, 그건 제가 한 게 아니고 오빠가 한 거라고요!”

칭찬의 기술 5가지

아이를 칭찬하는 것은 분명 중요하다. 칭찬과 격려를 충분히 받고 자란 아이는 자존감이 높은 아이로 성장한다. 칭찬은 고래도 춤추게 한다지 않는가. 제대로 된 방법으로 칭찬하면 더 좋지 않을까. 오랜 기간 아이들과 함께 지내며 연습하고 노력한 결과, 이제는 칭찬을 제법 잘하게 되었다. 다른 엄마들은 나처럼 실수하지 않고 제대로 칭찬하도록 방법을 정리해보았다.

〈칭찬의 기술 5가지〉

- 사소한 것부터 칭찬하자.
- 구체적으로 칭찬하자.
- 즉시 칭찬하자.
- 노력하는 과정을 칭찬하자.
- 스킨십도 필요하다.

사소한 것부터 칭찬하자

지금까지 칭찬에 인색한 엄마였다면 ‘작은 칭찬’부터 시작하자. 아이가 평소 잘하는 모습을 있는 그대로 칭찬해주는 것이다. 예를 들어 “유이야, 늘 그렇게 음식을 골고루 먹네. 참 보기 좋아”라는 말은 밥을 먹다가도 할 수 있는 '작은 칭찬'에 해당한다. 아이를 관찰하면서 평상시 잘하는 모습을 본다면 의외로 칭찬할 거리가 참 많다.

구체적으로 칭찬하자

엄마들이 칭찬할 때 자주 하는 실수는 뜬금없이 칭찬하는 것이다. 공부를 못했는데 잘했다고 말하거나 편식을 했는데 예쁘다고 말하는 것은 아이에게 도리어 불신만 준다. 아이가 구체적으로 한 행동에 대해서 칭찬하는 것이 요령이다. "오늘 아들이 스스로 장난감 정리를 잘 해주어서 엄마가 기뻐"라고 구체적인 행동을 칭찬해보자. 아이는 앞으로 그 행동에 대해 긍정적으로 행동할 가능성이 높아진다.

즉시 칭찬하자

아이가 칭찬받을 행동을 했을 때 즉시 칭찬해주는 것이 가장 효과적이다. "우와, 채원아! 네 그림 정말 감동이야. 색깔을 정말 다양하게 썼구나!" 하고 칭찬할 경우 아이는 바로 좋은 감정을 받고 자신감을 얻는다. 스스로 자신의 행동에 대한 만족감이 높아지면서 자존감 또한 높아진다.

노력하는 과정을 칭찬하자

아이가 계속 잘해야겠다고 동기부여하려면 아이의 노력에 대해 칭찬해주면 된다. 엄마들은 결과를 칭찬하는 경우가 많은데, 이 경우 결과가 만족스럽지 않으면 아이가 좌절감을 느낄 수 있다. 아이가 노력하는 과정을 칭찬해주는 것이 좋다. 예를 들면 수학 시험 점수가 예상보다 좋지 않아서 엄마의 눈치를 살피는 아이에게, "수학 시험 공부를 정말 열심히 했구나!" 하고 여태껏 공부한 노력을 인정해주는 것이다. 만족스런 시험 점수가 아니어도 이렇게 엄마가 격려해주면 아이는 다음번 시험을 위해서 더 노력하게 된다.

스킨십도 필요하다

때로는 열 마디 말보다 진심 어린 애정 표현이 더 감동을 줄 때가 있다. 꼭 안아주기, 머리 쓰다듬어주기, 다정한 눈빛 보내기 등으로 엄마의 진심을 전달하면 아이가 훨씬 더 행복감을 느낄 수 있다. 애정표현이 서투른 엄마라면 습관이 될 때까지 매일 해보자.

훈육의 기술 5가지

훈육이라고 하면 꾸중과 체벌을 먼저 떠올린다. 훈육을 사전에서 찾아보면 '품성이나 도덕 따위를 가르쳐 기름'이라고 나와 있다. 꾸중과 체벌과는 엄밀히 다르다. 그런데 엄마들이 하는 훈육은 대부분 꾸중이나 체벌에 치우칠 때가 많다.

"선생님, 민우가 집에서 동생을 때려서 저에게 혼이 났어요. 동생과 자동차를 가지고 놀다가 민우가 마음에 드는 자동차를 동생이 빼앗아 간 모양이에요. 그래도 그렇지, 그 자동차를 빼앗아서 동생 머리를 때리더라고요. 민우도 동생이 아픈 것을 느껴보라고 똑같이 때려주고 혼낸 거예요."

이런 식의 말을 여러 번 들었다. 이러한 상황에서는 다른 할 말이 없다. 그저 화가 난 엄마를 달랠 수밖에 없다. '아이 훈육 제대로 하기'라는 주제로 부모 교육을 실시할 때 나는 엄마들에게 이렇게 말한다.

"훈육은 부모의 관점으로 아이를 야단치는 것이 아닙니다. 아이를 이해하고 소통하여 가르치는 것입니다."

〈훈육의 기술 5가지〉

- 아이를 이해하고 마음을 공감해주자.
- 아이와 소통하며 해결 방안을 찾는다.
- 부모의 마음을 정확히 전달한다.
- 아이를 믿고 기다려준다.
- 아이에게 충분한 애정을 표현한다.

아이를 이해하고 마음을 공감해주자

아이와 눈을 맞추고 아이의 마음을 읽어준다. "민우야, 동생 때문에 마음이 속상했구나"라고 아이 마음을 헤아려주면 아이는 부모로부터 자신이 인정을 받는다고 느낀다. 그다음에 부모의 말에도 귀를 기울이게 된다. 아이들이 문제행동으로 훈육을 받아야 할 상황에서는 아이를 윽박지르거나 화가 난 얼굴을 하면 안 된다. 아이와 대화로 순조롭게 풀어가기 위해서는 아이의 마음을 읽어주는 것이 첫 번째다.

아이와 소통하며 해결 방안을 찾는다

부모가 힘으로 제지하거나 아이를 통제하면 효과적인 훈육이 되지 못한다. 엄마의 기준대로 아이를 가두어놓게 될 뿐이다. "민우가 어떻게 하면 좋을까?" 하고 소통하면서 아이가 문제행동에 대해 스스로 원인과 결과를 생각해보도록 한다. 그다음에 부모가 함께 해결 방안을 모색해본다. "동생이 아파서 눈물이 났나 봐. 민우 생각은 어때? 동생에게 미안하다고 할까? 아니면 아프지 말라고 호 해줄까?" 하고 방법을 제안해주는 것이 좋다.

부모의 마음을 정확히 전달한다

소통하며 아이에게 생각할 기회를 주었더라도 잘못된 결과가 나온다거나 아이의 행동이 개선되지 않으면 부모는 바로 정확히 고쳐주어야 한다. "민우야, 동생을 때리는 것은 좋지 않은 행동이야. 동생이 아프니까 그렇게 하면 안 돼!" 하고 짧고 간결하게 진지한 말투로 전달하면, 대부분은 부모의 말을 알아듣고 수긍한다.

아이를 믿고 기다려준다

훈육 한 번으로 아이가 바로 변할 것이라고 기대하지 않는 게 좋다. 행동이 바뀌려면 같은 훈육 상황이 발생했을 때 다시 부적절한 이유와 바람직한 행동을 반복해서 말해주어야 한다. 이따금 매번 같은 행동을 한다고 해서 생각의자나 체벌을 강행하는 부모도 있는데, 이것은 효과가 전혀 없다. 아이의 마음에 상처만 남을뿐더러 아이와의 소통이 끊어지게 된다.

아이에게 충분한 애정을 표현한다

훈육이 끝난 이후에는 아이를 꼭 안아주어 애정을 표현해준다. "민우야, 너를 미워해서 그런 게 아니야. 너를 사랑해서 옳지 않은 행동을 고쳐주려고 한 거야" 하고 부드럽게 상황을 설명해주며 사랑을 표현해주어야 문제행동으로 부모가 자신을 미워할 거라는 생각을 하지 않는다. 사소한 일이었더라도 아이에게 마음을 표현하자.

'엄마 밥상'은 아이의 식습관을 잡아준다

아이가 어렸을 때 어떤 음식을 접하느냐는 평생의 식습관에 영향을 미친다. 미디어에서는 소아비만, 영양 불균형, 아토피, 성조숙증 등 같은 건강 문제가 도마에 자주 오르내린다. 엄마들은 영양가 있고 좋은 음식을 먹이기 위해 노력하지만, 전문가가 아닌 이상 어떤 음식이 좋은 것인지 잘 모른다.

내가 운영하던 어린이집에서는 아이 식단을 엄마들에게 공개했다. 아이를 키우는 엄마로서 아이가 먹는 음식에 대해 관심이 많았기 때문에 그렇게 했다. 지금은 공개하는 어린이집이 많지만 10년 전에는 '최초'라고 할 만큼 획기적인 시도였다.

아이의 식단 공개는 여러 가지 방법으로 이루어졌다. 매일 실시간으로 아이들이 먹는 간식과 점심 사진을 찍어서 인터넷 카페에 올렸다.

키즈 노트라는 어린이집 관리 앱이 나오면서는 그 앱을 사용했다. 엄마들이 내 아이가 무엇을 먹었는지 바로바로 확인할 수 있도록 했다.

또 엄마가 급식에 직접 참여하는 '엄마 급식의 날'을 진행했다. 한 달에 한 번씩 담당 엄마를 선정하여, 자신의 아이와 아이 친구들에게 급식 배식을 해주었다. 아이들은 급식 담당 엄마가 오는 날에는 기분이 한껏 들떴다. 급식 담당 엄마가 교실에 등장하면 누가 먼저라고 할 것 없이 서로 달려나가서 줄을 서고는 자기 차례가 오면 이렇게 말했다.

"저, 밥하고 국 많이 주세요."

"저는 시금치도 잘 먹어요. 시금치를 먹으면 힘이 강해진대요."

평소 편식하던 아이도 급식 담당 엄마에게 잘 보이고 싶어서 '아주 잘 먹는' 기특한 행동을 했다. 급식 담당 엄마는 아이들과 함께 식사하며 이야기를 나누었다. 활동을 마치고 난 엄마들은 밝은 얼굴로 내게 와서 이렇게 이야기했다.

"오늘 어린이집 식단을 직접 보니 제가 집에서 하는 반찬하고는 많이 다르네요. 저희 아이는 집에서 김치나 시금치 같은 나물을 전혀 먹지 않아서 끼니때마다 반찬 걱정이 되거든요. 그런데 오늘 와서 보니 아이들이 다 잘 먹던걸요."

급식 담당 엄마들이 가벼운 걸음으로 돌아갈 수 있었던 것은 아이에게 좋은 음식을 자신이 직접 보고 먹어보며 건강하게 잘 먹고 있는 우리 아이의 모습도 직접 볼 수 있었기 때문이다.

무엇을, 얼마나, 어떻게 먹어야 할까?

영양학적으로 영양소는 탄수화물, 단백질, 지방, 비타민, 무기질, 물 이렇게 6가지를 말한다. 우리는 주로 물을 제외한 영양소를 곡류, 고기, 생선, 달걀, 콩류, 과일류, 채소류, 우유 및 유제품 등으로 섭취한다. 하루에 먹어야 하는 양은 영양섭취기준을 보면 알 수 있다.

〈표 3-6〉을 보면 만 3~5세 아이의 평균 신장은 105.4cm, 평균 체중은 17.4kg, 하루 권장량은 1,400kcal이다. 이만큼 먹어야 부족하거나 넘치지 않고 아이의 나이에 맞게 건강을 유지할 수 있다는 뜻이다. 아이의 체격과 활동량에 따라서 약간의 편차는 문제가 되지 않는다. 만약 평균보다 체격이 크고 활동량이 많은 아이는 더 많은 열량을 섭취하는 것이 맞다.

많은 엄마가 힘들어하는 일 중 하나가 '아이 밥 먹이기'다. 아이가

표3-6 2015년 한국인 영양섭취기준

구분	연령	신장(cm)	체중(kg)	에너지(kcal/일)
유아	1~2세	86.4	12.5	1,000
	3~4세	105.4	17.4	1,400
여자	6~8세	125.0	25.0	1,500
	9~11세	142.9	35.7	1,800
남자	6~8세	126.4	26.5	1,700
	9~11세	142.9	38.2	2,100

출처: 한국영양학회, 보건복지부

원하는 대로만 먹이다 보면 편식이 생길까 우려되고, 그래도 한 술이라도 더 먹이고 싶어서 사정하며 떠먹여 주기 일쑤다. 그나마 아이가 잘 먹는다면 다행이지만 그래도 엄마가 고른 영양소를 섭취하도록 신경 써주어야 한다. 아이 식습관을 잡아주는 것은 참으로 어렵다.

아이가 고르게 영양소를 섭취하도록 고기, 생선, 달걀, 콩류 등 단백질 영양소와 채소류, 과일류 등 무기질, 비타민 영양소가 하루 2회 이상 들어가도록 식단을 구성하는 것이 좋다. 요즘 영유아 유아교육기관이나 학교에서는 아이들의 식단표를 학부모에게 공개하는 것이 의무사항이므로 가정에서 꼼꼼히 확인하여 집에서 식단을 구성할 때에 참고하는 것도 좋다.

유아교육기관용 식단표에는 엄마들이 예상하는 것보다 다양하게 조리된 음식과 아이들이 먹지 않을 것 같은 나물 종류도 고르게 제공하고 있다. 무엇보다 유아교육기관에서는 전문 영양사가 아이들에게 맞는 영양섭취기준을 따르고 영양소를 따져서 식단을 만든다. 매일 내 아이가 무엇을 먹고 있는지 파악하여 가정에서도 어떤 기준으로 먹일지 참고하면 좋다.

요리 못하는 엄마도 대안은 있다

나도 매일 하는 일 중에서 요리 비중이 제법 크다. 아이들에게 왜 좋은 음식이 필요한지 이론적으로도 잘 알고 있고, 유아교육기관에서 오랫동안 급식 관리를 하다 보니 더 잘해주고 싶은 의지도 있다. 결혼하기 전에는 요리에 전혀 관심이 없던 내가 '직접 만드는 음식'에 대해 요령이 생기고, 아는 것이 많아진 것은 모두 내 직업 때문에 가능한 일이었다. 그런 나에게 찾아와 고민을 토로하는 엄마들에게는 공통의 문제점이 있었다.

"원장님, 저는 요리는 잘 못하지만 아이 밥은 제가 만들어 먹이려고 노력해요. 인터넷 레시피를 보고 따라 하는데 실력이 늘지 않고 아이가 성장할수록 더 어려워요. 잘 먹여야 키도 쑥쑥 큰다는데 제가 못해서 속상해요."

엄마들은 체격이 좋고 튼튼한 아이로 키우기 위해 요리사 역할을 자처하지만 마음처럼 쉽지 않다. 육아에도 바쁜 엄마들이 '엄마표 밥상'까지 신경 써서 차리다 보니 힘이 들고 스스로 뭔가 부족하다는 생각에 스트레스까지 받는다. 그래서 나는 요리에 소질이 없거나 너무 힘들어하는 엄마에게는 이렇게 조언한다.

"물론 엄마가 직접 만들어주는 엄마표 밥상이 아이에게 좋은 것은 맞습니다. 고른 영양을 고려한 식단과 내 아이의 입맛을 맞추는 것은 엄마가 제공할 수 있지요. 하지만 너무 힘들면 조금 내려놓는 것도 좋습니다. 저는 엄마가 꼼꼼히 선택한다면 재료 손질이 모두 되어 있는 '밀 키트(meal kit)'나 '가정 간편식'도 나쁘지 않다고 생각합니다."

엄마가 직접 음식을 만들면 좋다는 것은 누구나 잘 안다. 하지만 아이가 제때 골고루 알맞게 그리고 가족과 함께 즐겁게 식사하는 것이 가장 필요하다. 따라서 엄마표 밥상에 대한 고민을 잠시 내려놓고 아이와 식사 시간을 즐겨보면 어떨까. 만일 오늘도 등지고 요리하느라 아이와 대화를 나눌 틈도 없었다면, 재료를 사러 마트에 가느라 아이와 놀아주지 못했다면, 밥을 먹고 치우는 일에 급급해서 아이의 표정이 어떤지 볼 여유가 없었다면 그것이 더 안 좋지 않을까.

뚝딱 만드는 엄마 밥상 비법

아이 셋을 둔 워킹맘으로 엄마 밥상을 차릴 수 있던 비법을 소개하겠다. 자신이 할 수 있는 요리목록을 적고 일주일치 식단을 짜두는 것이다. 이때 고른 영양소를 고려한 식단이되 무엇보다도 간단하고 빠른 방법이 가장 좋다. 우선 첫 번째로 할 일은 자신이 만들 수 있는 요리 목록을 정리하는 것이다. 다음 〈표 3-7〉은 내가 할 수 있는 요리 목록이니 참고하여 작성해보자.

자신이 만들 수 있는 요리를 냉장고에 붙여두면 요리할 때 고민이 없어지고, 재료만 있으면 빠르게 조리할 수 있는 장점이 있다. 그다음 할 일은 식단을 짜서 장을 보는 것이다. 이때 들어갈 재료를 연계하여 식단을 짜면 남는 재료도 없고 재료비 절감에도 좋다. 밥, 국, 반찬 3가지를 기본으로, 반찬은 메인 반찬과 사이드 반찬으로 분리하여 5대 영양소가 골고루 들어갈 수 있도록 한다.

그 밖에 시간을 아낄 수 있는 소소한 팁을 소개한다. 자주 쓰는 양념장은 미리 만들어두면 좋다. 나는 간장양념과 고추장양념을 만들어 둔다. 일주일 분량 양념 레시피를 적어보면 다음과 같다. 양념장을 미리 만들어 냉장 보관해두고 그때그때 사용하면 좋다.

표 3-7 요리 목록 예시

국물 요리	국	된장국(버섯, 감자, 시금치 등), 콩나물국, 소고기무국, 다시마감자국(감자소고기), 버섯들깨국(무들깨), 미역국(소고기, 바지락, 새우 등), 오뎅국, 북어국(달걀국), 순두부국, 바지락국(모시조개, 오징어)
	찌개	된장찌개, 김치찌개, 청국장, 비지찌개, 순두부찌개
	탕, 전골	닭곰탕(삼계탕, 닭한마리), 감자탕, 해물탕, 갈비탕, 연포탕, 불고기전골, 버섯전골, 밀푀유나베, 샤브샤브
메인 반찬	고기류	돼지불고기(제육볶음), 불고기, 장조림, 돈가스, 육전, 베이컨말이(떡, 팽이버섯, 파프리카), 차돌박이 말이, 떡갈비(동그랑땡), 닭가슴살 냉채(순살치킨), 닭볶음탕, 닭오븐구이, 단호박훈제오리찜, 콩나물훈제오리볶음
	생선류	각종 생선구이, 생선찜, 생선전
	계란류	달걀말이, 달걀찜, 채소 스크램블, 메추리알조림
사이드 반찬	나물류	무침(시금치, 콩나무, 숙주나물, 참나물), 초무침(오이, 도라지), 볶음(호박, 고사리)
	샐러드	양상추(새우살, 연어, 닭가슴살, 과일, 치즈 등), 과일 샐러드, 연두부 샐러드, 브로콜리 샐러드, 콘 샐러드
	볶음/조림	멸치볶음, 오징어채, 오뎅볶음, 우엉조림, 연근조림, 감자조림, 견과류조림, 콩조림, 잡채(고기, 콩나물, 채소 등), 월남쌈(무쌈), 구절판, 전류
간단 한 끼		볶음밥(고기, 참치, 채소, 해물), 오므라이스, 카레라이스, 짜장라이스, 김밥(채소, 소고기, 참치, 치즈), 치킨마요덮밥, 스파게티(해물, 베이컨), 우동, 칼국수(쌀국수, 메밀국수, 잔치국수), 냉면, 떡국
간단 아침		죽(채소, 소고기, 전복, 단호박, 닭, 참치), 누룽지, 주먹밥(참치, 멸치, 소고기 등), 미니김밥(베이컨밥 말이), 쌈밥
간식류		떡(가래, 꿀, 절편, 백설기, 인절미 등), 견과류, 옥수수(고구마, 감자, 단호박), 팬케이크(토스트), 과일(요거트)

• 간장양념: 간장 5t, 설탕 5t, 마늘 1t, 참기름 0.5t, 깨소금 약간

• 고추장양념: 고추장 5t, 설탕 5t, 마늘 1t, 참기름 0.5t, 깨소금 약간
(※ t=티스푼)

국을 끓일 육수를 미리 우려놓고 냉장 보관하여 여러 번 나누어 사용하는 것도 요령이다. 자투리 채소를 작게 썰어 냉동 보관하면 급할 때 유용하다.

스마트폰 사용은 어디까지 허용해야 할까?

아이가 초등학교에 입학하면 학교에 잘 적응할지, 새로운 친구와의 관계는 원만할지, 아이가 선생님을 잘 따를지 등 이런저런 걱정이 많아진다. 나도 첫째 아이가 1학년이 되었을 때 그랬다. 하루는 아이에게 학교생활은 어떤지 물어보았다.

"반에서 스마트폰 게임을 하지 않는 사람은 저랑 재성이뿐이에요. 그래서 친구들이 이야기하면 우리만 끼어들지 못할 때가 많아요."

나는 그 말을 듣고 당황했다. 여태껏 스마트폰 사용을 제한해왔기 때문에 아이는 스마트폰 게임을 한 적이 없었다. 스마트폰을 가지고 있는 친척 누나들을 만나면 누나가 하는 것을 옆에서 지켜보다가 몇 번쯤 만지작거린 게 고작일까.

"그래? 스마트폰을 가지고 있는 친구가 많네? 너도 하고 싶어? 엄마는 스마트폰 게임을 잘 몰라서 먼저 아빠랑 상의해볼게."

그날 밤 귀가한 남편을 앉혀 얘기를 꺼내니 남편은 이렇게 말했다.

"남자애들은 그럴 수 있어. 나도 학교 다닐 때 친구들이랑 게임하고 그랬는데? 나는 채우 마음이 이해가 돼. 혼자만 모르고 있으면 당연히 소외감을 느낄 거고, 친구들과 어울리지 못할 수도 있어. 아무래도 내가 주말에 30분씩만 같이 해봐야겠는걸."

동성인 아빠가 아들 마음을 이해한다고 하니 나는 남편을 믿고 한 번 맡겨보기로 했다. 불안한 마음도 들었지만 평소 아빠가 아이와 함께하는 시간이 적으니 아빠와 공유할 화제가 생기는 것도 나쁘지 않을 것 같았다. 그런데 문제는 약속이 점점 깨지면서 시작되었다. 아이 손에 스마트폰을 쥐여주자 30분으로 정한 사용 시간이 40분으로 점점 늘어났고 게임뿐만 아니라 인터넷 검색이나 영상 보기도 했다. 어느새 나보다 스마트폰을 더 능숙하게 사용하는 아이를 보면서 뭔가 잘못되고 있다는 생각이 들었다.

어떻게 해결책을 찾을 틈도 없이 학교에서 아이들에게 디지털 교과서가 보급된다는 소식이 들렸다. 학생들이 컴퓨터 사고력을 기를 수 있도록 소프트웨어 교육을 강화했고, 2021년까지 디지털 교과서 인프라를 확충한다는 교육부의 지침에 따른 것이다.

디지털교과서를 실제로 사용해보니 각종 멀티미디어와 용어사전, 보충심화 자료 등 풍부한 자료가 담겨 있었고, 증강현실 같은 최신 기술을 접목하여 아이들이 흥미를 갖기에 충분했다. 앞으로 아이들에게 스마트기기는 무조건 제한할 수 없는 상황이 되어버렸다.

부모의 편의를 위한 스마트폰

내가 처음 스마트폰을 사용한 것은 첫째 아이를 낳고 몇 개월쯤 지났을 때였다. 기계를 잘 다루지 못해서 처음에는 헤맸지만 어느새 나에게 스마트폰은 아이를 키우는 데 도움을 주는 '가볍고 편리한 기기'가 되었다. 10여 년이 지난 요즘은 '육아 만능 기기'로 쓰임새가 확장되었다. 엄마들은 유모차에 달아 이동 중에도 아이에게 영상을 보여주거나, 장난감이나 책을 연동해 놀아주거나, 동요를 틀어주는 등 스마트폰은 육아 필수 아이템이 되었다. 최근에는 스마트 기저귀, 스마트 젖병, 수유와 온습도를 체크해주는 기기 등이 나와서 '스마트 육아템'이라는 광고 문구가 넘쳐난다.

그런데 스마트 기기는 아이들이 스마트기기에 과하게 의존하는 부작용도 낳았다. 과의존(overdependence), 즉 과도한 스마트기기 이용이 다른 행태보다 두드러지고 가장 중요한 활동이 되어 신체적·심리적·사회적으로 부정적인 결과를 경험하게 되었다. 어렸을 때부터 스마트기기에 노출된 아이들에게 생기는 흔한 문제점이다.

내가 운영하던 어린이집에는 등원하며 엄마와 스마트폰으로 실랑이하던 세 살 아이가 있었다. 어린 나이에 스마트폰에 노출되면서 과의존이 된 것이다.

"저도 이렇게 될 줄은 몰랐어요. 제가 자격증 공부를 하다 보니 아이와 있는 시간에 스마트폰으로 영상을 틀어주었던 거예요. 저는 책상에 앉아 공부하느라 아이를 자세히 지켜보지 못했는데 그 사이에 심각해졌나 봐요. 밥 먹을 때도 손에서 놓지 않고 잘 때도 가지고 잔다고 하고, 이제는 어린이집에도 가지고 오겠다고 해서 아침부터 힘들었어요.”

스마트폰에 과의존하는 아이들을 살펴보면, 비슷한 특징이 있다. 부모도 스마트폰 사용이 과다한 편이고, 세 살 이전의 어린 나이에 시작했으며, 부모와의 상호작용은 매우 적었다. 과의존이 심한 경우에는 일상생활도 제대로 하기 어렵다. 어린이집에 다니던 그 아이처럼 밥을 먹고 잠을 자는 것에도 나쁜 영향을 준다. 더 심해지면 언어 발달, 인지 발달, 정서 발달이 지연되어 제대로 성장하지 못한다. 부모의 편의로 사용하게 된 스마트 기기가 아이의 생활을 엉망으로 만들어버릴 수 있다.

스마트 기기 사용 노하우

나도 스마트 기기의 편의를 이용하는 엄마로서 그 문제점에 대해 고민했다. 아이들이 스마트 기기 사용으로 이로운 영향만 받았으면 좋겠다. 아이에게 스마트 기기를 쥐여줄 때에는 엄마 전략이 반드시 필요하다. 내가 우리 아이들과 실천하는 방법을 소개해보겠다.

첫째, 외출용 아이 가방을 따로 챙긴다. 보통 엄마들은 외출 시에 식당이나 차 안에서 아이가 스마트 기기를 사용하도록 하는 경우가 많다. 이럴 때 스마트 기기를 대신할 장난감을 간단히 챙겨 외출용 가방을 꾸려놓자. 색종이 접기, 색칠 놀이 도구, 숨은그림찾기, 사진이 있는 작은 책을 넣어 아이가 지루하지 않게 하는 것이다.

표 3-8 스마트폰 바른 사용 실천 가이드

0~5세 영유아용
• 만 2세 이전에 스마트폰 자극에 노출되지 않게 지도해주세요. • 지나친 스마트폰 사용은 건강에 해롭다는 점을 가르쳐주세요. • 아이와 보호자의 사용 습관을 함께 점검해보세요. • 이른 시기에 노출됐다면 '서서히'가 아니라 '단번에' 끊는 것도 방법입니다. • 안전하고 바른 사용을 위해 잠금 기능을 설정해 스마트폰 유해 요소를 정리해주세요. • 건강을 위해 바른 사용을 습관화해주세요. • 교육용 '앱'보다는 '책'을 읽어주세요. • 사용 규칙은 아이의 발달 단계에 맞게 구체적으로 하세요. • 아이의 오감을 꾸준히 자극하세요. • 아이와 보행 중 보호자의 손은 아이에게 '생명의 손'입니다. 스마트폰을 넣어두고 자녀의 손을 잡아주세요. • 부모가 먼저 스마트 폰으로부터 자유로워지세요. 식당 같은 공공장소에서 함께 놀이할 수 있는 색종이, 색연필을 활용하세요.
6~12세 아동용
• 스마트폰을 지나치게 사용하면 몸이 힘들어해요. 일정 시간 사용 후에는 눈 건강 체조와 스트레칭으로 건강을 지켜주세요. • 자신의 스마트폰 이용습관이 올바르지 않은지 체크해주세요. 9세 이하는 '스마트폰 과의존 유아동 관찰자 척도', 10세 이상은 '스마트폰 과의존 청소년 자가진단 척도'를 활용해 과의존 여부를 확인해보세요. • 구체적인 사용시간을 정하고, 스스로 멈출 수 있도록 노력하세요. '10분만 할게요'라고 구체적인 목표를 세우고 스스로 사용시간을 조절할 수 있도록 지도해보세요. • 바른 사용을 위해, 유용한 앱을 설치하고 사용하지 않는 앱은 정리해보세요. 스마트폰 이용 시간 조절을 도와주는 앱을 활용하고 최근 한 달간 사용하지 않은 앱은 삭제하세요. • 무엇보다 약속을 반복적으로 실천하는 노력이 중요해요. 스마트폰 사용 이유와 목적을 명확하게 정하면 약속을 지키는 데 도움이 됩니다. 계획되지 않거나 불필요한 사용을 자제해주세요. • 건강한 우리 가족을 위해 스마트폰 사용 약속을 정해요. 식탁, 거실 등 가족이 함께하는 자리에는 스마트폰을 가져오지 않도록 해보세요. 보호자와 함께 스마트폰 이용시간을 정하세요. • 이동할 때에는 '안전하게' 가방에 꼭 넣어요. • 도서관, 공연장 등 공공장소에서 '기본 매너'는 나부터 실천해요. 공공장소에서는 무음이나 진동으로 설정하고 통화, 음악 감상, 동영상 시청 시 다른 사람에게 피해를 주지 않도록 해주세요.

표 3-9 스마트폰 과의존 척도 유아동용(관찰자용, 9문항)

항목	전혀 그렇지 않다	그렇지 않다	그렇다	매우 그렇다
1. 스마트폰 이용에 대한 부모의 지도를 잘 따른다.				
2. 정해진 이용 시간에 맞춰 스마트폰 이용을 잘 마무리한다.				
3. 이용 중인 스마트폰을 빼앗지 않아도 스스로 그만둔다.				
4. 항상 스마트폰을 빼앗지 않아도 스스로 그만둔다.				
5. 다른 어떤 것보다 스마트폰을 갖고 노는 것을 좋아한다.				
6. 하루에도 수시로 스마트폰을 이용하려 한다.				
7. 스마트폰 이용 때문에 아이와 자주 싸운다.				
8. 스마트폰을 하느라 다른 놀이나 학습에 지장이 있다.				
9. 스마트폰 이용으로 인해 시력이나 자세가 안 좋아졌다.				

채점 결과(36점 최고점) : 28점 이상은 고위험군, 27~24점은 잠재적 위험군, 23점 이하는 일반사용자군이다.

둘째, 아이에게 유용한 어플을 미리 다운받아놓고 사용하는 동안 엄마와 상호작용을 한다. 아이 혼자 사용하도록 두는 것이 아니라 부모가 옆에서 지켜보며 아이가 스마트 기기에 과하게 빠지지 않도록 하는 것이다. 좋아하는 동요 같이 따라 부르기, 간단한 숫자 게임하기 등 부모가 함께 스마트 기기를 사용한다. 이때 시간 제한을 두는 것이 좋다.

셋째, 가장 중요한 것은 부모가 올바르게 사용하는 것이다. 부모가 과다하게 사용하면서 아이에게만 하지 말라고 하면 아이에게 설득력을 주지 못한다. 아이와 있는 시간에는 스마트기기 사용을 자제하고 사용 범위를 정해두어 부모도 함께 규칙을 지키는 것이 필요하다. 다음 〈표 3-8〉, 〈표 3-9〉는 한국정보화진흥원 스마트쉼센터에서 제공하는 '스마트폰 바른 사용 실천 가이드'와 '스마트폰 과의존 척도'다. 아이 연령에 따라 참고하면 좋다.

4장

내 아이 맞춤 교육 전략이 필요하다

'엄마표 교육'이 의무는 아니다

우리나라는 유난히 교육열이 높은 나라다. 더구나 요즘엔 아이를 하나나 둘만 낳아 키우다 보니 부모가 아이 교육에 더욱 관심이 많다. 그래서 언젠가부터 엄마표 교육이라는 것도 등장했는데 엄마가 직접 한다는 의미로 '엄마표'가 붙었다. 처음에 엄마표 교육은 한글, 동화책 등 엄마들이 하기 쉬운 것부터 시작됐다. 그런데 나중에는 영어, 수학, 미술 등 다양한 것에 '엄마표'가 늘어났다. 순수하게 '엄마가 아이에게 직접 해주는 교육'이라는 의미는 어느새 '엄마라면 아이에게 해주어야 할 일'이 되어 엄마들의 주요 스트레스 요인이 되었다.

어린이집 상담 중에 만난 엄마들은 대부분 집에서 1~2가지의 엄마표 교육을 하고 있었다. 아이에 대해 가장 잘 알고 있는 자신이 가르치는 것이 효과가 크리라고 여겼기 때문이다. 물론 이론적으로 주 양육자인 엄마가 아이와 상호작용하는 것은 효과가 있다. 하지만 문제는 '엄마표 교육'을 계속 유지하지 못하고 도중에 포기하면서 의욕까지 함께 상실해버리는 것이다. 어린이집에 아이를 보내는 학부모 중에 한 아이 엄마가 그러한 상황이었다.

"선생님, 저는 집에서 직접 영어를 가르치고 있어요. 영어 강사 출신은 아니지만 유학을 다녀온 경험이 있어서요. 아이가 아직 다섯 살이다 보니 엄마랑 즐겁게 놀이하면서 영어 노출을 하고 있는데요. 매일 제가 미리 준비한 노래에 율동도 하고 영어카드 놀이도 하고요. 그런데 시간이 지나도 아이가 영어 한마디 따라 하지 않고, 심지어 아주 쉬운 영어 단어도 인지를 못해 힘들더라고요. 아이랑 재미있게 공부하고 싶은데 억지로 하려니 저도 점점 스트레스를 받아서 지금은 쉬고 있어요."

그 아이 엄마는 영어강사도 아닌데 영어를 잘한다는 이유로 '엄마표 영어'를 선택했다가 포기했다. 나는 혹시나 '엄마표'를 실패했다고 엄마가 자존감까지 잃을까 봐 걱정되어서 스트레스받지 않아도 된다고 위로해주었다.

엄마표 교육은 의무사항이 아니다

사실 엄마들은 아이의 기본 생활에 필요한 육아를 하기에도 시간이 부족하다. 그럼에도 엄마들이 '엄마표 교육'을 선택하는 것은 내 아이를 잘 가르치고 싶고, 거기에 교육비까지 절약되었으면 하는 바람 때문이다. 하지만 엄마들의 생각과는 달리 '엄마표 교육'이 모두 좋은 결과가 나오지는 않는다. 엄마들은 엄마표를 실천하는 방법으로 인터넷 블로그나 카페를 검색한다. 다른 아이가 하는 방법을 자신의 아이에게 적용한다. 그런데 결과가 같지 않을 경우가 많다. 아이들은 저마다 성향, 성격, 활동능력 등이 다르다. 게다가 엄마표를 제공하는 엄마마저 다르다.

결국 열성적으로 엄마표에 의지를 보이던 엄마는 실망하고 만다. 엄마표를 위해서 열심히 준비한 과정이 있었다면 괜히 아이를 다그치기도 하고, 인터넷 후기와 내 아이가 다른 반응을 보이면 아이에게 같은 결과를 강요하기도 한다. 이러한 상황이 반복되면서 엄마는 의욕이 꺾여 도중에 포기하고 만다. 결국에는 엄마표를 위해 준비한 재료만 남아 두고두고 후회하는 상황이 된다. 또 엄마 스스로도 엄마표에 실패했다며 자책하고 육아에 대한 자신감도 떨어진다. 아이에게 더 잘해주고 싶은 마음에서 시작했어도 결과가 도중하차라면 안 하느니 못한 상황이 되어버린다.

아이의 발달 이론을 이해하는 것이 먼저다

교육현장에서 오랜 기간 일하다 보니 많은 아이를 만날 수 있었다. 아이들이 무언가를 배울 때에는 연령에 걸맞은 발달 단계가 있음을 보고 느꼈다. 가령 아이가 12개월 전후로 걷기 전에는 먼저 혼자 앉고 일어서는 것을 해야 걸음마를 할 수 있다. 앉고 일어서는 단계를 건너뛰고 걸음마를 하는 것은 불가능하다.

또 아이들은 연령에 따라 꼭 배워야 할 배움의 범위가 있다. 가령 초등학교에 입학쯤에는 한글을 배우고 수 개념을 익히는 사고가 발달하고, 1학년이 되면 한글을 읽고 생각을 글로 쓸 수 있다. 수 개념도 더하기 빼기뿐만 아니라 도형, 확률 등의 수학적인 이론을 습득한다. 그 이후로 더 복잡한 지식을 배울 수 있는 사고력이 생기면 점점 심화된 내용을 배우는 것이 가능해진다. 이는 〈표 4-1〉의 아동발달이론과도 일맥상통한다고 볼 수 있다.

아동발달이론을 이해하면 엄마표 교육에 큰 도움이 된다. 가령 5월에는 '나와 가족'이라는 주제로 어린이집, 유치원, 학교에서 배우도록 연계가 되어 있는데, 아이가 세 살이든, 여덟 살이든 엄마표 내용은 '가

표 4-1 시기별 발달 이해

영아기	
폭발적 신체, 감각발달: 신체적, 사회적, 지적, 언어발달 및 기타 여러 행동발달의 속도가 빠르며 왕성한 시기	표준보육과정
유아기	
언어기술과 자기중심적 사고력: 탐구, 실험, 관찰을 통하여 학습하고 자신과 세상을 발견하는 시기. 새로운 사고를 형성하며 독립적인 존재가 됨	누리과정
아동기	
구체적 사고력과 문제해결력: 자아정체감을 세우고, 또래 관계를 형성하며 자신과 세계에 대한 정보를 얻는 시기. 아동기와 청소년기를 이어주는 단계	초등교육과정

출처: 문혁준, 서소정 외 3명, 〈아동학개론〉, 창지사, 2015.

족'을 주제로 활동하면 된다.

5월에 '나와 가족'을 주제로 수업하고 온 유치원생 아이에게 "수민아, 오늘 유치원에서 우리 가족 그림 그렸어? 아빠는 실제보다 더 멋있는데? 오늘 엄마랑 《아빠 만세》 읽고 아빠한테 줄 카드 만들까?" 하고 자연스럽게 '엄마표 책육아'와 '엄마표 미술놀이'를 유도할 수 있다. 꼭 거창한 계획표가 없어도 일상생활에서 충분히 엄마표 교육은 가능하다.

엄마표 교육은 엄마들이 꼭 해야 하는 필수코스는 아니다. 엄마들이 '엄마표' 스트레스에서 벗어나 엄마와 아이의 상호작용 놀이 정도로 다가가면 좋겠다. 가정에서 엄마에게 배우는 모든 것이 '엄마표'일 테니 말이다.

적정한 교육이 필요한 결정적인 시기가 있다

대한민국 엄마들이 아이 교육의 기준을 세우는 데 결정적인 영향을 받는 사람은 바로 옆집 엄마다. '엄마 친구 아들'이라는 말도 그 때문에 생겨났다. 줄여서 '엄친아'는 공부며 운동이며 빠지는 것 없이 잘하는 친구 아들을 빗대어 표현한 말이다. 옆집 엄마에게 아이 교육의 영향을 받는 이유가 있다. 세계 최고의 교육열을 자랑하는 한국에서 아이 교육에 대해 속 시원히 알려주는 곳이 없기 때문이다. '아이에게 언제, 어떻게, 무엇을, 가르쳐야 하는지'를 항상 고민하는 엄마들은 자연스럽게 동네 또래 엄마들에게서 답을 찾는다.

엄마들이 옆집 엄마의 몇 마디에 흔들리는 것은 교육 정보가 부족한 탓도 있다. 교육의 힘은 정보력에서 나온다고 할 만큼 정보는 중요하다. 더군다나 요즘처럼 빠르게 변화하는 시대에는 교육 정보가 더욱 강조되고 있다. 아이 교육의 첫 번째 조건을 '엄마의 정보력'이라고 할 정도다. 요즘은 인터넷이 발달하여 아이 교육에 관한 정보를 얻을 수 있는 곳이 많다. 오히려 차고 넘치는 교육 정보들 탓에 좀더 학문적으로 검증되고 제대로 된 교육정보를 찾는 노력이 필요하다.

우리나라 교육과정의 이해

우리나라는 평생교육 체계를 가지고 있어서 '개인의 출생에서부터 죽을 때까지 전 생애 걸친 교육'을 한다. 다시 말해 우리나라 교육은 아이가 어린이집부터 학교 과정을 마칠 때까지 연계되고 이어진다는 것인데 〈표 4-2〉를 참고하면 이해가 쉽다.

우리 아이의 교육을 위해서는 우선 아이가 받고 있는 교육과정을 이해하는 것이 필요하다. 옆집 엄마의 기준에 의해서 정해진 교육과정

표 4-2 우리나라 연령별 교육표

연령별 교육	표준보육과정	누리과정	초등학교과정
	0~4세	5~7세	8~12세
교육과정	기본생활	신체운동/건강	체육, 안전한 생활
	신체운동		
	의사소통	의사소통	국어
	사회관계	사회관계	사회, 도덕
	예술경험	예술경험	미술, 음악
	자연탐구	자연탐구	수학, 과학

은 우리 아이에게 효과를 보장하지 못한다. 교육의 궁극적인 목적은 아이마다 타고난 적성과 재능을 알아내어 그 능력을 발현시키는 것이다. 따라서 아이의 발달 단계에 맞추어 결정적인 시기에 교육하는 것이 우선이다.

발달 단계에 맞는 적정 교육이 필요하다

적기 교육이란 아이의 발달 단계에 따라 적정하게 교육하는 것이다. 즉 아이의 연령에 따라 발달 단계에 맞게 교육을 적절한 시기에 시작해 주면 아이가 본능적으로 그 교육을 흡수한다는 말이다. 가령 2~7세는 호기심과 상상력이 왕성해지는 시기로서 창의력, 체험, 언어 습득 등의 교육에 적기라고 할 수 있다. 8~12세는 체계적이고 논리적인 사고를 하는 시기로 학교 교과 교육의 적기다. 하지만 적기라는 것이 몇 개월 때에는 창의력, 몇 살에는 수학이라고 시기적으로 딱 정해져 있는 것은 아니다. 대략 발달 단계별 특징이 있는 시기가 있음을 의미한다.

나는 교육 현장에서 적기를 놓친 아이를 종종 보았다. 발달 장애, 즉 어느 특정 질환이나 장애를 가지고 있는 것이 아닌데 해당 나이에 이루어져야 할 발달이 이루어지지 않았던 것이다. 겉으로 볼 때 크게 이상이 없던 여섯 살 재연이는 무척 예의가 바른 아이였다. 선생님을 잘 따르고 친구들을 좋아했다. 그런데 사회 심리적인 발달 장애가 있어서 어떤 생소한 소리나 친구의 새로운 반응을 보면 놀라서 책상 밑으로 숨었다. 호기심이 왕성했던 네 살 때 같이 사는 친할머니의 구박을 많이 받아서 눈치를 보게 되었기 때문이라고 했다. 맞벌이하던 엄마는 회사를 그만두고 아이의 발달 장애 치료를 받아야만 했다.

또 반대로 아이의 발단 단계에 맞지 않는 과도한 교육량으로 아이들이 힘들어하는 경우도 있다. 요즘 아이들의 영재교육이나 조기교육 같은 것이 그것이다. 적기에 제대로 교육을 시작하더라도 아이의 발달 단계상 수용할 수 있는 적량을 벗어나 교육하는 부모도 있다. 이것도 아이에게 도움이 되지 않고 부작용을 일으킬 수 있는 원인이 된다.

아이를 위해 뭐든지 가르쳐주고 싶은 게 모든 부모의 마음이리라. 그러나 한 번쯤은 '나는 지금 아이에게 적기에 적량의 교육을 하고 있는가?' 하고 스스로 진단해볼 필요가 있다. 아이에게 지금 필요한 것이 무엇인지를 아는 것도 중요하지만, 지금 하려는 교육이 아이에게 과연 필요한지도 진지하게 고민해봐야 한다.

'이웃집 엄마'의 공부법에 흔들리지 말고 중심을 잡아라

최근 TV에서 대한민국 사교육 현실을 풍자하는 내용의 드라마가 화제를 모았다. 사람들은 그 드라마가 권력, 최고 학벌, 직업 대물림, 입시 코디네이터 등 평범한 가정에서 일어날 수 없는 내용임에도 열광했다. 대한민국에서 자식을 키우는 가정이라면 외면하기 힘든 '사교육과 입시'라는 주제 때문이었다.

대한민국은 더 이상 개천에서 용 나는 시대가 아니라고 한다. 가난한 집에서도 피나는 노력을 해서 좋은 대학에 가고 좋은 직장에 가면 성공할 수 있다던 의미의 그 말은 요즘 세대의 아이들에게는 꿈 같은 이야기가 되었다. 대학 전형인 수시제도조차 '금수저 전형'이라고 불리는 것이 현실이다.

통계청이 발표한 자료에 의하면, 고소득층 가구가 지출하는 자녀

학원비는 빈곤층 가구가 지출하는 학원비의 27배에 달하는 것으로 조사되었다. 또 SKY대학의 재학생 70퍼센트가 중산층 이상이라고 한다. 반면 저소득층으로 분류되는 계층은 재학생의 11.4퍼센트에 불과했다. 배움에도 빈부의 격차가 생기고 있는 것이다.

사교육 열풍은 왜?

우리나라는 조기 교육을 과하게 시키는 편이고, 그에 따른 부작용이 우려된다는 목소리가 높다. 그런데 내가 만난 엄마들은 대부분 아이가 영유아기에는 스트레스를 받지 않고 지내기를 바랐고, 조기 교육에 과하게 집착하는 엄마는 몇몇 소수일 뿐이었다. 아이에게 사교육을 시킨다 하더라도 놀이식으로 해서 아이가 행복해야 한다고 주장하는 사람이 많았고, 사교육은 아이가 원한다면 시키고, 원하지 않는다면 놀게 할 것이라는 소신을 지키는 사람도 많았다.

하지만 아이가 초등학교에 갈 때쯤 되면 이야기가 달라진다. 나는 우리나라 사교육의 현실을 아이가 초등학교에 들어가면서 확실히 알게 되었다. 주위에서는 아이가 7세 이전에 이미 한글을 술술 읽고 쓴다는데, 혹시 학교에 가서 우리 애만 뒤처지지는 않을지 슬슬 불안해한다. 아니나 다를까 학교에 갔더니 불안이 현실이 된다. 대개의 아이들이 한글을 다 깨치고 입학했다. 몇 년 전부터 학교 교육과정에 한글을 강화해 미리 공부해 오지 않아도 된다고 했음에도 사정은 달랐다.

그제야 한글뿐만 아니라 영어, 수학, 예체능 과목까지 두루 준비해

온 아이들이 눈에 보이기 시작한다. 엄마들은 슬슬 주위 아이와 내 아이를 비교하면서 하나둘씩 사교육을 선택한다. 처음 시작은 공부를 뛰어나게 잘하길 바라는 마음에서 한 것이 아니다. 아이가 자신감을 잃으면 안 된다는 걱정에서 시작한다.

그런데 문제는 이렇게 사교육을 지속하는 아이들의 평균 학습 능력이 높아진다는 것이다. 그 아이들은 계속 1~2년 선행학습을 하게 되어 평균 학습 수준을 높인다. 공교육을 받으면서 선행학습을 안 하는 아이는 점점 공부를 못한다는 스트레스를 받게 되어, 나중에는 거의 모든 아이가 사교육을 하게 된다. 이렇게 대한민국의 사교육 시장은 점점 덩치를 불렸다.

사교육이 정답은 아니다

"사교육을 하면 정말 효과가 있나요?" 많은 엄마가 궁금해한다. 그런데 이것은 바로 판단하기가 어렵다. 주변의 몇몇 아이를 기준으로 삼기에는 모든 아이의 타고난 성향과 학습능력이 다르기에 사교육으로 효과가 있다고 단정적으로 말하기도 어렵다.

또 내 아이가 공부를 잘하는 이유가 사교육 때문이라고 공식적으로 말하는 엄마가 없어서 확인할 방법도 없다. 시중에 출판된 교육서에도 공부 잘하는 아이들 이야기가 나오는데 대부분 어릴 때 많이 놀고 책을 많이 읽었다고 적혀 있다. 사교육이나 어떠한 도움을 받았다는 이야기는 없다.

몇 년 전, 과도한 사교육으로 아이를 궁지로 몰았던 사례를 직접 목격한 적이 있다. 첫째 아이의 유치원에서 만났던 아이는 언어적으로 영재성을 보였는데, 엄마는 아이를 잘 키우고 싶은 마음만 있었다. 영어 교육을 시작하자마자 잘 따라 하는 아이를 보고 처음에는 대견해했다. 그런데 조금씩 욕심이 생겨서 영어뿐만 아니라 갖가지 학원을 늘리게 되었고, 엄마 본인이 직접 저녁 8시까지 아이 매니저 역할을 했다.

집에 돌아와서 학원 숙제까지 마치면 12시가 되는 아이 스케줄은 아이를 궁지로 몰아넣었다. 아이는 정서적으로 문제가 생겨 틱 장애가 왔고, 학교에 들어가서도 많이 힘들어했다. 똑똑하다는 소리를 듣던 아이가 기초 학습도 힘들어하는 정도가 되었다. 결국 모든 사교육을 중단하고 공부에서 손을 떼게 되었다. 엄마의 지나친 사교육이 오히려 아이의 재능마저도 짓밟는 결과를 가져온 것이다.

사교육으로 얻는 것과 잃는 것

요즘 젊은 엄마들 중에는 아이가 걸음마를 떼기도 전에 교육을 고민하는 엄마가 있다. 애착 형성과 오감 발달을 위해 영아 때부터 문화센터나 영아교육센터도 다닌다. 주변에는 아이를 총명한 아이로 키우기 위한 인지능력과 두뇌발달 교구, 교재도 흔하게 볼 수 있다. 그 비용 또한 만만치 않다. 거액을 들여서 아이의 지능, 아이큐 검사로 아이의 영재 여부를 판별하는 유아교육기관도 있다. 만일 아이가 영재라는 판명이 나면 고액의 교육 시스템으로 연계하여 꾸준히 계발해야 한다고 안내한다.

물론 아이가 그 분야에 더 몰입하고 싶은 의지가 있다면 사교육이 필요할 때도 있다. 하지만 어떤 사교육이든지 했을 때 분명히 얻는 것과 잃는 것이 있다. 우선 학원에 보낸다 하더라도 아이가 그 분야에서 완벽해진다고 할 수 없다. 꾸준한 엄마의 관리와 관심이 필요하고 아이의 에너지도 소모된다.

그리고 가정 경제도 고려해야 한다. 어떤 기사를 보니, 아이 한 명당 사교육에 들어가는 평균 비용은 2억 원이 넘는다고 한다. 나는 아이가 셋이니 6억 원이 된다는 이야기다. 그래서 요즘은 이런 생각도 해본다.

'사교육에 투자할 돈을 차라리 다른 데 투자하면 아이에게 더 도움이 되지 않을까?'

지금 당장 사교육에 어떠한 정답을 내리기는 힘들다. 그 무엇이 좋다고도 단정지을 수 없다. 분명한 것은 엄마가 소신껏 아이를 위한 결정을 해야 한다는 것이다. 남과 비교하지 않고, 욕심을 내지 않는 것, 이 2가지는 확실히 해두자.

아이가 공부 목표를 알고 스스로 계획을 짜도록 하라

하루는 신문을 보다가 깜짝 놀랐다. 신문 기사의 제목이 "학교 가듯 학원 가는 초등생, 10명 중 8명은 사교육"이었다. 아이들 대부분이 학원에 다니고 사교육비 부담이 늘었다는 내용의 기사였다. 기사를 읽고 나는 요즘 아이들의 모습이 눈에 선하게 보이는 것 같아 마음이 아팠다. 실제로 첫째 아이가 초등학교 1학년 때 만난 친구 중에 빡센 스케줄을 소화하며 학원을 투어하는 아이가 있었다.

"이모, 저는 태권도에 갔다가 영어 학원을 가요. 끝나서 집에 가면 저녁 7시예요. 중간에 쉬는 시간에 엄마가 싸준 간식 도시락을 먹고 한 시간을 더 공부해야 집에 오거든요. 화, 목은 영어학원 수업은 없는데 수학학원에 가고요. 토요일에는 수영이랑 미술하고…."

본인의 학원 스케줄을 외우던 아이의 가방 안에는 학원 차로 이동하는 시간에 허기를 채울 간식거리로 초콜릿과 사탕이 잔뜩 들어 있었다. 그걸 보니 아이가 실컷 뛰어놀 나이에 여기저기 학원을 돌아다니는 모습이 안타까웠다.

그런데 나도 첫째 아이가 2학년이 되었을 때 영어 도서관과 수영 강습을 보냈다. 일주일에 몇 번이지만 학원을 갔다가 수영하는 날에는 아이가 피곤할 것 같아서 아이에게 학원을 그만두는 게 어떠냐고 넌지시 물었다. 곧바로 좋다고 날뛸 줄 알았는데 예상과는 다른 대답이 돌아왔다.

"엄마, 다른 친구들도 영어학원에 다닌대. 나만 안 다니면 실력이 뒤처지잖아? 수영은 재미있어서 계속하고 싶고 영어 도서관도 계속 다녀볼게."

아이가 공부하는 이유

나중에 아이가 한 말을 가만히 생각해보니 '다른 아이들이 영어학원에 가니까 본인도 당연히 가야 한다고 생각하나? 영어를 배우기 위해 가는 것이 목적인데 아이가 제대로 알고 있는 건가?'라는 걱정이 들었다. 그래서 한번은 아이에게 목표를 위해 해보자고 편지를 써서 다독여주었다.

"채우야, 엄마야. 오늘은 학교 끝나고 영어 도서관에 가는 날이네? 엄마는 채우가 영어 공부를 즐겁게 했으면 좋겠어. 채우가 전에 엄마한테 얘기했었지? 나중에 전 세계를 다니면서 자동차를 보러 다닐 것이라고. 영어 공부를 하다 보면 언젠가 채우가 하고 싶은 일도 하게 될 거야. 힘내자. 우리 아들."

공부가 재미있어서 스스로 하면 좋겠지만 대부분은 '공부 목적'도 모른 채 엄마가 하라니까 하는 경우가 많다. 나는 우리 아이가 공부하는 목적을 알기를 바랐다.

최근에 아이 친구 엄마와 우연히 길에서 만났다. 한참을 서서 초등학생을 둔 엄마로서 고충을 주고받았다. 이야깃거리는 대부분 교육에 대한 것이다.

"우리나라 입시제도는 하루가 멀다고 바뀌잖아요. 4차 산업혁명 시대가 와서 아이들이 사는 세계는 지금과는 다를 것이라고도 하고요. 이런 때에 아이 교육을 어떻게 해야 할지 전혀 감이 잡히지 않아요. 학교에서 하는 공교육은 거기서 거기에다가 제자리걸음인 것 같고 그래서 학원을 보내긴 하는데 결국 무엇을 위해 공부를 시키는 건지 모르겠어요."

나도 '제자리걸음인 학교 교육'과 '바뀌는 입시제도'에 맞장구를 쳤다. 엄마들이 아이를 공부시키는 이유는 아이가 입시를 잘 치러서 더 나은 직업을 찾기를 바라기 때문일 것이다. 요즘 같이 급변하는 시대에 엄마들이 학교의 공교육만 믿고 기다리기에는 마음이 초조하다. 결국 험난한 경쟁에 대비하기 위해 학원행을 선택하게 되고 아이의 학원 투어가 시작되는 것이다.

아이가 주도하는 공부 목표

지난여름부터 우리 집에서는 개미, 장수풍뎅이, 사슴벌레 애벌레를 키우고 있다. 첫째 아이가 학교에서 여름 통합 과목을 공부하면서 여름 곤충이 나왔을 때 집에서 직접 키워보고 싶다기에 사주었다. 곤충에 대해서는 잘 몰라서 헤매었는데, 첫째 아이는 학교에서 배운 지식과 《곤충백과》를 통해 나보다 더 곤충을 잘 알고 세심히 보살폈다.

"채우는 어떻게 엄마보다 잘 알지?"

"엄마가 모른대서 책에서 찾아봤지. 그런데 엄마 그거 알아? 사슴벌레랑 장수풍뎅이랑 싸우면 장수풍뎅이가 이긴대."

아이는 자신이 좋아하는 곤충을 키우기 위해서 스스로 계획을 짜서 공부했다. 그것도 즐거워하면서 말이다. 공부는 아이가 성장하는 과정이다. 어려운 것을 이겨내면서 인생에 필요한 '문제 해결력'을 키운다. 하지만 많은 엄마가 만점 맞기 위한 공부를 시킬 뿐 공부 목적 및 계획은 생각하지 못한다. 그러면 아이들은 스스로 공부를 계획하고 목표를 세우는 법을 익히지 못하고 그저 엄마가 시키는 공부에 익숙해져버린다.

공부는 길게 하는 것이다. 끝까지 해내려면 아이의 공부 목표를 명확히 세워야 한다. 아이가 유아기 이상이 되면 하루 계획표를 작성하는 것을 추천한다. 아이에게는 스스로 공부를 끌고 가는 방법이 되고, 엄마는 아이를 따라다니며 챙기지 않아도 아이에 대해 꼼꼼히 살필 수 있게 된다. 〈표 4-3〉을 참고하여 아이에 걸맞은 계획표를 세워보자.

표 4-3 아이 공부 계획표

예시 1

구분	월	화	수	목	금	토	일
아침							
독서 1권							
수학 문제 2장							
저녁							
일기 쓰기							
독서 2권							
학교 예습 복습							
영어책 단어 복습							

예시 2

구분	월	화	수	목	금	토	일
7시	아침학습, 아침식사, 등교준비						
8시							
9시	학교 수업						
10시							
11시						방과후 수업-마술	
12시							
1시							
2시	영어 도서관	도서관 가는 날	영어 도서관		영어 도서관		
3시				방과후 컴퓨터			
4시							
5시	체육센터 수영	체육센터 인라인스케이트	체육센터 수영	체육센터 인라인스케이트	체육센터 수영		
6시	자유시간, 놀이시간						
7시	저녁식사 시간 및 목욕시간						
8시	저녁 학습과 잠자리 독서						
9시							

아이의 일상을 관찰하여 재능을 찾아주어라

우리 첫째 아이는 자동차를 참 좋아한다. 말을 시작하기 시작한 세 살 무렵부터 "멈마, 이거 차, 이거 버쓰(버스), 이거 포쿠레이(포크레인), 이거 지게타(지게차)." 하고 혀짧은 소리로 여러 종류의 자동차를 외워서 엄마를 놀라게 하더니 어느 순간부터는 자동차 회사, 모델 이름, 심볼 모양을 줄줄 말했다. 심지어는 자동차 휠 모양만 보고도 "저건 기아 자동차에서 나오는 k5야"라고 자동차를 구별해내서 남편과 나는 '자동차 마니아'인 아이를 신기해했다.

첫째 아이가 성장해서 손의 소근육이 발달하면서부터는 자동차 레고를 조립하는 취미로 이어졌다. 앉은 자리에서 자동차 하나를 뚝딱 만들어서 주차장 놀이까지 하니 처음에는 아이의 레고 취미를 환영했다. 아이가 레고를 하는 동안에는 엄마를 찾지 않아서 당시 어린 둘째 아이를 돌볼 수 있었고, 커피 한잔할 시간도 생겼기 때문이다. 그런데 한 박스의 레고를 다 마칠 때까지는 그 자리에서 꼼짝하지 않고 조립을 하다 보니 생각지도 못한 일이 생겼다. 아이는 5세에 이미 8~9세 수준의 레고를 맞출 수 있게 되었는데, 레고 크기가 커서 책상에 앉아서 조립했다. 한번 맞추기 시작하면 끝을 보아야 하는지 레고 조립이 끝나지 않으면 자정이 되어도 잠을 잘 생각을 안 했다. 워킹맘인 나는 자야 하는데 아이가 있으니 아이 옆에서 졸면서 사정했다.

"오늘은 그만하고 자자. 내일 또 이어서 하면 되잖아. 응?"

아무리 좋게 말해도 듣는 시늉도 하지 않고 레고만 쳐다보는 아들에게 "일찍 자야 키가 크지! 늦게까지 하면 눈 나빠져!" 하고 협박도 해보았지만 전혀 통하지 않았다. 나중에는 체념하고 "엄마는 내일 일찍부터 일해야 하니 먼저 자도 될까? 너는 다 하고 자도 돼"라고 말하고 자러 갔다.

다음 날 물어보니 아이는 새벽 2시가 되어서야 레고 조립을 마치고 내 옆에서 잤다고 한다. 늦게까지 하느라 잠을 못 자서 피곤해 보였지만 자기가 완성한 작품을 보며 무척 뿌듯해했다.

남편은 아이한테 너무 비싼 취미 아니냐, 잠을 늦게 자는 건 좋지 않다며 썩 마음에 들어 하지 않았다. 그래도 나는 어린 나이에 찾아보기 힘든 열정이 대단하다고 남편을 설득시키고 레고를 싸게 사기 위해 중고 카페를 들락거렸다.

우리 부부가 자동차를 향한 열정을 계속 응원해주어서 그런지 아이는 어려서부터 어른들이 "너는 커서 뭐가 될래?"라고 물으면 주저 없이 "저는 자동차 정비사가 되는 것이 꿈이에요"라고 대답했다. 아이의 천진난만한 웃음을 보며 우리 부부는 씁쓸한 웃음을 짓곤 했지만 아이의 분명한 의견에 다른 말은 하지 않았다.

초등학교에 들어가서 꿈을 주제로 일기를 쓰라는 과제가 있었는데, 그때 아들은 자신의 꿈이 카레이서, 요리사, 우주비행사라고 했다. 나는 다양한 꿈을 키워나가는 아들의 모습을 보면서 "그럼, 우리 아들 다 할 수 있지!" 하고 응원해주었다.

아이들이 가진 저마다의 재능

어린이집에서는 1년에 두 차례 부모 상담을 한다. 이 시간에는 아이의 전반적인 발달 상황과 단체생활 시 아이의 모습에 대해 부모와 이야기를 나눈다. 그러면 가정과 어린이집에서의 모습을 모두 알 수 있어서 아이를 더 깊이 이해할 수 있게 된다. 나는 상담하러 오는 엄마에게 평상시 아이를 관찰하며 느꼈던 것을 많이 칭찬해주었다.

"어머니, 지영이가 처음보다 말이 많이 늘었어요. 지영이가 노래와 춤을 좋아해서 선생님하고 율동 시간에 앞으로 나와서 친구들에게 보여준대요. 그래서 열심히 말을 기억하려고 애썼어요. 대단하지요."

처음 어린이집에 입학 상담을 하러 왔을 때 아이가 네 살인데 말이 느리다고 걱정했던 엄마는 내 말을 듣고 크게 기뻐했다. 다른 한 엄마에게는 또 이렇게 말했다.

"어머니, 동현이는 친구들이랑 사이가 좋아요. 동생들한테도 인기가 얼마나 많은지 몰라요. 자기 여동생도 잘 챙기는 데다가 다른 동생들도 두루 잘 챙겨서 아이들이 졸졸 따라다닌답니다."

일곱 살에도 한글을 잘 모른다고 걱정했던 엄마는 걱정을 한시름 덜었다는 듯 표정이 밝아졌다. 나중에 아이 소식을 들으니 한글 떼기가 늦었지만 학교에서 인기가 많은 아이로 적응을 잘했다고 했다.

아이들은 저마다 다른 재능이 있다. 공부를 못해도 대인관계가 좋을 수도 있고, 노래와 춤을 능숙하게 해서 무대에 나와 보여줄 수 있는 자신감이 있을 수도 있다. 그래서 나는 상담하는 엄마들에게 아이들을 관찰하여 재능을 발견하면 칭찬해주라고 조언한다.

하지만 엄마들은 아이를 매일 보지만, 그 안에서 아이의 재능을 찾기가 어렵다고 하소연했다. 안 하던 일이 하나 더 느는 것은 엄마들도 힘들 것이다. 같은 엄마로서 이해가 되어 내내 고민이 되었다.

그러던 어느 날 아이들의 재능을 파악할 수 있는 좋은 방법을 알게 되었다. 부모 교육 관련 수업에서 배운 '아이의 장점 리스트 작성하기'다. 아이를 지켜보면서 찾은 아이의 장점을 리스트로 작성하고 계속 업데이트하는 방법이다.

그날 밤, 나는 아이들과 저녁을 먹고 난 뒤 식탁에 앉아서 아이의 장점을 생각나는 대로 적었다. 쓰다가 막히면 아이에게 물어보기도 하고 서로 의견을 주고받으면서 죽 썼더니 〈표 4-4〉와 같이 10가지를 무난하게 채울 수 있었다.

작성한 리스트를 우리 집 게시판에 붙여놓고 아이들에게 큰 소리로 읽어주었다. 그랬더니 아이들의 반응이 뜨거웠다. "엄마, 내가 잘

표 4-4 칭찬으로 자라는 아이

채우의 장점	채이의 장점
1. 잘 웃는다.	1. 그림 표현을 잘한다.
2. 동생들을 잘 돌봐준다.	2. 책을 스스로 잘 읽는다.
3. 맡은 일을 성실하게 한다.	3. 옷을 스스로 예쁘게 입는다.
4. 꼼꼼하게 확인한다.	4. 엄마를 잘 도와준다.
5. 숙제를 스스로 잘한다.	5. 인사를 잘한다.
6. 그림을 잘 그린다.	6. 색칠을 꼼꼼하게 한다.
7. 만들기를 창의적으로 한다.	7. 문제가 생겼을 때 혼자 스스로 해결한다.
8. 달리기가 빠르다.	8. 예쁘게 말한다.
9. 칭찬을 잘한다.	9. 동생에게 양보를 잘한다.
10. 수영을 잘한다.	10. 애교가 많다.

하는 게 저렇게 많아?" 하며 신이 난 첫째 아이, "엄마, 고마워요." 하고 쑥스러운 듯 미소를 짓는 둘째 아이. 내 아이의 평소 모습에서 찾은 장점을 글로 써놓고 보니 새삼 재능이 보였다. 이후로도 나는 엄마 안테나를 세우고 아이들을 지켜보며 또 다른 장점과 강점을 찾고 있다.

이렇게 엄마가 아이들을 지켜보며 알아낸 아이의 강점과 장점은 이후에 아이의 꿈과 이어질 수 있다. 아이는 자신이 잘하는 것들로 자신감을 얻고, 꿈을 더 크게 키워나가고, 엄마가 가르쳐주지 않아도 꿈을 실현하기 위해 스스로 노력한다. 엄마가 할 일은 딱 한 가지다. 아이를 항상 지켜보며 재능을 발견해주고, 아이의 꿈을 응원해주는 것이다.

시험지 100점보다 미래 인재의 조건에 초점을 맞춰라

《사피엔스》의 저자 유발 하라리는 한 인터뷰에서 이렇게 말했다.

"현재 학교에서 아이들에게 가르치는 내용의 80~90퍼센트는 이 아이들이 40대가 됐을 때 전혀 쓸모없을 확률이 높다. 우리가 아이들에게 가르쳐줄 가장 중요한 기술은 '어떻게 해야 변화하며 살 수 있을 것인가'다."

그는 4차 산업혁명 시대에 빠르고 크게 변하는 사회에 직면할 아이들이 살아남는 방법은 배움을 바탕으로 변화에 적응하고 대처하는 능력을 키우는 것이라고 말했다. 앞으로 미래의 인재는 공부를 잘하는 아이보다 창의성이 있는 아이가 되리라는 것이다. 그래서인지 요즘 아이들 교육 프로그램에서도 창의 수학, 창의 코딩, 창의 놀이, 창의 미술, 창의 로봇 등 '창의'라는 명칭이 붙은 교육을 쉽게 볼 수 있다.

"올해부터 코딩 수업이 의무화된다고 해서 창의 코딩 학원에 보냈어요. 저는 코딩이 뭔지도 잘 몰라서요. 아이가 재미있어 해서 다행이다 싶었는데 오늘 인터넷 기사에 보니 코딩 학원도 어차피 주입식으로 가르치는 거라고 하네요. 창의성을 길러준다면서 앞으로 미래를 살아갈 아이들한테 주입식 교육이 말이 되나요?"

지인의 하소연이다. 2018년부터 학교에서도 소프트웨어 교육이 의무화되어 전국에 코딩 학원이 급속도로 인기를 얻었지만 미래 인재에 필요한 창의성 부분은 빠졌다는 것이다. 나는 그 말을 듣고 창의 코딩 학원에 문제가 있다는 생각보다는 창의성마저도 배우러 학원에 가야 하는 상황이 더 이상하게 느껴졌다. 창의성이란 아이의 고유한 능력이며 아이들에게는 각자 다양한 특성으로 결코 일률적인 프로그램으로 가르칠 수 있는 영역이 아니기 때문이다.

한편 창의성은 선천적으로 가지고 태어난다는 견해도 있지만 많은 학자가 후천적으로도 개발될 수 있다고 한다. 아이가 어떤 식으로 독창성을 기르고 창의성 있는 행동을 할 수 있을지는 생활 속에서의 경험에 따라 그 결과가 다르다는 것이다. 이를 위해서는 엄마 역할이 크다. 가정에서 창의성이 키워지는 환경은 엄마가 만들 수 있다. 그 방법은 생각보다 어렵지 않다. 일상에서 아이에게 하지 말아야 할 것과 해야 할 것에 대한 상황을 이해하고 실천하면 된다.

아이의 창의성을 위해 엄마가 주의해야 할 것

첫째, 아이에게 강요를 해서는 안 된다

창의성은 새로운 것을 만들어내는 자질이다. 아이가 엄마에게 기대어 엄마의 생각대로 생활한다면 창의력을 기대할 수 없다. 바꿔 말하면 엄마는 아이에게 엄마의 방식을 강요하고 압력을 주면 안 된다. 예를 들어 책상에 앉아서 그림을 그리다가 풀칠을 이용해 무언가를 만드는 아이에게 그림을 마저 그리라고 강요하면 안 된다. 그러면 아이는 무언가 떠오르는 것을 만들기를 통해 표현해내려던 찰나에 방해를 받게 되기 때문이다. 아이가 충분히 탐색할 자유를 주어야 한다.

둘째, 아이의 능력을 한정 짓는 이름표를 붙이지 마라

많은 엄마가 아이들에게 각기 다른 이름표를 붙인다. 귀염둥이, 떼쟁이, 똑똑이, 부끄럼쟁이, 튼튼이 등등 엄마가 바라는 아이의 모습을 그 이름표에 담아 부르고 그것이 애칭이 되기도 한다. 이것은 아이에게는 부담스러운 이름이 될 수 있다.

가령 '똑똑이'로 불리는 아이는 어떠한 문제든 틀릴까 봐 불안해할 수 있다. 완벽주의 성격이 되어 자신의 실수를 용납하지 못하게 될 수도 있다. 아이들은 여러 가지 시행착오를 겪으면서 성장하고 그 안에서 자신만의 창의도 발휘하게 된다. 그러므로 아이를 엄마의 이름표 안에 가두지 말자.

셋째, 놀이에 집중하는 아이를 방해하지 말자

아이가 자신만의 시간에 뭔가에 흥미를 갖고 집중할 때 창의력이 키워진다. 아이들은 종종 놀이에 열중하고 상상의 세계에 몰입한다. 상상 속에서 등장인물로 변신하기도 하면서 역할놀이도 한다. 이때 아이가 놀이에 몰입하도록 도와주면 창의력은 더 자라날 수 있다.

그런데 아이들의 몰입을 방해하는 사람이 있다. 바로 엄마다. 활동하고 있는 아이에게 "밥 먹을 시간이야. 밥 먹고 하자", "오늘 숙제 다 했니?", "그만 하고 학원에 가야지" 하고 아이를 방해하게 된다. 아이의 놀이 시간보다 우선시하는 것들에서 벗어날 여유도 가져야 한다.

아이의 창의성을 위해 엄마가 해야 할 것

첫째, 아이가 엉뚱함을 표현할 때 응원해주자

아이가 독특한 사고와 행동을 했을 때 엄마들은 당황하기 쉽다. 엉뚱한 발상을 하는 아이는 자기 생각을 말하는 표현력도 가지고 있어서 어른들이 대화를 나누고 있는 중에도 껴들어 자신이 하고 싶은 말을 하고 조용히 있어야 할 장소에서 눈에 띄는 행동을 하기도 한다. 그럴 때 엄마들은 우리 아이만 튀는 행동을 하는 것을 부끄럽게 여길 수도 있다. 하지만 아이의 엉뚱한 표현도 창의력이니 이때 아이를 제지하기보다는 '넌 특별한 아이'라고 이야기해주는 것이 좋다.

둘째, 아이에게 훌륭한 재능이 있다고 말해주자

만일 카레이서가 되고 싶다는 아이에게 "앞으로 자동차는 사람이 운전하지 않는다"라고 말해 꿈을 꺾지 말아야 한다. 아이의 꿈을 아이의 재능과 연결하여 칭찬해주면 좋다. "너는 자동차 박사라서 잘할 것 같아", "미래의 자동차는 달라진다는데 네가 더 빠른 자동차를 개발해 보렴" 하고 엄마가 관심을 보이면 아이는 자신도 훌륭한 사람이 될 수 있다는 희망을 품게 된다. 그리고 자신에게 훌륭한 재능이 있다고 믿고 창의적인 시도를 계속하게 된다.

셋째, 시작한 것은 끝까지 하게 하자

창의적인 사람은 한 가지에 열중하는 끈기를 가지고 있다. 아이가 도중에 포기하지 않도록 엄마가 독려해주면 끈기를 길러줄 수 있다. 요즘 아이들은 하다가 어려우면 금세 포기해버린다. 엄마가 옆에서 '끝까지 할 수 있다'는 마음을 주어야 한다. 끝까지 해냈을 때 성취감을 얻은 아이는 그다음에도 '힘들지만 참고 끝까지 했을 때의 기쁨'을 찾는다.

넷째, '왜?'라는 질문에 스스로 답을 찾게 한다

창의적인 사람은 '왜?'라는 질문을 많이 한다. 계속되는 질문에 엄마가 바쁘다는 이유로 귀담아듣지 않거나 무시하면 아이의 호기심이 더 이상 자라지 못한다. 유아기 이후부터는 아이가 의문점에 스스로 답을 찾을 수 있도록 도와주면 좋다. 7세까지는 수시로 찾아볼 수 있는 백과사전이 좋고, 컴퓨터를 다룰 수 있는 초등학생 이상의 아이에게는 인터넷 검색이 좋다. 아이가 스스로 찾아보는 과정에서 두뇌 자극도 되고 질문에 답을 구하는 습관도 몸에 배게 된다.

책 읽는 습관은 아이의 평생 자산이 된다

예전부터 아이 교육에 관련해서 변하지 않는 법칙이 있다. 그것은 바로 '책 읽는 아이=공부 잘하는 아이'라는 것이다. 이는 엄마들이 당연시 생각하고 인정하는 부분이며 모든 부모가 '책을 좋아하는 아이'로 키우고 싶어 한다.

최근 바뀐 교과서(2015개정교육과정)에도 독서를 강화하는 분위기다. 초등학교 3학년인 첫째 아이는 작년부터 개정된 교과서로 배우면서 학교 수업에 대해 이렇게 말했다.

"엄마, 우리 이번에 세계 여러 나라의 장난감에 대해 모둠별 발표를 하게 되었어. 나는 지난번에 엄마랑 책에서 러시아 인형인 마트료시카를 본 것이 생각나서 러시아 장난감을 맡았어. 인형 속에서 작은 크기의 인형이 계속 나오는 것을 설명해야 하니까 책에 있는 사진을 오려서 가려고 해. 직접 만들어서 보여주는 것도 좋을 것 같은데 종이상자에 그려도 좋겠지?"

즐겁게 수업받는 모습에 흐뭇하면서도 아들이 배웠다는 교과서 내용을 보고 나는 깜짝 놀랐다. '세계 여러 나라' 단원은 미리 책으로 접하지 않았으면 수업이 어려웠을 듯한 내용이었기 때문이다.

이번 2015개정교육과정으로 작년부터 교과서가 대폭 바뀌었다. 교과서 안에는 획일적인 답을 구하는 형식이 아니라 창의적이고 열린 사고를 표현하는 형식이 대부분이다. 그래서 독서로 충분한 기초 지식을 쌓은 아이는 자신이 알고 있는 것에 생각을 보태 표현하며 즐겁게 수업하는 반면에, 그렇지 못한 아이는 수업에 뒤처지거나 적극적인 참여가 힘들다.

또 국어 과목에는 '한 학기 한 권 읽기' 단원이 신설됐다. 수업 시간에 교과서가 아닌 책을 읽고 생각을 나누며 글을 쓰는 통합적인 활동을 하는 시간이다. 이는 기존 방식에서 완전히 탈피한 교육으로, 학생들이 독서를 통해 토론하고 발표하며 통찰력과 자기 학습력을 기르는 혁신적인 변화를 보이고 있다.

이제는 단순히 지식을 암기하는 방식으로는 미래 사회에 살아남을 수 없다고 한다. 우리 아이들은 이제 공부를 잘하기 위해서가 아니라 다방면으로 능동적인 자세를 갖춘 인재로 성장하기 위해 독서해야 한다.

독서습관은 유아기부터

아이가 책 읽기를 힘들어하지 않으려면 독서 습관이 잡혀야 한다. 이를 위해서는 아이가 어려서부터 엄마가 전략을 세울 필요가 있다. 책을 접하지 않았던 아이가 하루아침에 '독서광'이 되는 기적은 없기 때문이다.

나는 어린이집을 운영할 때부터 독서를 권장했다. 꼬마 도서관이라는 프로그램으로 '매주 수요일은 도서 대출의 날'로 지정하여 책이 두 권씩 들어 있는 도서 대출 가방을 가정으로 보냈다. 책은 어린이집에서 무상으로 대여해주는 형식이었다. 영유아기의 아이에게 어떤 책을 읽어줘야 하는지, 어떻게 읽어줘야 하는지 어려움을 겪는 엄마들을 위해서 매주 아이 발달에 맞게 책을 바꿔주고 아이와 재미있게 책 읽는 법도 알려주었다. 엄마들의 반응은 폭발적이었다.

"아이가 예전에는 책을 잘 보지 않았는데 어린이집에서 가지고 오는 책은 매일 읽어 달라고 해요. 원장님 덕분이에요. 감사해요."

엄마들은 책을 읽는 아이의 모습에 만족스러워했고, 아이들은 매주 새로운 책을 만날 생각에 신나했다. 빌 게이츠는 "오늘의 나를 있게 한 것은 하버드 대학 졸업장이 아니라 내가 태어나 자란 시골 마을의 작은 도서관이었다"라고 했다. 꼬마 도서관을 이용하던 아이들도 언젠가 어린이집의 작은 도서관으로 독서의 즐거움을 찾았다고 말하는 미래의 인재로 성장했으면 하는 작은 바람이 있다.

책과 친해지는 법

보통 엄마들이 가정에서 독서 교육을 할 때 어려워하는 부분은 여러 가지가 있다. 그중에 가장 많이 듣는 말이 "언제부터 보여줘야 하나요?", "어떤 책을 읽어줄까요?", "어떻게 읽어줘야 할까요?" 등이다. 그럴 때 나는 "책이랑 먼저 친해지도록 해주세요"라고 답한다.

아이들에게 책은 장난감과 다르지 않다. 아이가 처음 책을 만나게 되는 나이는 빠르면 돌 이전이고 보통은 2~3세다. 이 시기의 아이에게 책은 재미있는 도구다. 그래서 입으로 쪽쪽 빨면서 탐색하고 책을 찢으면서 손으로 느끼며 마구 던지며 놀기도 한다. 이 시기에는 엄마가 옆에 앉아 책을 읽어도 아이들이 귀담아듣지 않는다. 영유아기에는 아이가 책과 친해지는 환경을 만들어주면서 '책은 재미있는 장난감'이라는 인식을 심어주는 것으로 충분하다. 소리가 나는 책, 실제 사진이 나와 있는 책, 그림이 선명하고 간결한 책이 좋다.

유아기에서 아동기에는 아이가 관심을 보이는 분야의 책을 표지가 보이도록 집안 곳곳에 노출해주면 좋다. 아이가 지나다니는 동선에 책을 늘어뜨려놓거나 책을 바지걸이에 걸어 집안 곳곳에 두면, 엄마가 책을 보자고 하지 않아도 아이가 먼저 읽어 달라고 한다. 이때 엄마는 아이가 책을 읽어 달라고 할 때 바로 응해야 한다. 설거지하다가도 고무장갑을 벗어던지고 아이에게 달려가서 본인 목소리보다 음을 높여 조금 과장된 말투로 읽어준다면 책을 싫어할 아이는 없다. 아이 연령에 따라 읽어야 할 책과 읽어주는 방법이 조금씩 달라지므로 다음 〈표 4-5〉를 참고하길 바란다.

표 4-5 연령별 추천 도서 종류와 읽어주는 법

시기	추천 도서 종류	읽어주는 방법
영아	그림책, 실사책, 생활동화책	• 그림과 표정을 보여준다. • 짧고 간결한 어감과 높은 억양의 소리로 읽어준다.
유아	그림책, 한글 배움책	• 그림을 가지고 스토리텔링한다. • 함께 읽고 소통하는 책 읽기 방법을 사용한다. • 책에 나오는 한글에 관심을 보이도록 신경 쓴다.
아동	그림책, 문고판 도서	• 아이가 주도적인 책 읽기를 시작한다. • 책 선택은 아이가 하도록 한다. • 아이가 10살까지는 엄마가 읽어주는 방법을 병행한다.

돈 들이지 않고 하는 독서 교육

내가 언제든 책을 읽어주어서 그런지, 우리 아이들은 독서를 자연스럽게 하고 있다. 언젠가부터 아이 독서력이 향상되었고 집에 있는 책만으로는 부족해 함께 도서관을 가는 것이 일상이 되었다.

도서관을 이용하면 좋은 점이 참 많다. 아이가 직접 책을 찾아보면서 자신이 흥미를 느끼고 관심을 보이는 분야를 자유롭게 탐구할 수 있다. 어려서부터 도서관에서 책 읽기를 익힌 아이는 많은 책 중에서 자기가 필요한 책을 찾고 그 속에서 스스로 필요한 정보를 얻어 소화하는 법을 저절로 터득했다.

게다가 요즘 도서관은 대출 서비스뿐만 아니라 강연, 취미활동 등 다양한 프로그램이 마련되어 있다. 대부분 무료로 이용할 수 있는 프로그램이다. 아이와 함께 주기적으로 도서관 나들이를 간다면 매우 도움이 된다.

도서관 200배 활용하는 법

1. 도서관 방문을 주기적으로 계획한다

문득 생각이 나서 도서관에 가거나 큰맘 먹고 가려고 하면 도서관 방문을 꾸준히 하기 어렵다. 아이와 매주 한두 번 도서관에 가는 날을 정하고 정기적으로 방문한다면 아이가 책 읽는 분위기에 익숙해질 것이다.

2. 집 안에 도서관 대출 책장을 만든다

대출이 가능한 도서관에서는 1인당 3~5권의 책을 빌릴 수 있다. 온 가족이 가입하면 한 번에 빌릴 수 있는 책이 꽤 된다. 도서관에서 아이들이 각자 읽고 싶은 책을 빌린 후에 집의 책장 한쪽을 비워 도서관 대출 책 코너를 만들고 대여기간 동안 읽어보자. 다 읽으면 한 권씩 다음 칸으로 옮겨놓아 아이가 일주일 동안 읽은 책을 확인하며 보람을 느낄 수 있도록 한다.

3. 도서관 무료 프로그램 일정을 파악한다

도서관의 전시실, 영상실 등에서 다양한 프로그램을 무료로 진행한다. 영화상영, 음악회 프로그램 등을 미리 체크하여 참여하면 큰돈 들이지 않고 문화체험을 즐길 수 있다.

4. 도서관에 가는 날은 소풍처럼 가족 모두가 즐기자

도서관에 가는 날은 가족이 함께 책 읽고 토론하며 간단하게 도시락을 먹으면서 소풍 기분을 맛본 아이는 도서관을 좋아하게 된다. 특히 평상시에 아이와 책 읽는 시간을 내기 힘든 부모라면 이 시간을 적극 활용하면 좋겠다. 아이는 책도 보고 가족과 소풍을 간 듯 즐거워서 도서관 가는 날을 손꼽아 기다리게 된다.

인성교육은 교사가 아니라 부모에게 달렸다

몇 년 전의 일이다. 당시 초등학교 1학년이었던 아들이 학교에 갔다가 집에 돌아와서 나에게 이렇게 말했다.

"엄마, 학교에서 들었는데 어떤 고등학생 누나가 초등학교 1학년 아이를 죽였대."

한참 사회를 시끄럽게 했던 뉴스거리였지만 나는 아이들에게 굳이 그 사건을 이야기해주지 않았다. 그런 끔찍한 일을 모르고 지나갔으면 하는 마음에서였다. 그런데 내가 말하지 않아도 아들이 알고 있어서 잠시 충격으로 말을 잇지 못했다. 다행히 아이는 그렇게 자세히 알고 있지는 못한 것 같았다. 하지만 아이가 먼저 말을 꺼냈기 때문에 뭐라고 대답을 해주고 넘어가야 할 상황이었다.

'내가 초등학교 1학년 아이에게 이 상황을 어떻게 이해시켜야 하지?' 고민 끝에 세상에 그런 사람은 드물지만 잠시 나쁜 마음을 먹은 사람이 있었다고 시작하여 "절대 모르는 사람을 따라가서는 안 돼"라는 말로 이야기를 끝냈다.

최근에도 수시로 보도되는 사회 뉴스 중에는 엄마들의 가슴을 철렁 내려앉게 하는 내용이 많다. 학교 폭력, 왕따, 자살, 성폭력 등 아이들에게 일어나지 말아야 할 일이 끊임없이 발생하고 점점 더 심각해지는 것 같다. 언제 어디에서 무슨 일이 일어날지 몰라서 더 무섭다. '우리 아이는 착한 아이니까 그럴 일이 없겠지', '내 아이는 아무것도 모르겠지'라고 안심하고 있을 수만은 없다.

2015년 7월, 인성교육진흥법이 시행되면서 학교에 인성교육이 의무화되었다. 이 법에 명시된 인성교육이란 내면을 바르고 건전하게 가꾸고 타인, 공동체, 자연과 더불어 사는 데 필요한 인간다운 성품과 역량을 기르는 교육이다. 핵심 덕목은 예의, 효도, 정직, 책임, 존중, 배려, 소통, 협동 이렇게 8가지를 다룬다. 이제 인성교육이라는 이름으로 어려서부터 제대로 배워야 할 '사람다움'의 범위가 정해져 있다는 것이다. 실제로 교육 현장에서는 아이들이 인성교육을 매우 재미있게 배우고 있다. 예를 들어 우리가 흔히 알고 있는 동요로도 수업이 이루어진다.

"너하고 나는 친구 되어서 사이좋게 지내자. 새끼손가락 꼬리 걸고 꼭꼭 약속해."

"싸움하면은 친구 아니야 사랑하고 지내자. 새끼손가락 꼬리 걸고 꼭꼭 약속해."

아이들은 이렇게 신나게 동요를 부르며 친구와의 소통, 배려의 인성 주제를 가지고 배운다. 예전에는 동요를 신나게 부르던 시간으로 그쳤다면, 이제는 이야기 나누기, 미술 활동, 현장 학습 등으로 연계된다. 아이들은 여러 활동을 통해 주제를 쉽게 이해하고, 자연스럽게 습득한다.

네 살인 우리 아이도 어린이집에서 배운 인성교육이 쌓여서 가정에서 표현이 나올 때가 있다. 언니와 오빠가 장난감을 가지고 싸우는 소리가 들리면 이렇게 말하는 것이다.

"따우면 안 돼요(싸우면 안 돼요)."

아이가 표정까지 심각하게 짓는 것을 보니 어린이집에서 인상 깊게 배웠나 보다는 생각이 들었다.

인성교육의 결정적인 시기

아이들의 발달 단계를 살펴보면 인성교육에도 결정적 시기가 있다. 뇌 발달 연구학자들에 의하면 종합적인 기능과 도덕성의 기능을 담당하는 전두엽이 활발히 발달하는 결정적인 시기는 만 3~6세다. 따라서 이론적으로는 유치원에서 초등학교 저학년 시기에 평생 올바른 사고를 갖는 예절교육과 기본적인 인성교육이 이루어져야 좋다.

우리나라가 국가 차원에서 이런 결정적인 시기를 놓치지 않고 인성교육에 힘쓰는 것은 아이를 키우는 엄마로서 안심된다. 하지만 나는 교육 전문가로서 엄마들에게 아이는 어려서부터 가정에서 인성교육을 받는 것이 필요하다고 조언한다.

요즘은 소위 '버릇 없는 아이'가 많다고들 말하는데, 그 이유는 보통 한 가정에서 아이를 한 명이나 두 명을 키우다 보니 아이에게 배려, 존중, 효심과 같은 인성교육을 하기보다 부모가 그저 아이를 예뻐만 하기 때문이다. 아이의 인성교육은 선생님에게 배워서 되지 않는다. 반드시 가정교육으로 해야 하는 인성교육의 범위가 있다.

어쩌면 엄마들은 인성교육이라는 것을 배워본 일이 없어서, 인성교육의 개념이 잡히지 않아 제대로 가정교육이 이루어지지 못한 것일 수도 있다. 하지만 내 아이를 예의 바르고 타인과 원만히 어울려 살아가는 아이로 키우기 위해서는 엄마들이 가정에서 신경 써야 할 부분이 있다. 적어도 다음과 같은 마음으로 실천하면 좋겠다.

태어나서 1세에는 엄마가 주는 사랑으로 시작한다

이 시기의 아이에게는 어떠한 교육적인 반응을 기대할 수 없다. 이 시기 아이들의 반응은 생존과 관계가 있어서 배고파서 울고, 잠이 와서 우는 등 울음으로 표현한다. 이때 엄마는 아이의 울음에 응해주어 아이가 충분히 사랑받고 있음을 알게 하여 안정감을 주는 것이 중요하다. 아이가 울 때 오래 기다리지 않도록 언제든지 대응해주는 자세를 가지면 된다. 이 시기에 엄마와 애착 관계를 잘 형성해야 아이가 안정감을 갖고 엄마와의 관계를 맺을 수 있고, 안정적으로 애착 관계가 형성된 이후에 본격적인 인성교육을 할 수 있다.

2~4세에는 잘못된 행동을 할 때 '안 돼'라고 단호하게 말한다

말을 배우는 시기에 아이들은 "싫어"라는 말을 많이 한다. 엄마가 가르치지 않았는데 어떻게 배웠나 싶을 정도로 "싫어"라고 자연스럽게 말한다. 이것은 아이가 자기 자아개념이 생기면서 자율적인 의지를 표현하는 것인데 성장과정 중 하나다.

아이는 이제 엄마의 말을 대부분 이해할 수 있게 되었다. 제대로 답하지 않고 "싫어"라고 대답하더라도 아이는 엄마의 말을 대부분 이해하고 있다. 그러므로 엄마는 아이의 말을 전부 알아듣지 못해서 답답하더라도 계속 의사소통을 시도하며 아이의 기분을 알아주는 것이 좋다. 그리고 중요한 것은 아이가 위험한 행동, 어긋난 행동을 할 때는 엄마가 분명하게 "안 돼"라고 말한 다음에 그 이유를 짧고 간결하게 말해주는 것이다. 그러면 아이는 엄마의 의도를 이해하고 받아들이는데, 이것이 인성교육의 기초가 된다.

5~7세에는 도덕적인 이유를 대화를 통해 교육한다

유아기는 "왜?"라는 질문을 많이 하면서 좀더 복잡한 사고가 가능해지는 시기다. 전두엽이 발달하는 연령으로 도덕적인 이해를 할 수 있기 때문에 엄마가 아이에게 대화로 가르칠 수 있게 된다. 이 시기에 엄마는 가정에서 지켜야 할 예의부터 일상에서 자연스럽게 습득하도록 도와줘야 한다.

아이는 항상 엄마를 지켜보고 있기 때문에 엄마가 먼저 인성적으로 성숙된 모습을 보여주는 것이 좋다. 가령 아이가 평상시에 어른들에게 인사를 잘하지 않는다면 엄마가 먼저 인사하는 모습을 보여주자. 아이가 엄마를 따라 인사했을 때 격려해주면 아이는 변화한다. 열 마디의 잔소리보다 한 번의 경험이 매우 중요한 시기다.

8~10세에는 단체생활과 친구 관계를 통해 배운다

아이가 학교생활을 시작하면 공공장소의 질서와 예의를 스스로 배우게 된다. 입학 전에 아이가 단체생활에서 지켜야 할 부분을 관련 동화를 읽거나 이야기를 나눠보는 식으로 가르칠 필요가 있다.

특히 친구와의 관계에서 여태껏 느끼지 못한 감정이 생긴다거나 문제가 되는 상황을 아이가 알고 있어야 당황하지 않는다. 가령 '친구가 내 연필을 가지고 가서 돌려주지 않는 상황', '나에게 기분 나쁜 말을 하는 상황' 등에 대해서 아이와 이야기를 나누어보고 어떻게 대처해야 하는지를 생각해본다면 학교생활에 큰 도움이 된다.

그리고 이 시기부터는 독립심이 강해져서 자율적인 행동을 하므로 엄마가 아이를 믿고 존중한다는 마음을 표현해야 한다. 평상시에 말로 하기 쑥스럽다면 메모나 편지 등 글로 표현하는 것도 좋다.

생활습관이 잘 잡힌 아이는 공부습관도 금세 잡힌다

"아이가 산만하고 집중력이 없어요."

"아침마다 등교 준비로 전쟁을 치릅니다. 아이 방은 정말 쓰레기장이에요."

"공부습관이 전혀 잡혀 있지 않아요. 스스로 공부를 하지 않아요."

많은 엄마가 아이의 습관 문제로 고민한다. 사실 이것은 "세 살 버릇 여든 간다"라는 속담과 관련이 깊다. 아이가 세 살에 익힌 습관은 평생 습관이 되기 때문이다. 아이가 생후 18개월이 지나면 자아가 생겨 '나'라는 개념이 싹터 점차 주관적인 입장을 갖게 되고, 무엇이든 혼자서 하고 싶어 하며 자기 주장을 펼친다.

3~4세 무렵이 되면서부터는 고집도 생긴다. 본격적으로 떼를 쓰기 시작하면서 엄마에게 반항하는 시기로 접어든다. 이 시기에 아이들은

자기가 갖고 싶거나 하고 싶은 일은 고집을 부려서라도 반드시 하려고 해서 엄마들에게 시련을 준다. 요즘은 '미운 네 살'이라는 표현이 있을 정도다.

자율성이 생기는 시기에 반드시 버릇을 들여야 하는 습관이 있다. 대소변 가리기, 편식 고치기, 안정적인 잠자리, 밥을 먹는 습관, 신발 신고 벗기 등 아이가 해야 하는 생활습관이다.

물론 엄마가 보기에 아이는 아직 서투르다. 그래서 아이를 따라다니며 챙겨주기도 하고, 때로는 아이가 제대로 하지 못하고 시간을 끄는 모습을 참지 못해 해주기도 한다. 하지만 그러면 아이가 혼자 하려는 의욕과 자율성을 인정받지 못하게 된다. 이것이 지속될 경우, 나이에 맞게 발달 단계를 거치고 유치원, 초등학교에 다니는 나이가 되어서는 또 다른 성장을 해야 하는 아이의 기본 생활습관에 문제가 생긴다. 예부터 '세 살 버릇'을 강조한 이유가 있다. 생활습관이 제대로 잡혀 있지 않다면 이후 성장도 기대하기 힘들다.

생활습관은 공부습관으로 이어진다

아이의 생활습관을 잡아주는 것보다 공부 잘하는 것이 중요하다고 생각하며 초등학교에 들어갈 나이가 될 때까지 엄마가 밥을 떠먹이고 양말을 찾아 신겨준다면 아이는 어떤 모습의 아이로 성장할까? 과연 공부를 잘하는 아이가 될까? 결론부터 말하자면, 그런 아이는 학습 습관 형성도 어렵다. 내가 운영하던 어린이집에 있었던 아이 엄마의 고민을 들어보자.

"원장님, 동석이가 또래보다 학습도 빠르고 운동 신경도 좋다고 칭찬을 많이 받아요. 벌써 초등학생 형들과 축구를 하고 선행공부도 할 정도예요. 그런데 집에 와서는 어린아이처럼 어리광을 부리고 하나부터 열까지 저에게 다 해달라고 합니다. 이제 학교에 갈 나이가 되어 이제 그런 행동이 너무 걱정이에요."

동석이는 수업시간에 발표도 잘하고 수학문제도 잘 풀어서 엄마는 흐뭇해했지만 아이를 챙겨주느라 바빴다. 밥을 떠먹여 주고 옷을 갈아입혀줘야 해서 7살인데도 엄마 손이 많이 갔다.

그런 점은 어린이집 생활에서도 티가 났다. 편식이 심하던 아이는 급식 식단에서 먹지 못하는 것이 많아 김을 싸 가지고 다녔다. 선생님에게 먹여 달라는 말도 다반사였다. 화장실에 가서도 혼자 해결하지 못할 때도 있었으니 엄마의 걱정이 이해가 되었다. 동석이는 훗날 졸업하고 학교에 갔을 때에도 그런 일은 반복되었다고 했다. 학습에는 문제가 없었지만 생활면에서는 초등학생 수준이 되지 못한 것이다.

많은 부모가 아이에게 공부습관을 들이려고 여러 방법을 시도한다. 공부습관을 위해 유아시기부터 정해진 시간에 책상에 앉히는 경우도 있다. 하지만 공부습관 이전에 먼저 아이의 생활습관부터 확인해봐야 한다. '생활습관이 잘 배어 있는 아이는 공부습관도 금세 몸에 밴다. 자기주도학습은 아이 몸에 밴 생활습관에서부터 이어진다.

평생 공부습관을 키우는 법

아이가 스스로 공부에 흥미를 보이기를 기대하기는 힘들다. 그렇다고 그냥 내버려두어 아이가 중학생이 되어버린 후에 공부습관을 잡으려고 하면 힘들다. 사춘기에는 자아 정체기에 접어들고 이미 다양한 습관이 형성되어버리고 난 이후이기 때문이다. 공부습관은 엄마가 대신 해줄 수 있는 것이 아니다. 하지만 엄마가 미리 준비하고 아이를 가르친다면 충분히 키울 수 있다. 어려서부터 생활습관이 잘 형성된 아이라면 공부습관은 다음 3가지 과정으로 자연스럽게 이어질 수 있다.

첫째, 초등학교 저학년까지 기본 생활습관을 완성한다

초등학교 저학년은 생활습관, 인지능력, 인성, 공부습관 등을 습득하기에 가장 좋은 시기다. 이때 엄마는 생활습관 측면에서 아이가 스스로 하도록 확실하게 가르쳐야 한다. 아이가 스스로 알림장을 확인하고 가방을 챙기는 습관, 자신의 물건을 제자리에 두는 습관, 정리하는 습관, 음식을 남기지 않고 먹는 습관 등을 말이다. 이것은 학교생활을 하는 데에도 연결된다. 학교 규율을 지키며 초등학교 단체생활에 조금씩 적응하게 되면 공부에 대한 흥미와 욕심은 그다음에 자연스럽게 따라온다.

둘째, 매일 조금씩 공부하는 습관을 길러준다

초등학교에 가면 아이들은 앞서가는 아이와 뒤처지는 아이가 확연하게 구분된다. 이런 구분은 초등학교 저학년 때에 공부습관이 잘 들었느냐, 자신이 스스로 공부하는 능력을 키웠느냐에 따라 나뉜다. 따라서 아이가 책상에 앉아서 매일 정해진 공부를 하는 것은 굉장히 중요하다. 처음부터 책상에 앉아 혼자 공부하게 둔다면 좋아하는 아이는 없다. 엄마와 나란히 앉아서 책을 읽고 그림일기를 쓰며 한글을 확실히 익힌다. 엄마는 엄마의 독서를, 아이는 아이의 독서를 해도 좋다. 또 때로는 책상에 앉아 종이접기, 클레이를 하도록 해서 몰입의 즐거움도 알려준다. 1학년, 2학년 학교 과정에서도 통합과목에서는 그리기와 만들기를 하므로 아이가 아주 흥미로워할 것이다.

셋째, 공부를 하는 목표를 세운다

아이가 공부를 왜 해야 하는지, 공부해서 얻게 되는 것은 무엇인지 제대로 알지 못하면 공부하는 의미가 없다. 예를 들어 사회과목에서 지도를 배운다고 하자. 지도를 배우면 모르는 길을 찾아갈 수 있고, 직접 갈 수 없는 장소에 대한 지식을 얻을 수 있다. 공부 목표를 알고 공부한다면 아이의 이해력도 깊어지고 관심 영역도 확장될 것이다.

공부란 평생 아이가 스스로 하는 것이다. 아이가 살아갈 세상은 계속 새로운 것을 배우고 공부해야 한다. 따라서 아이에게 공부습관을 만들어주는 것은 세상을 잘 살아가는 힘을 길러주는 것이다. 아이에게 물고기를 잡아다 주는 것보다 물고기를 잡는 법을 가르치는 것이 부모의 역할이 아닐까.

부모는 미래 사회 변화를 읽어야 한다

미래 사회 변화를 읽는 부모가 되자

주변 엄마들을 보면 요즘 자녀 교육과 진로에 대한 생각이 많다. 아이의 학교 모임을 가도, 학원을 가도 자녀 교육에 대해 학부모들의 공통적인 화제는 앞으로 학교 교육에서 창의적인 융합 교육과 SW(software) 교육의 비중이 갈수록 커진다는 얘기다. 학교 교육은 미래사회에 대비해 앞으로도 많은 변화가 있을 것이다.

기업들의 인재 기준도 바뀌고 있다는 말이 심심치 않게 들린다. 구글의 에릭 슈미트(Eric Schmidt) 회장은 한 강연에서 구글이 원하는 인재상은 창의적 사고와 능동적인 협업능력이 있는 사람이라고 했다. 현재 잘하는 사람보다 앞으로 잘할 사람을 중요하게 생각하며 앞으로 발생하는 문제를 잘 해결할 수 있는 창의성과 전문성이 있는 인재를 원한다는 것이다. 나는 우리 아이들에 대해 곰곰이 생각해보았다.

'우리 아이들은 어느 분야에 재능과 흥미가 있을까? 미래에 어떤 변화가 올까? 여태껏 나는 우리 아이가 관심과 흥미가 있는 재능을 키우기 위해 무엇을 해왔을까?'

갑자기 생각이 많아지면서 인터넷과 신문의 관련 기사를 살펴보게 되었다. 이미 시작된 미래 사회의 변화를 다룬 기사와 다큐멘터리가 많았다. 미래 사회 변화는 다가오고 있고 점점 예측하기 어려워진다는 얘기도 있었다. 현재의 직업군이 5년 뒤에는 700만 개가 사라지고, 지금까지 생각지도 않았던 새로운 직업군은 200만 개 생길 것이라고 했다. 로봇이 육체 노동시장뿐만 아니라 펀드매니저, 기자, 변호사, 의사, 소설가 등 인간의 정신노동 분야의 시장까지 대체되고 있다고 한다. 이런 기사와 다큐멘터리를 보니 당장 보이지 않지만 머지않은 미래에 다른 세상이 될 것이라는 불안이 생겼다.

우리 주변에서는 벌써 직업세계의 변화, 학교 교육과정과 미래 인재상의 변화, 인공지능과 빅데이터의 실용화가 시작되었다. 이제 부모들은 아이들의 미래를 어떻게 대비할 것인지 걱정해야 할 상황에 닥쳤다.

4차 산업혁명, 왜 대비해야 하는가

2016 세계경제포럼에서 발표한 일자리 미래 연구서에 따르면 현재 7세 이하의 어린이 중 65퍼센트는 현재는 존재하지 않는 직업을 갖게 될 것이라고 했다. 2018년의 세계경제포럼에서는 '2022년에 필요

한 능력'으로 가치가 올라가고 있는 10가지와 그렇지 못한 10가지를 발표했다.

<표 4-6>을 보면 기존의 학교나 이론적인 공부에서는 계발할 수 없는 능력들이 많다는 것을 알 수 있다. 이러한 능력을 갖추고 있는 대표적인 인물은 빌 게이츠, 스티브 잡스, 앨런 머스크 등이 꼽히는데, 이들은 모두 이론적으로 공부했거나 학교 공부를 충실하게 하지 않았다고 알려져 있다. 오히려 현장에서 몸으로 경험하고 체험했다고 한다.

미국에는 요즘 하버드보다 들어가기 힘들다는 미네르바스쿨이 있다. 이곳에서 학생을 선발하는 기준은 SAT, GPA 같은 점수가 아니다. 학생들이 얼마나 다양한 체험활동을 통해서 자신의 창의성을 키우는지에 관심을 둔다.

2004년에 개교한 미네르바스쿨은 캠퍼스가 없다. 대신 모든 학생은 입학과 동시에 전 세계를 이동한다. 1학년은 미국 샌프라시스코에서 지내고, 2학년부터는 서울과 베를린, 부에노스아이레스 등 7개 도시 기숙사를 이동하며 지낸다. 학생들의 모든 수업은 100퍼센트 온라인으로 이루어지며 각 지역에서 기업과 사회현장 속에서 구글과 아마존과 공동 프로젝트를 하고, 비영리단체, 정부기관에서 실무를 경험한다. 이제는 학생이 학교에 앉아서 이론 공부를 하는 시대를 벗어나 학생들이 직접 찾아다니며 체험하고 터득하는 새로운 형태의 학교도 생겨났다.

따라서 부모들은 다가올 미래를 대비해 우리 아이에게 어떤 차이

표 4-6 2022년 기술 전망

필요한 능력	가치가 낮아지는 능력
1. 분석적 사고와 혁신	1. 손재주, 지구력과 정확성
2. 능동적 학습과 학습 전략	2. 기억력, 언어능력, 청력, 공간지각력
3. 창의성, 독창성, 추진력	3. 채무, 자원 관리
4. 기술 디자인과 프로그래밍	4. 기술 설치와 유지보수
5. 비판적 사고와 분석	5. 읽기, 쓰기, 수학, 능동적 청취
6. 복잡 문제 해결 능력	6. 인사 관리
7. 리더십과 사회적 영향력	7. 품질 관리, 안전 관리
8. 감정 지능	8. 조정, 시간관리
9. 추론, 문제 해결과 추상화	9. 시각, 청각, 연설 능력
10. 시스템 분석과 평가	10. 기술 이용, 모니터링, 조종

출처: 〈중앙일보〉, 2018. 11. 16.

를 만들어주어야 하는지를 고민해봐야 한다. 시험문제 하나를 더 맞히기 위해, 점수를 잘 받기 위해 공부시키는 것이 아니라 아이에게 실질적으로 도움이 되는 교육을 하는 것이 필요한 때다.

다양한 경험과 체험 위주의 교육이 뜬다

아이들에게 있어서 체험활동은 흥미 유발과 더불어 많은 상상을 하게 하고 감성을 키우고 꿈을 탐색하게 한다. 본인이 직접 보고, 쓰고 만들고 발표하고 토론한 것들은 기억되는 정도에 있어서 단순히 듣거나 보는 것보다 많은 차이가 있다. 따라서 한 시간의 체험이 10시간의 학원 공부보다 백배 낫다.

내가 운영했던 어린이집에는 한 달에 한 번 숲체험 프로그램이 있었다. 아이들과 가까운 산에 올라가서 계절마다 볼 수 있는 자연환경을 느끼고 체험했다. 처음에는 흙을 만지는 것조차 망설이던 아이들이 시간이 지나면서 모두 곤충박사, 식물박사, 동물박사가 되었다. 직접 보고 경험하는 것이 얼마나 중요한 것인지를 뼈저리게 느끼게 되었다.

이처럼 아이가 할 수 있는 체험은 다양하다. 여행, 박물관이나 전시회 견학, 음악회나 영화 관람, 가족 행사 참여, 농촌체험, 캠프 참가, 운동, 악기 연주 등이다. 하지만 체험활동이 진정한 체험활동이 되기 위해서 유의할 점이 몇 가지 있다.

첫째, 체험의 목적을 알아야 한다

여행을 간다고 할 때 왜 가는지, 가서 무엇을 보게 되는지 등을 아이와 미리 이야기를 나눈다. 지도를 활용하여 위치를 찾도록 하는 것도 좋고, 관련 도서를 읽어보는 것도 큰 도움이 된다. 또 무엇을 준비해야 하는지도 함께 의논하여 아이가 체험의 주체가 되도록 한다.

둘째, 체험활동을 성실하게 해야 한다

가령 전시회에 간다면 대충 둘러보고 온다는 마음가짐으로는 안 된다. 아이가 직접 체험노트를 작성하거나 해설자의 해설을 들으며 아이 스스로 보고 느끼고 움직이게 해야 한다. 안내 자료 등을 챙겨오거나 중요한 부분은 사진을 찍는 습관 등을 기른다.

셋째, 체험활동 후의 정리를 잘해야 한다

체험활동을 다녀온 아이에게 "어떤 것이 가장 기억에 남았어?"라고 질문하여 아이가 새롭게 얻은 지식과 느낌을 표현하도록 한다. 체험활동만으로 끝내지 말고 일기장이나 탐구 학습장에 간단히 기록해 두는 것도 좋은 방법이다. 만일 피아노를 배우는 아이에게 피아노 악보, 음악가, 음악이론 등은 피아노 체험일기의 훌륭한 소재가 된다.

컴퓨터를 다룰 수 있는 나이가 되면 개인 블로그를 만들어 담아두는 것도 좋다. 초등학교부터 쌓은 경험과 체험이 아이의 포트폴리오가 되므로 미리 관리해서 미래 사회가 원하는 스토리를 가진 인재로 준비하자.

세상은 엄청난 속도로 변화하고 있다. 그 속에서 우리 아이들은 단순하게 게임을 하는 프로게이머나 영상을 창작하는 크리에이터가 되고 싶다는 꿈을 꾼다. 이러한 상황에 우리 아이들의 장래 인생을 설계하도록 돕는 것이 부모의 역할이다. 아이에게 다양한 체험과 경험 속에서 미래의 모습을 구체적으로 그려나가고, 미래 지향적인 꿈과 진로를 생각하도록 해야 한다.

5장

가정에도 경영 전략이 필요하다

남편과 손발 맞는 육아 파트너가 되어라

아이들과 평상시처럼 저녁밥을 먹던 날이었다. 나는 집밥에 신경 쓰는 편이다. 더구나 둘째 아이는 같은 또래 아이들보다 작고 왜소하여 더 잘 먹이려고 한다. 엄마 맘도 몰라주고 밥을 먹는 둥 마는 둥 하는 둘째 아이를 향해 눈을 흘기며 말했다.

"채이는 오늘 밥을 다 안 먹었으니 간식 먹으면 안 돼!"

아이가 좋아하는 불고기와 미역국을 끓였는데도 좀처럼 먹지 않는 아이를 보니 짜증이 났다. 좀더 먹으라고 잔소리하고 싶었지만 이내 포기하고 밥을 다 먹지 않으면 간식을 먹지 않는다는 규칙을 지키라고만 했다. 아이 반응을 살필 계획이었던 것이다. 그런데 아이는 일찍 집에 돌아온 아빠를 조르기 시작했다.

"아빠, 아침에 뽀로로 초콜릿 사온다고 한 거 기억하지? 어디 있어?

응?”

남편은 딸의 애교에 허허 웃음을 터뜨렸다. 그리고 딸에게 초콜릿을 깜빡했으니 함께 사러 가자면서 넌지시 내 눈치를 보았다. 나는 속으로 분을 터뜨리며 눈으로 말했다.

‘휴, 속 터져. 자꾸 그러면 버릇 된다고 몇 번이나 말했는데 기억 못 하나? 아이에게 달콤한 간식을 먹이는 것은 나를 도와주는 게 아니라 방해하는 거라고!’

남편이 아빠로서 아이와의 약속을 지키고 싶은 거라고 이해하면서도, 내 입장은 전혀 생각하지 않는 것 같아서 화가 났다. 그래서 마트에서 돌아온 남편을 향해 아이에게 밥을 먹여야 하는 이유와 함께 내 허락 없이 초콜릿을 사주지 않기로 한 약속을 강요했더니 남편은 수긍하기는커녕 오히려 이렇게 말했다.

“나도 오늘 회사에서 너무 힘들었어. 바이어 미팅 때 스트레스를 많이 받아서 일찍 집에 와서 쉬고 싶었다고. 그런데 아이가 자꾸 조르는 소리를 하면 계속 신경 쓰이잖아.”

남편은 말이 끝나기가 무섭게 아무것도 하지 않고 기진맥진한 표정으로 침대에 누웠다. 나는 애들 씻기고 숙제도 시키려면 아직 멀었는데…. 저녁 설거지를 하면서 한숨이 절로 나왔다. 이런저런 생각이 들면서 첫째 아이를 낳은 후에 산후조리원에서 나오던 날이 떠올랐다.

그때도 남편은 내 편에 있는 것 같다가 어느 순간 사라진 느낌이었다. 산후조리원에서 집으로 돌아온 나는 모유 수유를 하며 갓난아이와 사투를 벌였다. 반면에 남편은 회사생활을 하는 자신의 일상을 유지했다. 머리 감을 시간이 없어 꽉 묶고 무릎이 튀어나온 바지를 입은 나와는 달리 멋진 양복 차림에 머리에 왁스를 바르던 남편을 처음 마주하던 날에는 기분이 좀 이상했다. 나만 초라해진 것 같았다. 아이를 낳고 나서 나는 모든 것이 바뀌어버렸는데 남편은 아무렇지도 않은 것 같았다. 조금 억울한 생각도 들었다. 그날 이후 이따금 남편과 나 사이에 알 수 없는 벽이 있는 것을 종종 느꼈다. 아이에게 밥을 먹이는 일로 몇 마디 나눈 날도 그랬다.

남편과 서로 다름을 인정하고 공감하는 육아

요즘 남편과 나는 가끔 '부부의 날'을 가진다. 잠시 아이들을 친정엄마나 친정 동생에게 맡기고 둘만 외출하는 것이다. 아이 없이 부부끼리만 대화 나누기가 어색해서 처음에는 둘이 커피 한잔했던 것이 점차 영화보고 맛집 찾아가는 데이트다운 데이트로 바뀌게 되었다.

어느 날은 남편이 유명 고깃집을 가자고 제안했다. 연애할 때 함께 갔던 장소였다. 뜨거운 숯불에 고기를 구워 먹는 곳이라서 아이들이랑 함께 가는 것은 시도할 수 없었던 곳이다. 며칠 전에 둘째 아이 일로 얼굴을 붉혔지만 모처럼 남편과의 추억이 있는 장소에서 맛있는 고기를 먹으니 기분이 나아지는 것 같았다. 서로 말없이 한참을 먹기만 하다가 남편이 먼저 입을 열었다.

"그날은 미안했어. 내가 보기에는 아이가 더 먹지 않을 것 같아서 초콜릿 사주면서 기분 좋게 이야기했던 거야. 엄마가 주는 밥을 골고루 먹어야 튼튼해지니까 남기지 않고 먹자고 둘이서 약속도 하고 돌아 왔어."

사실 내가 아이한테 신경 쓰고 있던 것은 먹는 양이 아니라 편식에 관한 것이었다. 아이가 채소를 먹지 않으려고 해서 학교에 입학하기 전에 바로잡아주려고 한 것이었다. 남편은 그런 내 생각을 눈치채고 아이에게 골고루 먹을 것을 약속해주었다니 내심 고마운 마음이 들었다.

"아, 그랬구나. 고마워. 자기가 그렇게 얘기해주어서 아이가 그다음부터는 신경 쓰는 것 같았어. 김치도 먹으려고 노력했고. 난 왜 그런지 이유를 몰랐었는데 그런 일이 있었구나."

우리는 오랫동안 이야기를 나누었다. 그러면서 나는 그날의 오해를 풀었을 뿐 아니라 남편의 육아 방식도 다시 생각해보게 되었다. 아이가 밥을 먹지 않았던 날에 남편이 아이를 가르치던 방법은 틀린 것이 아니라 나와 다른 것이었다. 본인도 피곤한 날이었을 텐데 나름 자신의 방식으로 열심히 하고 있었다. 오히려 그런 남편을 몰라줬던 것은 나였다.

한동안 우리는 아이들을 주제로 이런저런 대화를 나누었다. 서로 먼저 말하고 싶은 것이 많아 시간 가는 줄도 모를 정도였다. 그러면서 아이들에 대해 몰랐던 새로운 점도 알게 되었다. 우리 부부가 아이들 덕분에 즐거움을 공유한다고 생각하니 남편만큼 나를 이해하는 사람은 없을 것이라는 생각도 들었다.

남편은 내 옆에 없어도 우리를 생각하고 있었고 나처럼 좋은 부모가 되려고 노력하고 있음을 알게 되었다. 행복했던 부부의 날이 그렇게 끝나가고 있었다. 나는 이번 기회에 남편과 함께 행복한 육아에 필요한 마음가짐 5가지를 생각하면서 다이어리에 적어보았다.

〈남편과 육아를 함께하기 위한 5가지 마음가짐〉

- 인정 – 남편은 나와 양육 방식이 다르다.
- 이해 – 남편도 나처럼 힘들 수 있다.
- 공유 – 아이에 대한 기쁘고 행복한 감정을 함께 나누자.
- 격려 – 작은 결과라도 서로에게 힘이 되어주자.
- 기대 – 우리에게 힘들고 고된 시간은 결국 지나간다.

살면서 맞춰 나간다는 것

나는 결혼생활이 예상했던 것만큼 로맨틱하지만은 않다는 것을 신혼에 일찌감치 알았다. 누구나 겪는다는 의미 없는 기 싸움과 의견 충돌이 우리 부부에게도 있었다. 먼저 결혼한 지인들에게서 치약을 위부터 짜느냐 아래에서부터 다투게 되는 게 결혼생활이라고 들었는데, 겪어보니 그 말에 깊이 공감할 수 있었다.

화장실 불을 켜고 나오는지 끄고 나오는지, 숟가락을 놓는 순서, 이불을 개는 방법, 아침밥을 먹는지 아닌지 등 남편과 나는 사소한 생활습관이 전부 달랐다. 게다가 남편은 집안일을 도와주는 편이 아니어서 일을 마치고 회사에서 돌아오면 쌓여 있는 집안일 때문에 뚜껑이 열린 적이 한두 번이 아니었다. 때로는 말다툼으로 이어져서 서운함이 쌓였다.

그나마 우리는 신혼생활을 오래 보내지 못하고 임신해서 기 싸움이 일찍 마무리되었다. 우리 부부는 지난 10년간 아이를 낳고 키우며 점점 서로 맞춰갔고 여러 힘든 일도 헤쳐나갔다. 시댁과 친정 가족들과의 원만한 관계를 맺으며 여태까지 나름 돈독한 부부 사이를 유지하고 있다. 이는 우리가 생활습관은 달랐지만 상대방을 존중하는 마음은 잘 맞았기 때문이라고 생각한다.

지금껏 살아오면서 대한민국의 여성이라면 알 만한 남녀 불평등을 여러 번 경험했다. 여성에게는 불합리한 결혼생활에 대해서도 많이 부르짖었다. 하지만 나는 부부가 서로 존중한다는 기본 전제가 있다면 평등한 결혼생활은 얼마든지 이룰 수 있다고 생각한다. 첫 시작은 어느 쪽이 모자라거나 많더라도 살아보면 그런 것쯤은 아무런 문제가 되지 않는다. 결혼생활은 그만큼 길고 더 무수한 일이 이어진다. 부부가 서로 믿고 존중하는 마음으로 헤쳐나가기에도 바쁘다.

아내의 칭찬은 남편을 '아빠 육아' 달인으로 만든다

막내 어린이집에서 부모 회의가 열렸던 날이었다. 공식 일정이 아니라서 자율 참석으로 전달받았는데 막상 가보니 예상보다 많은 인원이 참석했다. 최근 유치원과 어린이집의 불미스런 사건으로 예민해진 학부모들의 심리 때문인 것 같았다.

나는 회의실로 들어가다 잠시 멈칫했다. 엄마들과 함께 참석한 아빠들의 모습을 보고 약간 의아했기 때문이다. 여태껏 아이 셋을 어린이집, 유치원, 학교를 보내며 소규모 회의에서 아빠를 만난 적이 없었던 터라 이방인을 만난 듯 신기했다.

곧 회의가 시작되어 자리에 앉았다. 그런데 내 시선은 자꾸만 아빠들이 앉아 있는 좌석으로 향했다. 아빠들은 회의를 진행하는 동안 조용히 경청했고 의견을 제시할 시간에는 손을 들어 직접 발언도 하며 적극적으로 참여했다. 그 모습이 꽤 인상적이었다. 회의를 마치고 집으로 돌아오면서 바로 남편에게 전화를 걸었다.

"여보, 요즘은 세상이 많이 바뀐 것 같아. 어린이집 부모 회의에 아빠들이 참여를 많이 했거든. 그런데 아빠들이 더 적극적이더라. 자기도 다음에는 같이 와보면 어때?"

남편은 당황한 기색이었지만 다른 아빠들도 참여한다고 하니 싫지만은 않은 것 같았다. 참여하는 아빠들의 모습을 얘기해주고 싶은 게 목적이었기 때문에 가볍게 웃으며 전화를 끊었다.

그리고 집으로 돌아와서 TV를 켰더니 또 아빠들이 등장했다. 예능 프로그램에서 스타 아빠들이 출연해서 '아빠 육아'를 보여주고 있었던 것이다. 프로그램 패널들은 서투른 손으로 아이의 기저귀를 가는 아빠가 제대로 하지 못하는 모습에 박장대소하며 웃었다. 이내 아이의 밥을 요리하고 함께 놀아주며 땀을 흘리는 아빠 모습에는 모두 감탄하며 입을 다물지 못했다. TV에 나오는 아빠들은 능숙하지는 않았지만 진심 어린 노력으로 박수를 받았다.

순간 아까 만났던 아빠들이 생각이 났다. 아이의 어린이집 회의에 적극적으로 참여한 아빠들은 결코 가벼운 발걸음이 아니었을 것이다. 엄마들이 대다수인 곳에 오는 게 쉽지 않았을 것이다. 아빠들이 요즘 육아에 얼마나 관심이 있는지 실감할 수 있었다. 우리 아버지 세대는 물론 10여 년 전까지도 흔치 않았던 아빠 육아가 점점 익숙한 풍경이 되고 있다.

처음에는 누구나 육아가 서툴다

"자기야, 나 내일 종일 수업이 있어. 토요일이니까 애들이랑 밥 잘 챙겨 먹어. 반찬은 미리 해놔서 냉장고에 있고, 이유식도 아침·점심용 넣어 놨어. 참, 막내는 감기 때문에 약 먹여야 하는데 물약 4CC랑 가루약 한 봉지 넣어서 타면 돼. 혹시 옷에 뭐 묻거나 하면 여벌 옷은 두 번째 서랍에 있고. 또…."

나는 일정이 있는 주말에는 남편한테 육아를 부탁한다. 처음에는 남편이 잘하지 못할까 봐 불안했다. 남편에게 언제 전화가 올지 모른다는 생각에 밖에서도 종일 휴대폰을 만지작거렸다. 하지만 막상 맡겨 보니 괜한 걱정을 했다는 것을 알았다. 내가 일과를 마치고 집으로 돌아오면 남편은 아이들을 챙기는 일을 잘해놓았을 뿐만 아니라 어떤 날에는 청소에 빨래까지 깔끔히 해두었다. 남편은 나보다 더 꼼꼼하고 차분한 성격이라서 아이들에게도 한결같았다. 그제야 나는 깨달았다. 남편은 처음이라서 서툴렀던 것이지 못하는 것은 아니었다. 조금씩 가르쳐주니 남편의 서투른 손길도 점점 전문가다워졌다.

아이가 태어나면 부부는 엄마와 아빠라는 새로운 역할의 이름을 가진다. 그런데 엄마와 아빠가 부모가 되는 과정은 다르다. 엄마는 임신 기간에 신체적 변화를 겪으며 서서히 준비 시간을 갖지만, 아빠는 그러한 준비 없이 아이가 태어난 시점에 부모가 된다. 어쩌면 아빠들이 엄마보다 육아가 서투른 것은 부모 준비 시간이 부족해서일지도 모른다.

아빠 역할을 가르치는 전략

엄마의 지혜는 아빠를 육아 동지로 만들 수 있다. 더 이상 육아를 엄마 혼자 하는 것으로 생각하지 말고, 분유 먹이기, 목욕, 빨래, 집안일 등 많은 일 중에 쉬운 것부터 남편에게 가르쳐주자. 아이에게 필요한 물품은 어디에 있는지, 언제 아이에게 필요한 것을 해줘야 하는지를 직접 보여주는 것으로도 충분하다.

내가 막내 아이를 출산하고 몸을 푼 조리원에서는 퇴소할 때 아이 목욕시키는 법을 남편에게 알려주었다. 아직 아내는 몸이 회복하지 않았으니 남편들이 해야 한다는 이유였다. 다른 남편들이 상기된 얼굴로 겨우겨우 따라 하는 데 비해 남편은 아주 능숙하게 갓난아기 목욕을 시켰다. 그동안 첫째 아이와 둘째 아이를 남편이 자주 목욕시켜주었기 때문이었다.

남편은 아이가 셋이 되고 나서 육아에 관해 많은 것을 배웠다. 내가 육아에 전념할 수 없는 상황인 바람에 남편 도움을 청하게 되어서였다. 보통 남편들은 기회가 부족해서 육아 참여에 소극적이 된다. 따라서 엄마들이 아주 작은 일부터 손 내밀고 필요한 것들에 대해서는 구체적으로 요청해야 한다.

만일 우는 아이의 수유를 남편에게 부탁해야 할 경우라면 무턱대고 "아이 분유 먹여줘!"라고 말하는 것이 아니라 "여보, 지금 아이가 먹을 시간인데 아이 분유를 120밀리리터 타야 해. 분유통 안에 있는 숟가락으로 3숟가락이야. 물은 분유 포트에 온도가 맞춰져 있으니 120밀리리터만큼 물을 부으면 돼. 나는 그동안 아이를 안고 있을게" 하고 자세히 설명해주자. 물론 아이를 급하게 봐줘야 하는 상황에서는 잘 안 될지도 모르지만, 엄마에게는 익숙한 육아가 남편은 아직 서투르기 때문에 최대한 친절하게 가르쳐줘야 한다.

또 한 가지 중요한 것은 남편을 칭찬해주어 성취감을 느끼게 하는 것이다. 작은 일이라도 고마운 마음을 표현하고 남편의 참여가 얼마나 육아에 도움이 되는지 표현해주어야 한다. "아이 빨래를 해줘서 고마워", "아이가 떼쓸 때 달래다니 정말 대단해", "아침에 아이 밥을 먹여주어 고마워" 하고 말이다. 엄마에게는 당연한 일이 아빠에게는 엄청난 노력이 필요하다. 그런 남편에게 사소한 칭찬도 아끼지 말고 해주어야 남편이 다시 또 육아에 동참하고 싶은 기분이 든다. 칭찬은 고래뿐만 아니라 남편도 춤추게 한다.

아이와 아빠의 유대관계를 만들어주어라

최근 아빠들이 육아에 참여하면서 신종 아빠가 등장했다. '육아하는 아빠'의 줄임말인 '육아빠'와 한 손에 카페라테를 들고 다른 한 손으로는 유모차를 민다고 해서 붙여진 '라떼파파', 자녀와 함께 많은 시간을 보내며 소통하는 젊은 아빠를 지칭하는 '스칸디 대디' 등이 그것이다.

아빠 육아 효과를 뜻하는 '아빠 효과(father effect)'라는 용어도 흔하게 쓰인다. 아빠 효과는 미국 심리학자 로스 파커(Ross Parker)가 주장한 것으로 아동발달에서 아빠가 미치는 긍정적인 영향을 처음으로 정의한 개념이다. 영국 국립 아동발달 연구소에서 1968년부터 30여 년에 걸쳐 아동과 청소년 1만 7,000명을 대상으로 조사하고 분석한 결과, 사회적으로 자신의 능력을 발휘하고 행복한 가정을 꾸민 사람들의 공통점은 '아빠와 교류가 많았다'는 것이다.

또 아빠 효과의 긍정적인 영향 3가지는 첫째, 지적능력과 언어능력으로 아빠가 육아에 적극적으로 참여한 아이들이 1.5배 높은 언어능력을 보인다. 둘째, 아빠와 함께하는 신체놀이는 아이의 사회성을 기르는 데 효과적이다. 셋째, 행복지수가 높다. 아빠와 접촉을 많이 할수록 우울증에 빠질 위험도 현저히 적다는 것이다.

아빠 육아의 필요성

아빠 육아가 자녀에게 어떤 영향을 미치는지에 대한 관심이 점점 높아지면서 아빠의 육아 휴직 사용이 늘고 있다는 소식도 들린다. 내가 첫째 아이를 낳았던 10년 전에는 아빠의 육아 휴직은 상상도 할 수 없었기에 반가운 소식이 아닐 수 없다. 생각해보니 나는 첫째 아이를 금요일 오후에 출산하는 바람에 남편의 '출산휴가 3일'도 챙기지 못했다. 남편은 따로 쉬는 날 없이 돌아오는 월요일에 바로 출근했다. '일이 바빠서'가 이유였다.

늘 회사생활로 바빴던 남편은 해외 출장이 잦아 집을 비우는 경우도 많았다. 하지만 출장 중에도 태어난 지 얼마 안 된 아이가 보고 싶어서 비싼 국제전화를 자주 했다. 하루에도 통화를 여러 번 했지만 영상통화가 쉽지 않았을 때라 겨우 목소리만 들을 수 있었다.

어느 날은 남편이 출장 한 달 만에 공항에서 한달음에 집으로 달려와 평소처럼 아이를 안고 뽀뽀 세례를 해댔다. 그런데 어리둥절해하던 아이가 갑자기 엉엉 울기 시작하더니 아빠를 처음 보는 사람 대하듯 했다. 낯가림이 시작된 아이는 낯선 사람을 보면 고개를 홱 돌리고 울었는데 한 달 동안 집을 비운 아빠한테도 똑같이 행동하는 것이다.

"어? 왜 그러지? 내가 이렇게 안아서 뽀뽀해주면 꺄르르 웃었는데…."

남편은 민망해하며 말을 더 잇지 못했다.

'아빠를 오랫동안 못 만나서 낯가림하다니. 아빠의 부재가 이렇게 크구나. 앞으로 친해지는 방법이 필요하겠어!' 하고 생각했다. 아이는 한동안 아빠가 보이면 낯가림하며 울었다. 아이와 가까워지려는 아빠의 눈물겨운 노력으로 낯가림이 오래가지 않아 다행이었지만 우리 부부는 아빠가 육아에 참여하고 아이와 관계를 맺는 것도 필요하다는 사실을 절실히 깨닫게 되었다.

엄마가 아빠를 '친근한 아빠'로 만든다

나의 독박 육아는 첫째 아이 출산부터 지금까지 계속되고 있다. 아이들이 먹고 싶다는 음식을 해 먹이고, 숙제를 봐주며, 아이들이 필요한 물건을 함께 쇼핑하거나 체험활동을 다니는 것까지 전부 내가 한다. 아이들은 엄마인 나와 대부분의 일상을 보낸다.

그런데 아이들은 크면서 점점 아빠를 더 좋아하는 것 같다. 아빠만 보면 좋아서 어쩔 줄 모른다. 혹시 아빠가 일찍 퇴근하는 날이면 아빠와 놀이하느라 엄마는 뒷전이고 서로 아빠에게 뽀뽀해 달라고 아우성이다. '우리 아이들은 아빠랑 있는 시간이 별로 없는데 이렇게 된 이유는 뭐지?' 하고 의아했다.

곰곰이 생각해보니 모두 엄마인 내가 만든 상황이었다. 나는 아이들이 어려서부터 아빠의 부재를 느끼지 않도록 무던히 노력했다. 아이들 앞에서는 아빠에 대한 긍정적인 말과 칭찬하는 말을 해서 멋진 아빠로 인식하도록 했고, 아빠가 곁에 없어도 아이들을 사랑하고 있다는 것을 느끼도록 했다.

"오늘 아빠가 또 늦네"라고 말하기보다는 "아빠가 늦게까지 일을 하시는 것은 우리를 위한 거야"라고 말했고, "아빠 내일도 출장 간대"라고 말하기보다는 "아빠가 출장에 가서 아주 중요한 일을 하셔"라고 말하며 절대 남편을 탓하지 않았다.

심지어 아이 생일에도 늦는 남편을 대신해서 미리 선물을 사두고 전달했다. 그리고 아빠가 전하는 말을 함께해주었다.

"생일 축하해. 이거는 아빠가 주는 선물이야. 아빠는 네가 태어나서 아주 기쁘고 항상 사랑한다고 말씀하셨어."

아이는 자신이 갖고 싶어 했던 선물을 아빠가 주었다고 하니 놀라움을 금치 못했다. 그리고 하트로 가득 찬 감사편지를 남겨서 아빠에게 마음을 전했다.

그렇게 내가 만든 상황은 가끔 만나는 아빠를 절실하게 찾는 결과를 낳았다. 주변 사람들도 우연히 우리 남편이 아이와 있는 것을 보면 "아이들이 저렇게 아빠를 좋아하는 것을 보니 아이 셋 아빠가 엄청 자상한가 보네" 하고 감탄한다. 실상과는 다른 말이었지만 나는 전혀 서운하지 않다. 남편도 많이 노력하고 있다는 것을 알고 있기 때문이다.

남편도 노력하고 있다

남편은 언제나 아이들과 놀아줄 준비를 하고 있었다. 나는 그런 남편을 거들어주려고 아이들의 관심사, 좋아하는 과일, 아이가 즐기는 놀이 등 사소한 것까지도 알려주었다. 덕분에 남편의 놀이는 순조로웠다.

네 살이 되면서 숨바꼭질 놀이를 좋아하게 된 막내 아이는 지금도 틈만 나면 아빠와 숨바꼭질 놀이를 한다. 요즘 아이가 좋아하는 것 같다는 나의 의견을 듣고 남편이 즐겁게 해주었기 때문이다. 이제 아빠만 보면 "숨바꼭질!" 하고 외치는데, 계속 같은 놀이를 반복하면 짜증이 날만도 할 텐데 남편은 싫다고 하는 법이 한 번도 없었다.

첫째 아들은 축구를 좋아한다. 월드컵이 열리는 시즌이 되면 아빠와 둘이서 새벽까지 다른 나라 경기까지 빠짐없이 챙겨보고 온통 축구 이야기뿐이다. 나는 아빠와 밤늦게 축구공을 차러 밖에 나간다고 하는 아이에게 잔소리하지 않는다. 오히려 아이와 먹을 치킨을 사오라고 눈치를 주어 아빠의 점수를 따게 해준다. 이렇게 아이들은 내가 만들어준 친근한 아빠를 점점 더 따르고 좋아하게 됐다.

아빠 육아가 중요하고 권장하고 있다지만 아직 현실적으로 힘든 점이 많다. 아빠들은 회사 일이 바쁘고 그래서 아이와 함께할 시간이 부족하고 체력적으로도 힘들다. 남편이 아이들과 시간을 보내지 못하는 것은 분명 남편 탓만은 아니다. 그래서 남편이 아이와 가까워지기 위해서는 아내가 도움을 주는 지혜로운 전략도 필요하다.

조부모에게 아이를 맡겨야 한다면 함께 양육관을 정하라

맞벌이 부부가 당연시되는 요즘, 황혼 육아도 덩달아 늘었다. 황혼 육아는 조부모가 양육을 담당하는 것으로 2016년 육아정책연구소의 조사에 의하면 맞벌이 부부의 60퍼센트 이상이 황혼 육아였다. 매일 아침, 막내 아이를 어린이집에 데려다주는 길에 할머니 혹은 할아버지와 손잡고 걸으며 해맑게 웃는 아이의 모습을 심심치 않게 볼 수 있다.

"민지야, 할미는 민지가 오늘 아침에 예쁘게 노래 불러주어서 너무 행복해. 민지도 오늘 선생님하고 친구들하고 즐거운 하루 보내렴."

아이에게 칭찬을 아끼지 않는 할머니의 모습을 보니 절로 마음이 따뜻해진다. 그 말을 듣고 자신감이 넘치는 아이의 표정을 보면 할머니 육아의 좋은 점을 알 것 같다. 자녀가 어릴수록 부모는 조부모에게 아이를 맡기는 게 안심이 된다. 조부모들은 아이 발달에 조급해하지 않고 아이에게 충분한 사랑을 주어 자연스럽게 조부모와 손주가 가까워진다.

반면 여러 가지 현실적인 문제도 있다. 연로한 조부모가 어린 손주를 봐줘야 하기에 체력적으로나 정신적으로 힘들고, 양육 방식의 차이, 서로 다른 가치관, 양육비 지급의 문제 등으로 부모와 조부모 사이에 갈등이 일어날 수 있다.

손주병에 시달리는 조부모들

내가 운영하던 어린이집에도 황혼 육아를 하는 보호자가 있었다. 매일 아이의 등하원을 하며 인사를 나누었는데 한번은 나를 붙잡고 이렇게 하소연했다.

"원장님, 담이 엄마가 주말에만 아이를 데려가서 평일에는 내가 아이를 본다우. 보시다시피 내가 허리가 아파서 잘 펴지를 못해. 그런데 아이는 자꾸 안아달라고 떼를 써서 힘이 들어요. 게다가 담이 엄마가 내가 아이 밥을 국에 말아 먹이는 것을 보고 어찌나 노발대발하던지. 담이 엄마가 어렸을 때에도 그렇게 키웠는데 뭐가 잘못됐슈?"

할머니는 내게 답을 구하려는 의도는 없는 듯했다. 단지 어딘가에 답답한 심정을 이야기하고 싶은 듯했다. 구부정한 허리로 아이를 등에 업는 할머니의 모습을 볼 때마다 손주 사랑이 대단하다고만 생각했다. 나는 할머니께 힘내시라는 말을 되풀이하다가 배웅 인사를 했다. 할머니의 뒷모습이 어쩐지 힘이 없어 보였다.

얼마 후에 나는 담이 엄마를 만날 수 있었다. 아이의 어린이집 생활을 상담하고 싶어서 연차를 내고 찾아왔다고 한다.

“담이의 식습관이 너무 걱정됩니다. 벌써 네 살인데 저희 엄마가 아직도 국에 밥을 말아서 먹이시니까 아이가 반찬을 잘 먹지를 않아요. 영유아 건강 검진을 할 때 보니 키가 평균보다 매우 작다고 하네요. 그래서 제가 아이 먹는 것에 예민한 편입니다.”

그 이야기를 들으니 엄마의 심정도 이해가 되었다. 교육자로서 할머니의 방식이 성장 과정에 있는 아이에게 좋지 않다는 것은 동감할 수 있었다. 그렇지만 엄마의 태도도 뭔가 잘못되었다는 생각이 들어서 이렇게 제안했다.

“어머니, 할머님이 허리가 아프시대요. 그런데도 평소에 아이를 업고 다니시며 최선을 다하고 계신답니다. 아이 식습관은 어린이집에서도 신경을 더 써보겠습니다. 어머니께서 할머님과 충분히 대화하시면 좋겠어요. 아마 할머님은 몸이 아프셔서 요리하기가 힘드신지도 모릅니다. 그렇다면 어머님이 반찬을 만들어서 보내주시는 것도 좋은 방법이에요.”

담이 엄마와 대화를 이어가면서 엄마가 몸이 아프신 할머님의 상황보다 아이를 더 비중을 두고 육아를 맡겼다는 것을 알 수 있었다. 이대로 계속 담이 할머니의 황혼 육아가 계속되면 어떤 일이 벌어질지 눈에 훤했다.

황혼 육아를 하는 조부모에게 생기는 일명 ‘손주병’이라는 것이 있다. 떼를 쓰는 아이에게 시달려서 의욕 저하, 스트레스, 불면증, 우울증 등의 증상이 생기는 것이다. 그리고 약해진 체력으로 몸에 무리가 오기도 하고, 대화가 통하지 않는 아이와 온종일 지내다 보니 정신적인 소외감을 느끼는 경우도 생긴다. 직장에 다녀 바쁜 엄마도 이해가 되고, 손주 육아로 언제 '손주병'이 생길지 모르는 고달픈 할머니도 이해가 되어 안타까운 마음이 들었다.

황혼 육아를 도와주는 법

황혼 육아를 부탁하려 한다면 미리 해야 할 일이 있다. 우선 가족 간의 사이를 돈독히 하는 것이다. 조부모와의 관계가 불안정하면 아이 육아를 제대로 맡기기도 힘들고 육아 공유도 원활하지 않다. 또 사소한 갈등은 아이의 육아로 전이된다. 따라서 조부모와의 충분한 대화를 통해 육아법을 의논하고 양육비나 생활비 같은 금전적인 사항도 서로 합의해 정하는 게 좋다.

담이 엄마는 친정 엄마에게 전적으로 육아를 맡기다 보니 갈등이 생기게 되었다. 이 경우에는 먼저 양육자의 건강 상태를 체크하고 어느 정도 육아를 소화할 수 있을지 판단하는 것이 우선되어야 한다. 아이 육아를 맡긴 후에는 수시로 건강을 살펴서 서운한 감정이 생기지 않도록 친정 엄마를 챙겨야 한다.

아이의 식습관을 바로잡고 싶으면 함께 노력해야 하고, 할머니에게 떼쓰는 아이를 훈육하는 것도 엄마의 몫이다. 간혹 '가족이라서 당연히 봐줘야 한다'는 안일한 태도를 보이거나 바쁘다는 핑계로 육아에

표 5-1 조부모 프로그램

단체	프로그램	사이트 주소
세살마을	세살마을 조부모 교육	www.sesalmaul.com
육아종합지원센터	베테랑 부모 되기	central.childcare.go.kr
한국지역사회교육협의회	조부모 놀이 교실	kace.or.kr
건강가정지원센터	조부모 교육 프로그램	www.familynet.or.kr

대한 모든 것을 조부모에게 떠맡기는 부모들이 있다. 조부모는 조력자일 뿐 육아 책임은 아이를 낳은 엄마와 아빠에게 있다는 것을 명심해야 한다.

부모가 주 양육자로서 육아의 주도권을 갖는 것은 아이의 애착 형성에 영향을 주고 아이와 부모의 관계 형성에도 영향을 준다. 이유식, 생활습관, 예방접종 등 아이와 관련된 중요한 결정은 엄마가 하고, 조부모에게는 전달만 한다면 부모와 조부모 모두 행복한 황혼 육아를 할 수 있다.

요즘 시도 자체 및 보건소에서는 조부모 양육을 위한 많은 프로그램을 운영하고 있다. 도서 및 장난감 지원부터 매달 진행되는 특별수업과 육아 상담까지 진행하고 있어 유용하다. 이런 프로그램을 이용하면 육아에 활력을 준다.

행복은 '다른' 가족이 아닌 '우리' 가족에 있다

우리 속담에 "사촌이 땅을 사면 배가 아프다"라는 말이 있다. 남이 잘되면 같이 기뻐하지 않고 오히려 시기하고 질투하는 상황을 빗댄 말이다. 옛날에는 그나마 부러워할 사람이 가까운 친지나 이웃이 전부였지만 요즘은 상황이 많이 바뀌었다. 소셜 미디어가 생기면서 부러워할 사람이 너무 많아졌다. 요즘 사람들은 SNS로 낯선 사람과 친구를 맺고 소통한다. '좋아요'와 '팔로우'로 관심을 표현하며 서로의 사생활을 자연스럽게 본다. 그렇게 세상의 사건, 뉴스, 맛집, 패션에 대한 정보를 얻는다.

자세히 들여다보면 SNS에 공개된 정보에는 공통적인 특징이 있다. 자신의 진짜 일상이 아닌 편집된 일상을 공유한다는 것이다. 우리 아이가 평소 안 하던 어떤 일을 했을 때, 자주 안 가는 좋은 곳을 갔을 때,

평소보다 맛있는 것을 먹었을 때, 어쩌다 찍은 사진이 생각보다 잘 나왔을 때의 상황을 공유한다. 그런데 사람들은 올라오는 사진이나 이야기가 예쁘게 포장된 현실이라는 걸 이성적으로는 알지만 감정적으로는 부러움에 눈이 멀어 그 사실을 잊는다. 타인의 해외여행 이야기, 예쁘게 인테리어된 집 소개, 새로 구입한 가방과 옷 등을 보게 되면 자신은 할 수 없는 것을 상대방은 일상인 듯 즐기는 모습에 왠지 배가 아파온다.

이런 상황을 표현한 말이 '카페인 우울증'이다. 대표적인 소셜미디어인 카카오스토리, 페이스북, 인스타그램의 앞글자를 따서 SNS로 타인의 행복한 일상을 보며 상대적으로 박탈감을 느끼는 것을 말한다. 요즘 사람들이 습관적으로 이용하는 SNS가 때로는 스트레스의 원인이 되고 있는 것이다.

다른 집을 관찰하는 엄마

엄마들이 SNS로 접하는 부러움에는 여러 가지 상황이 있다. 흔하게 볼 수 있는 유형들을 정리해보면 다음과 같다.

첫째, 평범한 내 아이와 공부 잘하고 똑똑한 다른 아이를 보고 비교한다

"다른 아이는 벌써 네 살에 영어로 인사를 하고 책도 좋아하더라고요. 근데 저희 아이는 책을 읽어줘도 관심을 전혀 보이지 않아 조바심이 나요."

"키도 크고 밥도 잘 먹는 친구 아이가 부러울 때가 많아요. 그에 비해 저희 아이는 키가 작아서 주변의 어른들이 잘 좀 먹이라고 계속 걱정하시거든요. 거기다가 편식까지 하니 어떻게 먹여야 할지 매일 고민이에요."

둘째, 내 남편과는 달리 가정적인 다른 사람의 남편을 본다

"다른 집 남편들은 주말에 아이와 잘 놀아주더라고요. 근데 저희 남편은 주말이면 소파에 붙어서 떨어지질 않아요."

"퇴근 후에 회식 아니면 친구를 만나느라 매일 늦게 오는 남편이 얄미워요. 다른 엄마들은 남편과 맛있는 것을 먹고 대화도 많이 해서 행복해 보이던걸요."

셋째, 나와 달리 완벽 육아를 하는 엄마를 본다(심지어 예쁘기까지 하다)

"아이한테 잘해주고 싶은데 자꾸 화를 내게 돼요. 어떤 엄마는 아이들 식단 짜기부터 해서 손수 만들어 먹이고 놀이수업도 직접 하더라고요. 어떻게 그렇게 할 수 있는지…."

"일, 살림, 육아 어느 것 하나 제대로 하지 못하는 것 같아서 맥이 빠져요. 출산 이후 살이 빠지지 않아서 제 관리도 잘 못하는 것 같고요. 예쁘게 꾸미고 엄마 일도 잘하는 사람이 부러워요"

넷째, 전업맘은 워킹맘의 모습이 부럽다

"나는 없고 그냥 아이 엄마만 있는 거 같아요. 몸도 마음도 예전 같지 않을 때 서글프고, 그렇다고 제가 일할 수 있는 상황이 아니니까 체념만 해요."

"성공한 워킹맘을 보면 부러워요. 나도 애만 아니면 더 잘할 수 있을 것 같은데 이런 생각도 들고요."

이렇게 SNS를 보며 이런저런 생각이 드는 엄마들의 마음이 충분히 이해가 된다. 나 역시도 남편이 늦는 날은 남편에게 툴툴대기도 하고 아이들에게 잔소리하면서 이러한 감정을 경험했다. SNS를 잘하지도 못하지만 그렇다고 요즘 시대에 안 하는 것도 뒤처지는 것만 같았다. 그런데 시원하게 마음을 관리하기로 했다.

'엄마 일상이 다 똑같지!', '어차피 별반 다르지 않은 엄마의 생활이야' 하고 생각하면서 엄마라면 다들 비슷비슷할 거라며 편집되지 않은 일상을 상상해본다. 그렇게 마인드컨트롤하니 그 사람의 연출된 일상이 더는 부럽지 않았다.

남이 주지 않는 내가 가진 행복

사람은 누구나 다른 사람에게 관심받고 싶어 한다. 자신을 드러내고 다른 사람의 관심을 이끌어내는 데에 가장 편리한 수단인 SNS에서 인정받고 싶어 한다. 다른 사람과 일상을 공유하는 과정에서 여러 가지 문제점이 발생한다. 원래의 내 모습보다는 '있어 보이는 모습'에 집착하게 되어 괴리감을 느끼고, '저 사람은 저렇게 행복해 보이는데 나만 이런 걸까?' 하는 자기 비하와 열등감에 빠지기도 한다. 결국에는 타인과의 비교가 습관적으로 반복되어서 자신의 인생이 보잘것없게 느껴지고 불행한 감정으로 이어진다.

SNS에 실제로 올라오는 글은 행복해 보이는 일상으로 편집한 것과 다른 사람보다 더 화려하고 우월한 삶을 살고 있다고 과시한 것이 대부분이다. 실제로 그 사람의 실상을 보여주지는 않고 자랑하고 싶은 것만 보여준다. 그래서 SNS에는 육아가 고통스럽고 힘든 엄마들의 모습은 없다. 육아로 행복한 엄마들만 있는 세상이다.

하지만 눈에 보이는 게 전부는 아니다. 그들이 보여주지 않는 생활은 누구나 있다. 엄마라면 아이를 돌보느라 옷을 제대로 챙겨 입지 못해 외모가 부스스한 날도 있고, 급하게 외출 준비를 하느라 아이 양말이 짝짝이인 줄도 모르는 날도 있고, 남편과 다퉈서 서로 얼굴 보기 싫은 날도 있다. 엄마들의 일상은 크게 다를 것 없이 거기서 거기다.

SNS를 통해 잠깐 본 다른 사람의 모습을 자신의 일상과 비교할 필요는 없다. 부러워하거나 자신의 처지를 비관할 필요도 없다. 타인 일상의 일부만 보고 비교한다면 자신에게 있는 행복조차 보지 못하게 된다. 남의 행복을 대리만족하지 말고 나의 행복을 주변에서 찾자. 엄마들에게는 '눈에 넣어도 아프지 않을 예쁜 내 자식'과 '평생 나의 편인 남편'이 있다.

6장

알뜰살뜰 살림 전략이 필요하다

'흙수저'는 어떻게 '강남 엄마'가 되었나?

어느 한 블로그에서 "금수저가 되고 싶어요"라는 제목의 글을 보았다. 진짜 금으로 된 작은 금수저 사진과 함께 올라온 글이었다. 몇 년 전부터 회자된 수저 계급론이 이 정도인 건가 싶어 웃어야 할지 울어야 할지 미묘한 감정이 들었다. 수저 계급론은 개인의 인생이 선천적으로 주어진 많은 배경, 즉 부모의 직업과 가정 경제력으로 계급이 결정된다는 것을 금수저, 은수저, 동수저, 흙수저로 빗대어 표현한다. 청년 실업, 소득 양극화 등 각종 사회문제와 결부되면서 큰 공감을 얻었고 이제는 일상적으로 자주 쓰이는 신조어다.

고백하자면 나는 '흙수저'다. 어릴 적 우리 집은 4층 다가구 주택의 주인집에, 남의 집에는 없는 피아노며 최신 청소기, 대형TV 등이 있었다. 그런데 IMF라는 국가 위기로 우리 집에도 큰 위기가 찾아왔다. 집은 경매에 넘어가기 전 헐값에 팔렸고, 여기저기 빚을 청산하고 남은 돈으로 아주 허름한 집으로 옮겨야 했다. 내가 고등학생 때의 일이다.

나는 그 상황을 인정해야만 했다. 학교에서는 항상 '학비 독촉장 받는 애'가 되어 친구들의 눈치를 봐야 했고, 그 친구들이 유명 학원에 등록하고 개인 과외를 받을 때 나는 구립 도서관에 다니며 남들보다 못한 처지가 되었다는 비참한 느낌도 받았다.

나는 친구들을 부러운 마음으로 지켜보면서 '우리 집은 왜 망했을까?' 하는 원망도 종종 했다. 그래서 '성공'이라는 단어를 가슴에 품게 되었다. 어린 마음에 빨리 어른이 되어 돈을 많이 벌고, 내 집을 사는 것이 성공하는 것이라고 여겼던 것 같다. 그리 유쾌한 기억은 아니지만, 돌이켜보면 지금의 나를 있게 한 원동력이 아니었을까 싶다.

내 집 마련, 힘들지만 해야 한다

나는 흙수저로 태어났음에도 결혼해 아이를 키우며 내 집 마련을 해냈다. 서울에 그것도 강남에 아파트를 장만해서 주변 사람들이 모두 놀라워했다. 이런 어려운 시기에 어떻게 해낸 거냐며 비결을 궁금해했다.

현재 부동산 시장은 혼란스럽다. 우리금융연구소에서는 2019년 경제 신조어 중 하나로 '하우스 디바이드(house divide)'를 꼽았을 정도다. 하우스 디바이드는 부동산 가격의 상승으로 주택 유무가 사회적 계층을 나눈다는 의미다. 1990년 중반 미국에서 제기된 '디지털 디바이드

(digital divide, 정보화 격차에 따라 계층 격차가 벌어지는 현상)'처럼 주택 문제가 상대적 박탈감을 주어 사회적 갈등을 일으킬 수 있다는 뜻도 담겼다.

이런 용어가 등장한 이유는 최근 비이상적으로 집값이 상승했기 때문인데, 특히 내 주변에 나와 비슷한 또래의 엄마들을 보면, 집 없는 3040세대가 느끼는 허탈감은 다른 세대보다 심하다. 아이를 키우느라 지출은 많고, 소득은 제자리걸음이라 이제는 집을 영영 사지 못할 것 같은 좌절감을 느낀다.

"우리 부부는 맞벌이인데도 돈을 빌려 집을 살 수도 없네요. 이번 생에 서울 집을 마련하기는 그른 것 같아요."

"집값을 잡겠다는 정부 말만 듣고, 1년 전 집 장만을 미루기로 했어요. 지금은 그렇게 제안했던 저는 집에서 왠지 죄인이 된 기분이에요."

"명절에 시댁이나 친정에 가도 눈치가 보이네요. 너희는 아직도 집 한 채 없다고 걱정해주시는 건데, 마음이 편치가 않아요."

이와 같은 이야기가 현실에서 자주 들린다. 내 집 장만이 다른 나라 얘기인 것처럼 여겨지고, 아예 포기한다는 점에서 정말 절망스럽다. 지금 필요한 것은 대책을 세우는 것이다. 지금 상황이 주택 마련이 힘들다고 가만히 있으면 아무것도 변하는 것은 없다. 흙수저로 태어나 가진 것이 없는 생활을 바꾸려면 남보다 더 노력해야 한다. 특히 앞으로 자라날 우리 아이들을 위해서라도 포기하고 있을 수만은 없다.

강남 엄마가 된 비결은 있다

지금은 집을 여러 채 가지고 있는 집이 흔할지 모르지만 내가 어린 시절에는 집 한 채 마련하면 큰 부자라고 여겨지던 시절이었다. 나는 항상 간절히 내 집 마련을 바랐고 굳은 의지로 노력했다. 아이 셋은 숟가락만 하나 더 놓으면 된다던 어른들의 말은 현실과는 너무도 달랐다. 하지만 아이가 클수록, 아이가 둘이 되고 셋이 될수록 더 많이 노력했다.

네이버 중고나라 카페에서 우수회원일 정도로 '중고 물품 사고팔기'를 자주 해서 생활비를 줄였다. 외식비를 아끼려 집밥을 해 먹고, 비싼 펜션보다는 저렴한 휴양림으로 여행을 갔고, 아이들 옷은 여기저기서 물려 입혔다. 꾸준히 가계부를 적어 허투루 쓰는 일 없이 관리했다.

부동산 투자를 할 때 남의 말을 듣지 말라고 한다. 그 말에 크게 동감한다. 우리 부부가 두 번의 전세를 마치고 서울에 내 집을 사려고 했을 때, 우리 주변 사람들은 모두 반대했다. 부동산은 지금 거품이라서 이제 곧 떨어질 거라며 부정적인 말만 했다. 하지만 우리는 어려운 선택을 했고 힘든 점도 있었지만 결과가 좋았다. 많은 대출을 끼고 산 서울 소재의 첫 집은 몇 년 후 크게 올라 강남으로 입성하는 종잣돈이 되어 돌아왔다. 물론 대출을 갚기 위해 허덕이고 여유로운 생활을 못했지만, 그래도 돌이켜보면 그 일을 계기로 '선택은 결국 내가 하는 것'을 깨달았다.

우리 부부가 맞벌이해서 그 일이 가능했는지도 모른다. 가진 돈이 많지 않아 조금씩 자산을 늘려가면서 주택을 옮겼다. 모자란 돈은 매번 대출해야 했는데, 안정적인 수입이 있어서 신용 대출을 받을 수 있었다. 2018년 5월 부동산 정책 이후, 부동산 대출 규제가 심해졌고, 부동산 시장도 어수선했지만, 그래도 우리는 강남 아파트로 입성할 수 있었다.

흙수저였던 내가 강남 엄마가 된 비결은 내 집을 갖겠다는 의지, 절약, 남들의 말을 듣지 않고 선택했던 소신, 인내, 맞벌이로 생긴 경제력이 잘 맞아떨어졌기 때문이다.

'경제 바보'는 가족의 생존을 위해 '경제 고수'가 되었다

"경제가 어렵다", "경제가 침체되었다", "경제적 관점에서…" 등 우리는 '경제'라는 단어를 일상에서 자주 접한다. 하지만 주변을 둘러보면 경제에 대해 그리 큰 관심을 둔 사람이 많지 않다. 보통은 경제라고 하면 "그게, 결국 돈을 말하는 것이 아닌가요?"라고 여긴다. 대부분 어렵다는 이유로 경제를 멀리한다. 경제 공부를 하겠다고 마음먹어도 어떻게 할지 몰라 막막해한다.

내가 처음 경제에 관해 관심이 간 것은 결혼하고 나서부터다. 서울에서 멀리 떨어진 경기도에서 신혼생활을 하다가 아이를 낳으며 서울로 나오게 되었는데, 이전에는 크게 관심이 없었던 서울의 집값을 알게 된 이후였다.

신혼집을 대출받아 샀는데, 경기도에서도 꽤 먼 데다 인기 지역도 아닌 곳에 있는 소형 아파트라서 가격이 아주 저렴했다. 작지만 내 집이 있었기에 주택시장에 대해서는 별로 신경을 쓰지 않고 지냈다. 부동산 가격은 제대로 알지도 못했다.

그런데 결혼한 지 얼마 안 되어 임신하게 됐고 출산이 임박하자 아이를 봐줄 곳을 찾아야 했다. 맞벌이 부부로 계속 생계를 이어나가야 하는 상황이었기에 서울에 사는 언니가 도와주겠다고 했을 때 당장 언니네 집 근처의 매물을 알아보기 시작했다.

나는 그제야 세상 경제에 눈떴다. 우리가 집을 팔고 나와도 서울의 전셋집 가격이 되지 않는다는 사실과 모자란 돈을 마련하기 위한 대출도 녹록지 않다는 사실에 충격을 받았다. 결혼하고 나서도 하고 싶은 것도 제대로 하지 않고 돈을 모았는데, 서울의 전셋집도 구하지 못한다니 정말 허무했다.

이사할 곳을 샅샅이 뒤지고 다녀보니 우리가 원하는 집은 역시나 가격이 맞지 않았다. 어쩔 수 없이 최대한 금액을 맞춰서 조금 오래되고 조용하지 않지만 지하철역 앞에 있어 접근성이 좋은 집으로 결정했다. 그렇게 울며 겨자 먹기로 전셋집살이를 하게 됐다.

이후로 경제 지식은 나에게 생존 지식이 되었다. 나와 세상을 둘러싼 경제에 대해 알아야만 우리 가정이 더 나은 환경으로 옮길 수 있기 때문이다. 내가 지금의 상황을 벗어나려면 무엇보다도 경제 공부가 시급했다.

경제 바보였던 나도 했다

내 우선순위는 '집'이었다. 서울로 나오기 위해 모자란 자금을 마련해야 했기에 먼저, 은행과 친해지기로 했다. 대출에 대해서 아무것도 몰라서 은행으로 가서 대출 상담을 받았다. 그렇게 여기저기 은행을 다녀보니 주거래 은행이 중요하다는 것을 알게 되었다. 주거래 은행은 말 그대로 고객이 주로 이용하는 은행이다. 하지만 단순히 통장을 개설하여 입출금만 이용해서는 주거래 은행이라고 할 수 없다. 은행은 예금, 적금, 대출, ATM(현금인출기) 이용실적, 전자금융 이용실적, 자동이체 등록 건수, 신용카드 이용 실적 등을 점수로 환산하여 주거래 고객을 선정하기 때문이다. 주거래 고객으로 선정되면 고객 등급에 따라 우대금리, 수수료 할인 혜택 등 각종 우대 서비스를 받을 수 있다.

경제 바보였던 나는 은행에 자주 다니며 수시로 상담받으면서 조금씩 경제와 친해졌다. 아무것도 모르는 상태였기 때문에 무리하지는 않았다. 경제 신문을 의식적으로 챙겨보고, 초등학교 수준의 경제 만화를 읽는 정도로 가볍게 했다. 그래도 모르는 단어투성이여서 쭉 훑어보다가 눈이 가는 페이지는 자세히 읽어보는 식으로 꾸준히 공부했다. 지금은 아는 것이 제법 많아져서 쉬운 경제 서적을 읽을 정도가 되었다. 이렇게 쌓인 경제 지식은 실제로 유용했기 때문에 지금도 공부를 게을리하지 않는다.

주거래 은행 활용하기

1. 예금 · 적금 가입

요즘 같은 저금리 시대에는 이자를 더 받는 은행을 찾아서 예금 · 적금을 들려고 한다. 그런데 몇 푼의 이자를 더 받는 것보다는 자신의 주거래 은행에 가입하는 것이 유리할 수 있다. 주거래 은행의 상품을 계약하여 은행 계좌의 평균잔액을 높여 주거래 포인트를 쌓으면 0.1퍼센트~0.2퍼센트의 우대금리 혜택을 받을 수 있을 뿐 아니라 송금 수수료 면제 등 각종 부가 혜택까지 받을 수 있어 장기적인 은행 활용 면에서 더 낫다.

2. 대출 신청

주거래 은행에서 평소에 은행의 주거래 포인트를 높여놓은 사람은 대출 시에도 대출 가능 금액이 커지고, 더 낮은 대출이자를 적용받는다. 특히 신용 대출은 주거래 은행이 아니면 받기가 힘들다. 게다가 주거래 은행이라고 해도 은행별 고객등급에 따라 대출이자가 최고 3퍼센트 이상 차이가 나므로 미리 주거래 포인트를 높여 고객 등급을 올려놓는 것이 좋다.

3. 신용카드 사용

주거래 은행을 이용하면 신용카드 발급도 쉽다. 신용카드 사용으로 주거래 포인트를 쌓을 수 있다. 주거래 은행을 정하지 않고 여러 카드를 만들게 되면 개인적으로 관리도 어렵고, 카드 과다 사용자라면 대출받을 때 제약을 받을 수도 있다. 요즘 들어 신용카드 실적이 많지 않으면 부가 서비스 혜택을 받을 수 없는 경우가 많으므로 주거래 은행의 카드를 사용하는 것이 좋다. 은행계열의 신용카드는 전문계열 카드보다 수수료가 저렴하여 현금서비스나 할부를 사용하는 사람에게도 유리하다.

도움을 주는 멘토를 찾아라

주택 거래를 통해 수익이 생기는 경험을 하다 보니 더 많이 알고 싶은 의지가 생겼다. 부동산이라는 것이 하루아침에 되는 것이 아니어서 부동산의 가치, 투자 전망, 개발 예정 사업 또는 지역 등에 꾸준히 관심을 두어야 한다고 판단했다.

그즈음 어린이집을 운영하면서 회사 경영 마인드가 성장했고, 인맥의 가치도 알게 되었다. 부동산에 초보인 내가 배우기 위해서는 이미 성공한 사람들을 보고 배워야 한다고 생각했다. 그중 내가 할 수 있는 가장 손쉬운 방법은 인터넷 부동산 카페를 찾는 것이었다. 회원 수가 많은 카페를 몇 개 골라서 자주 검색해보며 부동산 고수들의 성공 사례와 실패 사례를 분석해보았다. 그리고 나라면 어떻게 할 것인지를 고민하고, 카페 정보를 아는 데 그치지 않고 근처라면 임장을 가보며 견문을 넓혔다. 부동산은 정보를 찾는 것과 직접 가보는 것이 가장 기본이기 때문이다.

그러던 중에 부동산 투자 전문가를 알게 되었다. 부동산 채널에도 나오는 전문가라 TV 프로그램도 찾아서 챙겨보다 보니 부동산 보는 눈이 생기고 조금씩 머리가 트이는 것 같았다. 내가 강남 아파트를 살 때 이 부동산 전문가에게 결정적인 조언을 받았다. 부동산을 잘 모르는 사람들은 비슷한 조건으로 수많은 고민을 하기 마련이다. 그럴 때 여러 변수까지 고려하는 전문가들의 의견을 들어보면 실패 확률이 적은 쪽으로 판단할 수 있다. 특히 부동산은 자산의 움직임이 크기 때문에 더더욱 신중해야 한다.

가계부만 잘 써도 돈 흐름이 보인다

내가 정식으로 가계부를 쓰기 시작한 것은 첫째 아이를 낳고 회사를 그만두며 '경단녀(경력 단절 여성의 줄임말로 출산과 육아로 회사를 그만둔 경력단절 여성)'가 되었을 때부터다. 맞벌이 부부에서 외벌이 3인 가족이 되다 보니 갑자기 가계가 버거워졌기 때문이다. 우리 집이 흥청망청 지출하는 것도 아닌데, 월말이 되면 어김없이 마이너스가 나는 것을 보며 가계 상태가 심각함을 깨닫게 되었다.

나는 결혼 준비부터 신혼여행까지 결혼에 필요한 모든 정보를 인터넷 카페에서 얻어 비교적 저렴하게 할 수 있었다. 목돈이 들어가는 '스드메', 혼수, 신혼여행을 가격이 싸거나 할인해주는 곳으로 이용했다. 아예 신혼여행은 여행사도 이용하지 않았다. 자유여행 카페에서 얻은 정보로 공부하여 비행기와 호텔을 특가에 예약했다. 여행 경로,

식당, 물놀이 코스도 완벽히 계획했다. 번거로운 것이 단점이긴 하지만, 여행사를 이용하는 것보다 거의 반값밖에 들지 않아 결혼 비용 절감에 크게 도움이 되었다.

그런 경험이 있어서 재정 상태 개선을 위해 나는 곧바로 인터넷 카페를 알아보았다. 맨 처음 선택한 것은 '네이버 짠돌이 카페'였다. 매일 카페에 들어가 어떤 정보가 있는지 훑어보았는데, 그때 눈에 띈 것이 가계부 코너였다. 회원들이 본인의 가계부를 보여주며 공유하는 형식이었다.

당시 공개한 가계부에는 나와 같은 3인 가족도 있었고 4인 가족도 있었는데, 내역을 살펴보니 생활비를 아껴서 수입의 50~60퍼센트를 저축하고 있었다. 아이를 키우면서 저만큼의 저축이 가능하다니 눈을 의심하지 않을 수 없었다.

다른 사람들의 가계부를 보고 자극을 받은 나는 가계부를 쓰기로 했다. 우리 집 가계의 마이너스를 막기 위해 나도 카페 회원들의 가계부를 '따라 쓰는 방법'으로 시작해보자고 결심했다. 그때 나에게 다른 방법은 없었다.

돈 관리를 쉽게 하는 방법은 가계부다

나는 문과 성향인 데다가 우뇌형 인간이라 숫자에 밝지 못하다. 학창시절에 나와 성향이 반대인 쌍둥이 동생(지극히 이과 성향)에게 매일 수학문제를 물어보았는데, 그때 이미 동생에게 "언니는 수학에 재능이 없다"라고 판정받았다.

그런데 다른 사람들의 가계부를 보다 보니 느끼는 바가 있었다. 정확한 수치로 잔액이 1원조차 틀리지 않고 계산되어 있었던 것이다. 특히 가계부 달인들은 항목별로 예산을 짜놓고, 계획적인 소비를 하고 나서 결산까지 이르는 완벽함도 있었다. 처음부터 잘하는 사람의 가계부를 참고하다 보니 시작부터 마음이 무거워지고, 나 자신이 초라해지는 것 같았다.

하지만 시작이 반이라지 않은가. 일단 시작하기로 했다. 그리고 내가 꾸준히 할 방법이 좋겠다고 판단했다. 우선 나는 너무 잘 쓰려고 하지 않았다. 조금씩 틀리는 잔액에 크게 신경 쓰지 않았다. 남들이 모은다는 영수증도 모으지 않았다. 지갑에 메모를 붙여서 지출내역을 간략하게 적어놓았다가 옮겨 쓰는 방식으로 했다. 다만 내가 가계부를 쓰는 것이 습관이 될 때까지는 빠짐없이 썼다. 우리 가계 재정을 정확하게 파악하기 위해서는 한두 달 지속하여 결산을 내보는 것이 필요했기 때문이다.

이렇게 꾸준히 할 정도의 강도로 지금까지 가계부 작성이 이어지고 있다. 가계부는 한마디로 '스스로 돈 관리를 하여 재테크로 이어지게 하는 수단'이다. 그 이유는 다음과 같다.

첫째, 언제, 얼마를 썼는지 객관적으로 확인할 수 있다

카드 명세서 또는 출금내역을 보면 나의 소비를 어느 정도 가늠할 수 있지만, 만 원 이하의 현금 사용 내역은 일일이 기억할 수 없다. 가계부를 기록하면 가계의 실질적인 소비를 파악할 수 있고, 예상한 소비 금액보다 더 많은 지출을 하고 있음을 알 수 있게 된다.

둘째, 불필요한 소비 내역을 찾아 개선할 수 있다

어김없이 매달 통장잔고가 부족한 이유는 지나간 소비에 대해서 반성이 없거나 잘못된 소비를 인지하지 못하고 있어서다. 가계부는 나의 잘못된 소비 습관을 알고 바로 잡을 수 있게 하는 좋은 절약 도구다. 한 달에 한 번 가계부를 점검하여 새는 돈을 줄이는 방법을 생각할 수 있게 한다.

셋째, 미리 예산을 짜서 계획적인 소비와 절약이 가능하다

가계부를 쓰면 자연스레 충동적인 소비를 절제하게 된다. 아무래도 매일 나의 지출내역을 눈으로 확인하기 때문에 소비를 줄이는 효과가 있다. 그리고 가계부를 3개월 이상 쓰다 보면 지출 흐름을 파악할 수도 있게 된다. 지출내역을 토대로 현실적인 예산을 계획하고 생활하면 계획적인 소비가 가능해지는 것이다.

넷째, 우리 집 가계 전체를 파악하여 앞으로의 계획을 세울 수 있다

가계부를 꾸준히 쓰다 보면 지난 생활에 대한 기록이 되고, 가계의 정확한 진단을 통해 미래의 지출도 예상해볼 수 있다. 한 달 계획뿐 아니라 5년, 10년 장기계획을 세울 수 있다.

쉽고 간단한 가계부 쓰는 방법

가계부 작성에 많은 시간을 들이면 부담스럽고 매일 쓰기도 힘들다. 단순하지만 가계부 효과가 제대로 발휘되는 가계부를 쓰는 노하우 4가지를 공유한다.

첫째, 자신에게 맞는 방법으로 쓰기

보통 가계부 책자에 적는 게 일반적인데, 실제로 해보면 무거워서 불편하다. 요즘에는 가계부 어플이 잘 나와서 스마트 폰을 활용하는 사람도 많다.

나는 항상 가지고 다니는 다이어리의 월간 스케줄러에 소비 내역을 쓰고 예결산만 따로 하는 방식으로 한다. 꼭 두꺼운 가계부에 쓸 필요 없이 자신에게 맞는 방법으로 실천하는 게 좋다.

둘째, 항목별 예산부터 세우기

생활비는 먼저 고정지출과 변동지출로 나눈다. 고정지출은 매달 고정적으로 나가는 관리비, 보험, 통신료 등이고, 변동지출은 식비, 생활용품, 경조사비 등이다.

〈표 6-1〉과 같이 항목별로 필요한 예산을 배분하면 가계부가 간단히 정리된다. 이후 결산할 때에도 항목별로만 정리하면 돼서 시간이 오래 걸리지 않는다.

표 6-1 가계부 예산 관리

고정지출	예산	결산	변동지출	예산	결산
주거(관리비, 도시가스, 대출이자 등)			식비(외식 포함)		
자동차(보험료, 세금, 주유)			생활용품		
통신비(휴대폰, 인터넷)			문화생활		
보험료(부부, 아이들)			경조사		
교육비			건강관리		
			육아		

셋째, 큰 항목 외에는 간단히 묶어 쓰기

가계부를 우유 3,000원, 사과 5,000원과 같이 쓰다 보면 매일 쓰기가 귀찮아진다. 마트에서 장본 내용은 식비로, 기저귀 분유 같은 육아 물품은 육아로 묶어서 작성한다. 정확하게 쓰는 것이 중요하지만 10원 단위까지 연연할 필요는 없다. 어느 곳에 얼마만큼 지출했는지 기록하기만 해도 돈 씀씀이를 파악하고 소비계획을 세우는 데 도움이 된다.

넷째, 매월 한 번씩 예산·결산 꼭 하기

매월 작성한 가계부를 바탕으로 월간, 연간 예산·결산을 하게 되면 효과적으로 돈 관리를 할 수 있다. 예산을 통해 계획적인 소비를 하고, 마지막 날에 결산하여 한 달 가계부를 점검하자.

내 집 마련에도 요령이 있다

재테크 전문가들이 입이 닳도록 강조하는 것은 '종잣돈'이다. 종잣돈은 더 나은 투자나 구매를 위해 돈을 일정 기간 모아서 밑천이 되는 돈을 말한다. 투자의 귀재 워런 버핏(Warren Buffett)은 자산이 늘려가는 것을 눈덩이 굴리는 것에 비유하며 '스노볼 효과(snowball effect)'라는 표현을 썼다. 이는 복리효과를 강조하는 말로, 작은 눈덩이를 계속 굴리다 보면 조금씩 눈덩이가 붙어서 엄청나게 커진다는 것을 의미한다. 똑같은 1,000만 원을 계획하더라도 10만 원으로 시작하는 사람보다 100만 원으로 시작하는 사람이 1,000만 원으로 성공할 확률이 크다는 것이다. 따라서 본격적으로 내 집 마련을 위한 재테크를 하고 싶다면 종잣돈 모으기부터 차근차근 밟는 것이 순서다.

나의 최초 종잣돈은 20대에 모았던 적금이었다. 회사에 다니면서 월급의 일정 부분을 적금으로 넣어 모은 것인데, 독립할 때 원룸 보증금으로 유용하게 쓰였고, 결혼자금이 필요할 때 고민 없이 활용 가능한 목돈으로 쓰였다. 부모님께 손 벌리지 않고 결혼을 하면서 종잣돈의 중요성을 알게 되었다. 이후 주택자금, 즉 전세를 올리거나 주택을 살 때 필요한 종잣돈을 미리 모아야겠다고 생각했다.

종잣돈 마련을 위해서 내가 한 일은 짠돌이 카페에서 배운 '통장 쪼개기'였다. 정기적금 통장을 여러 개 만들어서 돈을 나누어 적금하는 방법인데, 혹시 급하게 돈이 필요할 때나 자금이 여의치 않을 때 일부만 해지할 수 있으니 걱정이 없고, 제2금융권의 이율 좋은 상품을 적절히 가입하면 만기 시 이자 수입도 꽤 쏠쏠해서 좋았다. 남편은 제2금융권에 대해 걱정하기도 했지만 예금자보호법에 의해 최대 5,000만 원까지 보장하고 있어서 안심해도 되었다.

종잣돈 불리기의 법칙

맞벌이하면서 수입이 조금 더 많은 남편 월급은 100퍼센트 저금했다. 사고 싶고 먹고 싶은 것이 많았지만, 신혼생활에 이미 '저축 후 소비'라는 방식을 따르고 있었기에 어느 정도 절제를 해야 했다. 특히 우리 신혼집은 서울에서 멀리 떨어져 있어서 남편과 나의 출퇴근 거리는 상당했다. 나는 대중교통으로 왕복 3시간이었고, 남편은 차로 왕복 2시간 거리였다. 집에 와서 잠자고 나면 또 부지런히 출근해야 했으므로 특별히 돈을 쓸 여유도 없었다.

적금 1년 만기가 끝나고 우리는 서울로 이사했다. 그때는 이미 종잣돈이 모인 터라 자금 걱정은 없었다. 물론 가지고 있는 돈이 많지 않아 마음에 드는 집을 구하기 어려웠지만, 대출이자를 최소한으로 하여 돈을 모으려는 계획으로 그럭저럭 조건이 맞는 집을 구했다.

2년 후 전세가 만료되었을 때에는 2년 기간에 맞춰 마련한 종잣돈이 있었다. 그래서 전셋값을 올려 조금 더 큰 집으로, 조금 더 좋은 집으로 옮길 수 있었다. 가격에 맞추다 보니 처음 전셋집은 도로에 인접해 시끄러웠고, 오래된 집이어서 아이를 키우기 적합하지 않았다. 그래서 두 번째 집은 조용하고 인테리어가 최신식인 집을 고르게 되었다.

3년 후, 운영하던 어린이집 건물을 정식으로 매수할 기회가 왔을 때에도 미리 만들어놓은 종잣돈으로 해결했다. 이쯤에는 신랑 연봉도 꽤 많이 올라서 종잣돈이 7,000만 원이나 되었기 때문에 10억 원짜리 건물에 도전해볼 수 있었다. 당시 주택 담보대출이 최대로 나오는 시기여서 타이밍도 맞았고, 우리 부부가 안정적인 수입을 오랫동안 유지하고 있었기에 신용이 좋아 모자란 돈을 대출로 충당할 수 있었다. 그때는 어려운 결정이었지만 지금 생각해보면 부동산에서 말하는 최적의 타이밍이 아니었나 싶다.

2018년, 우리는 12억 원짜리 강남 아파트로 이사했다. 보유하고 있던 어린이집 건물을 팔아 차익을 많이 남겼고(개발되어 많이 올랐다) 그동안 모은 돈과 합치니 4억 4,000만 원이 되었다. 모자란 돈은 다시 담보대출을 받았다. 이미 부동산 규제 정책이 시작되어 아파트 감정가의 40퍼센트만 대출받을 수 있었기에, 약간 모자란 돈은 신용대출로 해결

표 6-2 종잣돈 변화 추이

2009년	2010년	2012년	2015년	2018년
자가 소형 아파트	서울 전세	서울 전세	어린이집 건물 매입	강남 아파트 매입
1억 1,000만 원	1억 1,000만 원	1억 3,000만 원	10억 원	12억 원
(대출 7,000+ 투자 4,000)	(대출 4,000+ 투자 7,000)	(대출 2,000+ 투자 1억 1,000)	(대출 7억 9,000+ 투자 2억 1,000)	(대출 5억 5,000+ 투자 6억 5,000)
	종잣돈 3,000만 원	종잣돈 4,000만 원	종잣돈 1억 원	종잣돈 1억 4,000만 원 (+시세차익 3억 원)

해야 했다. 감당할 위험이 크지만 성장 유망 지역이어서 앞으로 집값 상승이 기대되었고 서울 집값이 내려갈 리 없다고 판단했기 때문에 단행한 것이다. 결과적으로 이사 후 가격이 올랐으니 내 판단은 틀리지 않았다. 〈표 6-2〉는 지난 10년간의 우리 집 종잣돈 흐름을 정리해본 것이다.

부동산에도 학군이 있다

우리나라의 부동산에 절대로 빠질 수 없는 단어는 바로 '학군(學群)'이다. 사전적인 의미로 학군은 그저 중등학교의 통학구를 지정하고 구역 내의 학교들을 합쳐 구성한 학군의 군일 뿐이지만, 부동산에서는 이른바 명문 학교가 위치한 지역을 의미한다. 예를 들어 서울에서 학군이 좋은 지역은 강남구 대치동, 서초구 반포동, 노원구 중계동, 양천구 목동 등이 꼽히며, 이외에도 광주 봉선동, 대구 수성구 등은 서울 못지않은 집값이다. 실제로 학군이 좋기로 소문이 난 지역에는 매매가뿐만 아니라 전세 인기 또한 사그라지지 않는다.

거주지 선택에 중요한 요소 중 하나는 '교육환경'이다. 부동산 가격은 경기에 따라 오르고 내리기를 반복한다. 특히 대한민국의 부동산은 곧 폭락할 거라고 말하는 사람도 많지만, 학군이 좋은 지역의 부동산 가격은 꾸준히 상승한다. 물론 교육환경 이외에도 부동산 가격을 좌우하는 요인은 더 있다. 수도권인지 지방의 요지인지, 역세권인지 숲세권인지, 편의시설과 문화시설이 근거리에 있는지에 따라 천차만별이다.

하지만 아이를 키우는 집에서는 주택 선택 기준이 분명 다르다. 생활환경과 주거 공간의 안락함뿐만 아니라 집의 위치와 학교와의 거리, 학원가의 유무, 주변 치안 상태 등 고려해야 할 점이 많다. 좋은 환경에서 자녀를 가르치고 싶어 하는 교육열이 식지 않는 이상 계속 이어지리라.

따라서 아이가 있는 집에서 실거주해야 하는 주택을 결정할 때에는 학군을 중심으로 살펴보는 것도 좋은 방법이다. 초등학교를 품은 아파트라는 '초품아', 대치동 학원가에 이동이 편한 '대치 학원가', 특정 지역에서는 인근 여러 초등학교 중에 어느 학교로 배정되는지에 따라 붙어 있는 아파트라도 수천만 원 이상 가격 차이가 난다. 부동산의 '학군'만 잘 보아도 부동산에 실패가 없다는 말이 틀린 말은 아니다.

요령만 알면 누구나 살림 고수가 될 수 있다

현대인의 생활방식은 가족 구성, 직업, 주거지 등 여러 가지 조건에 따라 다르다. 가정에서 집안일을 하면서 육아를 하는 전업맘, 일을 병행하는 워킹맘, 아이들을 낳고 도심 아파트에 사는 4인 가족, 아이를 낳지 않고 부부 둘만 사는 2인 가족 등 가족마다 일과나 생활습관이 다르다.

가족의 생활방식에 따라 살림방식도 가지각색이다. 집안이 더럽혀지지 않게 수시로 청소하는 사람이 있지만, 피곤하면 청소쯤은 미루고 자신의 휴식을 선택하는 사람도 있다. 아이들의 장난감으로 뒤덮인 집이 있는가 하면, 아이 키우는 것도 눈치채지 못하게 말끔히 정돈된 집도 있다. 이처럼 다양한 라이프스타일과 취향에 따라 살림은 달라진다.

살림은 생활의 기본이다. 또 살림을 어떻게 운용하는지는 그 가정의 경제 사정을 좌우한다. 내가 '짠돌이 카페'를 통해서 배운 살림법으로는 '냉파(냉장고 파먹기의 약자로 식재료를 여유 있게 사지 않고 절약한다는 의미도 있음)', 무지출 가계부(꼭 필요한 것 외에는 지출하지 않음), 적금 풍차 돌리기(정해진 기간에 매달 새로운 적금을 가입해 통장을 차곡차곡 쌓는 방법) 등이 있다. 살림을 잘한다는 뜻은 각종 집안일을 잘한다는 의미뿐 아니라 절약과 현명한 소비를 바탕으로 재테크를 잘한다는 뜻도 된다. 나는 경제 전문가도 재테크 전문가도 아니다. 하지만 나름 어린이집 살림과 내 가정의 살림을 통해 이익을 창출했다.

살림살이 비우기 효과

집안일은 해도 해도 끝이 없다. 엄마들은 집안일뿐만 육아도 해야 해서 늘 분주하다. 그럴 때 해야 하는 것이 최소한의 물건만을 두고 살아가는 '미니멀 라이프'다. 그런데 아이를 키우는 집에서 미니멀 라이프는 힘들다. 육아 물품, 아이 장난감, 책 등 아무리 최소로 한다 해도 작은 방 하나를 차지할 만큼의 양이기 때문이다. 더구나 아이의 성장에 따라 필요한 것이 다르다 보니 아이를 키우는 집은 어쩔 수 없이 살림살이가 점점 는다. 그럼에도 아이를 키우는 집에서 미니멀 라이프를 해야 하는 이유는 여러 가지가 있다.

첫째, 살림살이를 비우면 청소가 쉬워진다

집 안이 어질러지는 것은 물건이 많기 때문이고, 물건이 많으면 정리정돈이 되지 않기 때문에 안 쓰는 것들만 비워도 청소는 저절로 된다. 아이들이 금세 어지르는 것도 생각해보면 사실 없어도 되는 장난감들을 버리지 못하고 쌓아두다 보니 그렇게 되는 게 대부분일 것이다. 당장 쓰지 않는 살림살이를 비워보자. 청소 시간이 반으로 짧아지는 효과가 있다고 단언한다.

둘째, 주방을 비우면 요리가 쉽다

자녀를 둔 가정 대부분이 냉장고를 열어보면 식재료가 꽉 차 있을 것이다. 냉장고뿐 아니라 주방 선반을 열어도 몇 년 동안 사용하지 않는 그릇이 넘쳐나고, 버릴지 말지 고민이 되는 냄비와 프라이팬이 한자리를 차지한다. 주방에 여유가 없으면 요리 시간이 오래 걸린다. 식자재가 많다 보니 무엇을 해 먹을지 결정부터 쉽지 않고, 요리하고 치우는 데에도 시간이 더 소요된다. 주방 비우기는 요리와 청결에도 크게 도움이 된다.

셋째, 살림하는 시간의 여유가 생긴다

살림살이를 비우면 집 안 물건이 어디에 있는지 한눈에 확인할 수 있어서 따로 물건을 정리하지 않아도 되고 빨래 시간, 화장실 청소 시간도 줄어든다. 이렇게만 해도 전체 살림 시간이 크게 줄어 생활이 조금 여유로워진다. 창가에 앉아 느긋하게 차 한잔 마실 시간도 아이들과 도란도란 앉아 책 볼 시간도 없다면 오늘부터 당장 살림살이 비우기부터 시작해보자.

'비우기'는 '절약'으로, '절약'은 '재테크'로 이어진다

살림살이 비우기를 실천하면 무엇보다 금전적으로 절약할 수 있다. 충동구매가 없어지기 때문이다. 살림살이를 없애고 정리정돈하면 다시 복잡해지는 게 싫어 살림살이 사는 것을 꺼리게 된다.

나 같은 경우도 아이들 장난감과 책들로 한바탕 전쟁을 치른 이후에는 거의 사지 않는다. 대여하거나 잠깐 쓰고 다시 중고로 팔아 살림에 보태는 경지에 이르렀다. 요즘엔 책, 장난감, 육아 물품을 깨끗하게 대여해주는 곳이 많아 잘 활용하면 꽤 쏠쏠하다.

우리 집은 식비도 절약하게 되었다. 주방이 간소화되고 냉장고가 말끔히 정리되니 요리가 쉽고 빨라져서 외식하는 횟수가 줄었기 때문이다. 5인 가족이라 웬만한 고깃집에 가면 보통 10만 원 남짓이 드는데, 같은 메뉴를 집에서 해 먹으면 3만 원으로 충분하다. 우리 집 전체 가계부로 따지자면 3분의 1이 절약되는 셈이다.

아이 방도 불필요한 학습지, 문제집, 교구 등을 쌓아놓지 않도록 했다. 책상이 깨끗해지니 아이 집중력에도 도움이 되었다. 아이에게 꼭 필요한 것만 사게 되니 교육비도 다이어트도 저절로 되었다. 이렇게 살림살이 비우기를 실천하니 5인 가족치고는 제법 적은 생활비가 든다. 엄마도 편하고 살림이 좋아지니 가족 모두 행복해졌다.

집안일하는 엄마도 시간 관리 전략이 필요하다

요즘 직장인들 사이에서는 '월급보다 워라밸'이라는 말이 인기다. 워라밸은 'work-life balance'의 줄임말로 '일과 삶의 균형'을 뜻한다. 하루 중 일하는 시간과 나만의 삶을 위한 시간이 적절하게 균형을 이루어야 한다는 의미로 쓰이고 있다.

게다가 최근 근로시간 단축 법안 시행으로 근로시간이 주 52시간으로 줄어들어 정시 퇴근과 연차 사용 활성화가 강조되고 있어서 워라밸을 추구하는 목소리가 더욱 커지고 있다. 이제 '저녁이 있는 삶'과 '워라밸을 위한 취미활동'은 직장인만을 위한 것이 아니라 사회 전반으로 확대되어 워라밸 문화가 정착되고 있는 분위기다.

이러한 상황에서 우리 엄마들에게는 '엄마의 워라밸', 즉 엄마의 일과 엄마 자신의 삶 사이에서 균형이 절실하다. 아이를 키우면서 엄마로서 맡은 일을 열심히 하는 것도 중요하지만 엄마 본인의 삶과 균형을 찾아야 행복한 육아를 실현하고 자신의 삶에서 만족할 수 있기 때문이다.

엄마들은 타임 푸어다

사실 엄마들은 가사와 육아에 늘 시간 부족을 느끼는 타임 푸어(time poor)다. 엄마가 해야 할 일은 너무나 많다. 아이 육아와 교육, 가사, 직장생활, 가족관계 등이 있는데, 이를 다시 세분화해보면 빨래, 청소, 요리, 설거지, 아이 놀아주기, 재우기, 아이 건강관리, 남편과의 대화, 가족행사, 회사생활 등 정말 열 손가락으로 꼽을 수 없을 만큼 많다. 워킹맘이면 더더욱 시간이 부족하다.

나는 아침에 일찍 일어나 집안일을 해놓고, 아침 일을 한다. 이후 아이 셋을 깨우고 아침밥을 챙겨 학교와 어린이집에 보낸다. 그리고 남편의 출근도 돕는다. 오전 시간에 개인 업무를 보고 나면 어느새 아이들이 돌아올 때다.

오후 1시부터 5시까지는 두 아이의 간식을 챙기고 아이들 방과후 수업을 챙긴다. 노트북을 가지고 다니며 대기 시간에 틈틈이 일한다. 막내 아이를 픽업하고 함께 놀아도 준다.

아이들이 수업을 마치면 다 같이 집으로 돌아가서 저녁밥을 준비하고 남은 집안일을 한다. 그러면서도 아이들의 말을 들어주고 학교숙제와 준비물을 챙기는 등 아이와 소통한다. 당연히 쉬는 시간은 없다.

아이들이 숙제를 마치고 목욕하고 잠이 든 이후 늦은 저녁시간에는 오전에 미처 못한 업무를 본다. 결국 종일 시간에 쫓기다 에너지가 바닥난 채로 쓰러지듯 잠든다.

틈새 시간을 공략하여 삶의 균형을 찾아라

'엄마의 워라밸'을 위해서는 엄마 스스로 '나만의 틈새 시간'을 꼭 만들어야 한다. 엄마 역할의 굴레에서 벗어나지 못하고 시간에 쫓기게 되면 내 삶을 돌아볼 겨를이 없어진다. 그러므로 지혜롭게 나 자신을 둘러싼 조건을 조금씩 조금씩 변화시켜서 그 시간을 찾아봐야 한다. 엄마 전략가로서 다음 3가지 방법으로 나만의 시간을 찾는 방법을 제안한다.

- 엄마 전용 시간 관리 스케줄러
- 아침 한 시간 활용법
- 가사를 최소화하는 전략 3가지

첫째, 엄마 전용 시간 관리 스케줄러

출산 후, 기억력이 감퇴하고 바보가 된 것 같은 기분이 드는 '마미 브레인 신드롬'이 있다. '마미 브레인 신드롬'은 출산 후 기억력이 감퇴하고 아이를 키우면서 여타의 일에 대한 수행능력이 떨어지는 현상을 말한다. 게다가 엄마의 업무는 점점 과부하되어 버거울 때가 많다. 이를 해결할 방법은 엄마의 시간을 스케줄러로 관리하는 것이다.

매일 아침, 하루 5분만 투자하여 스케줄러를 정리하자. 스케줄러로 일과와 시간을 안배한다. 주간, 월간 스케줄도 미리 관리한다. 아이 연령에 따라 아이에게 필요한 정보를 파악하고, 엄마가 챙겨줘야 할 것을 아이 스케줄과 함께 정리하면 더욱 완벽하다. 다이어리 수첩이 부담스럽다면 탁상 캘린더를 활용하거나 스마트폰 앱을 이용해도 좋다. 또 스마트폰의 알림 기능을 활용하면 잊어버릴 염려가 없다.

둘째, 아침 한 시간 활용법

아이들의 방해를 받지 않는 이른 아침 한 시간은 엄마가 온건히 자신을 위해 투자할 수 있는 시간이다. 독서, 운동, 하고 싶은 공부, 드라마 시청 등 한 시간이라는 시간에 할 수 있는 것은 생각보다 많다.

나는 매일 아침에 아이들보다 한 시간 일찍 일어나 영어 라디오를 들으며 집안일을 한다. 보통 청소, 빨래, 아이들 방 정리를 하는데 이렇게 아침에 해두면 오후에 따로 하지 않아도 되어 내 일에 집중할 수 있다. 특히 내가 평생 이루고 싶은 영어 공부도 틈틈이 할 수 있다.

만일 회사에 다니는 워킹맘이라면 아침시간을 이용해서 저녁 먹을 거리를 준비하고, 아이의 학습을 30분 정도 봐주는 것에 활용한다면 퇴근하고 돌아와서 분주하지 않을 것이고, 웬만한 살림도 가능하다. 이처럼 '엄마의 워라밸'은 잉여 시간을 기대하지 말고 엄마 스스로 찾아야 실현할 수 있다.

셋째, 가사를 최소화하는 전략 3가지

사실 엄마들의 일은 끝이 없다. 하지만 요즘 시간을 절약해주는 스마트한 전략을 이용하면 '엄마만의 시간'을 만들 수 있다. 다음과 같은 방법을 활용해보자.

장보기 앱으로 직접 장을 보러 가지 않고 배달을 시킨다. 새벽 배송 가능한 온라인 친환경 유기농 업체로는 마켓컬리, 오아시스마케스 헬로네이처 등이 있다. 마켓컬리는 유기농 식재료나 반찬, 유아동 식품, 해외 식재료 등 다양한 품목을 다루며, 유명 레스토랑의 고급 디저트 등 프리미엄 상품까지 주문할 수 있다. 밤 11시 전까지 주문하면 아침 7시에 배달해주는 샛별배송 서비스를 제공한다.

오아시스마켓은 친환경 유기농 식품 업체, 업계 최초로 24시간 배송 서비스를 실시하여 신선 제품을 소비자에게 5시간 내 배송하는 주간 배송과 저녁 9시 20분까지 주문하면 아침 7시에 배송하는 새벽 배송 서비스가 있다. 전국에 34곳의 매장을 운영한다.

헬로네이처는 생산지에 있는 농가와 소비자를 직접 연결해 주문과 동시에 수확하여 당일 배송, 익일 배송을 원칙으로 한다. 서울과 인천 경기 지역에 새벽 배송도 실시하고 있다.

집안일이 밀려 있다면 가끔은 가사 도우미 서비스를 활용하는 방법도 있다. 또 하나 가지고 있으면 좋은 가전용품 4총사를 마련하는 것도 유용한다. 식기세척기, 에어프라이어, 빨래건조기, 로봇청소기를 이용하면 집안 살림이 굉장히 빠르고 쉬워진다.

알아두면 편리한 가사도우미 앱

1. 미소

스마트폰 앱을 통해 가사도우미, 침대 및 가전 청소, 이사청소 등의 다양한 청소서비스를 제공하는 홈 클리닝 업체다. 욕실, 주방, 베란다, 빨래 등 생활 청소 서비스를 제공하고 3시간 37,000원부터 이용 가능하다.

2. 당신의 집사

가사도우미를 배정하는 기존 업체와 달리, 도우미에 대한 실제 이용자들의 후기와 평점을 보고 고객이 직접 선택한 도우미에게 서비스를 받을 수 있다. 2시간 27,000원부터 30분씩 추가할 수 있다.

3. 청소연구소

전문 홈클리닝 전문가를 연결하는 서비스를 제공한다. 앱에서 간단한 평수와 기본 정보를 입력하면 청소시간과 가격까지 한 번에 볼 수 있다.

4. 엄마

기본 청소도구와 약품까지 제공하여 차별화된 가사도우미 서비스를 제공한다. 에어컨 케어 서비스와 매트리스 케어 서비스도 제공한다.

5. 대리주부

가사서비스 O2O플랫폼으로 단순 집안일뿐만 아니라 포장이사, 입주, 산후조리, 전문 청소 등 다양한 홈서비스를 제공한다.

EPILOGUE

엄마의 전략과 성장으로, 행복해지다

엄마가 되어 꿈을 갖는다는 것은 현실적으로 힘들다. 엄마라는 이름으로 주어지는 많은 일은 엄마에게 자신의 이름 석 자를 잊게 하며, 누구의 엄마로만 불리게 되는 생활은 내 꿈을 갖을 여유도 허락하지 않는다. 또 때때로 엄마의 삶에는 예기치 못한 위기 상황도 생긴다.

어느 날, 학교 과제로 자신의 꿈에 대해 그림일기를 그리던 둘째 아이가 나에게 "엄마는 꿈이 뭐야?"라고 물었다. 대답하려다 말고 나는 잠시 옛날 기억에 잠겼다. 생각해보면 나에게도 엄마가 된 이후 위기가 많았다. 첫째 아이를 낳고 워킹맘이던 시절, 재직 중인 대기업은 임신한 여자 직원의 입지가 너무 좁았다. 임산부라고 해도 쉬는 시간에 한 번도 편히 쉬어본 적이 없었고, 출산예정일 일주일 전까지 근무해야 했다. 복귀해서도 아이가 있는 유부녀 직원이라고 예외는 없었다. 회식 때에는 나를 기다리는 아이가 걱정되어도 티 내지 않고 제일 '열심히' 놀아야 했다. 아이가 선천적 기형이 생길지도 모르는 상황에서도 아이가 아프다는 말을 회사에 한 번도 하지 않았다. 나는 아이를 낳은 유부녀 직원이 아니라 철저히 일반 직원이어야만 했기 때문이다.

어린이집 원장이 되어서도 힘든 일은 많았다. 다른 아이보다 내 아이를 더 잘 보살피지 않을까 우려하는 학부모도 더러 있었는데 오히려 그렇게 하지 못했다. 나는 어린이집 안에서 내 아이를 안아주지 못했다. 어린이집에 있는 시간에 나는 3명 아이의 엄마가 아니라 40명 모두의 엄마여야 한다고 생각했다. 내 아이를 특별하게 대해준 일이 없다. 오히려 혹시라도 늦게 가야 하는 사정의 아이가 생기면 우리 아이들까지 남아서 그 아이를 돌봐주었을 정도다. 게다가 보이지 않게 해야 하는 일이 너무 많았다. 회사로 치자면 재무팀, 마케팅팀, 업무지원팀, 고객 서비스팀 등으로 나뉘는 업무를 혼자 감당하다 보니 집에서도 나머지 일을 해야만 했다. 매일 아이들과 퇴근하면서 기저귀 가방과 서류 한 더미가 든 가방을 가지고 다녔다.

이러한 위기 속에서도 내가 대기업이라는 회사에 미련을 가지고 아이를 키우면서 계속 다녔더라면, 우리 아이들을 키우느라 일을 제대로 하지 못하는 원장이었더라면, 오늘의 나는 없었으리라. 힘든 상황에도 나는 주저하지 않고 내 삶의 우선순위를 생각했다. 나는 엄마가 되어 아이를 잘 키우는 것이 1순위였기에 직업을 바꿀 수 있었으며 이 결정을 계기로 성장할 수 있었다.

이제 나는 또 다른 꿈을 가지게 되었다. 그래서 둘째 아이의 질문에 이렇게 대답했다.

"너희는 장래 희망을 꿈이라고 하지만, 엄마는 조금 달라. 처음에 엄마는 너희를 낳고 엄마가 되어서 너희를 잘 키우고 똑똑하게 키우는 것이 꿈이었단다. 그런데 지금은 바뀌었어. 엄마는 너희의 좋은 엄마가 되는 것, 다른 엄마들이 좋은 엄마가 될 수 있도록 도와주는 것이 꿈이야. 그래서 책을 써서 엄마가 알고 있는 것도 나눠주고 싶어."

내 아이를 잘 키우고 싶다는 마음으로 어린이집 원장이 되었고 동시에 육아 전문가라는 평판도 얻었다. 이제 나는 내가 가진 노하우를 다른 엄마들에게 나누고 돕는 일을 하고 싶다. 그 꿈을 위해 1인 기업 '엄마라이프연구소'를 차렸으며, 이곳에서 어려움을 겪는 엄마들을 대상으로 자신에게 맞는 엄마 라이프를 기획하고 코칭하고 있다.

엄마들은 멀티플레이어가 되어야 한다. 육아, 가사, 대인관계 등 연관성이 없는 업무를 모두 해내야 한다. 상황에 따라서는 우선순위를 바꿔가며 융통성 있게 처리할 필요도 있다. 엄마가 되는 일을 배우지 못했어도 엄마가 되면 어느새 없던 능력을 발휘하게 된다. 엄마가 해주는 것만 먹던 소녀에서 레시피만 봐도 척척 해내는 주부가 되고, 아이 울음소리만 들어도 질색하던 아가씨에서 울음소리마저 사랑스러워하는 엄마가 되고, 연애 시절 남자친구가 리드하는 대로 따르던 여자친구에서 머리부터 발끝까지 남편을 챙기는 아내가 된다.

수많은 정보가 난무하는 사회, 4차 산업혁명으로 변화하는 사회구조, 미래 인재를 위한 학교 교육 변화와 사교육 시장의 팽창, 부동산 시장의 폭등 등 알아야 할 것도 많고 신경 써야 할 것도 많다. 그럴수록 지혜롭고 전략적인 엄마가 되어야 한다. 아이의 성장과 함께 엄마도 성장한다. 자신에게 걸맞은 '엄마 전략'으로 우리는 모두 좋은 엄마가 될 수 있다. 엄마이기에 할 수 있다.

MOM

북큐레이션 • 내 아이를 주도적이고 자존감 높은 사람으로 키우고 싶은 엄마들이 『어쩌다 엄마는 되었지만』과 함께 읽으면 좋은 책!

슬기로운 부모 수업

구은미 지음 | 14,000원

'당신은 부모인가, 양육자인가?'
부모가 바뀌어야 아이의 인생이 달라진다!

오랫동안 부모 교육 강사로 활동하며 엄마 선생님으로 불리는 저자가 내 아이를 잘 키우고 싶은 3040 부모들에게 필요한 자녀교육법을 알려준다. 저자는 바쁘다는 이유로 아이와 같이 시간을 보내지 못했던 부모들에게 아이의 인생에 기적을 일으키는 방법은 아이와 함께 의미있는 시간을 보내는 것이라고 말한다. 또한 아이를 부모의 틀에 맞춰 키울 것이 아니라 아이가 잘하고, 즐기는 것은 무엇인지 찾아내어 키워주어야 한다고 조언한다. 초등학생부터 사춘기 자녀를 둔 부모들의 양육 고민을 해결해주는 책이다.

엄마 자격증

진이주 지음 | 13,800원

공감 대화법부터 칭찬법, 문제행동 대처법까지
현실 육아 지침 28!

'어떻게 하면 내 아이에게 더 나은 엄마가 될 수 있을까?' 육아가 서툰 초보 엄마들을 위해 내 아이를 주도적이고 자존감 높은 사람으로 키우는 법을 알려주는 책!
부모가 되는 데 자격증이 필요하다고 하면 의아해할 수 있으나 유대인들은 아이를 낳기 전 부모가 되는 공부를 한다. 부모로서 올바른 가치관, 부모의 역할이 무엇인지 미리 학습하는 것이다.
이 책은 육아가 서툰 엄마들에게 20여 년간 가족 상담 전문가로 활동해온 저자가 아이와 마음으로 대화 나누는 법, 관계를 좋게 만드는 칭찬법, 문제 행동 대처법까지 현실적인 육아 지침을 이야기한다.

한 권으로 끝내는 초등 독서법

최원일 지음 | 15,000원

내 아이를 미래 능력자로 길러줄
학습, 재능, 인성 통합 코칭 솔루션

현직 교사의 생생한 독서활동 보고서이자 성장 보고서, 아이들에게 평생 자산이 될 살아 있는 표준 독서법 지침서다. 14년 차 초등학교 교사인 저자는 수년간 아이들과 함께 좌충우돌 파란만장 책 읽기 항해를 거듭하여 재능과 적성을 설계해주고 인성까지 통합적으로 양성해주는 획기적인 독서법을 제안한다. 아이들의 앞날을 고민하며 길을 찾는 부모들과 교사들에게 책 읽기의 가치를 재발견하고, 그 위력을실감할 소중한 기회가 되어줄 것이다.

어른이 되기 전 꼭 배워야 할 인성 수업

박찬수 지음 | 13,000원

“지금 내 아이에게 무엇을 가르쳐야 할까?”
4차 산업혁명 시대, 아이의 미래를 걱정하는 학부모,
교사를 위한 인성 교육 길잡이

30여 년간 공교육과 사교육 현장에서 아이들을 가르친 저자는 공부는 잘하지만 다른 사람과 잘 못 어울리는 아이, 꿈을 찾지 못해 불안해하는 아이 등 수많은 제자를 만나고 상담하고 가르친 경험을 바탕으로 어른이 되기 전에 배워야 할 단 하나의 가르침 인성에 대해 알려준다. ‘해냈다’는 자신감을 얻은 마라톤, 지리산을 걷고 이별 여행을하는 감동 스토리를 읽다 보면 자연스럽게 인성 교육 방법을 깨닫게될 것이다.